不久随你辗转多处了，

但我想对你说：

很高兴认识你。

友麦

天 雪 文 化

TIANXUE
Culture

著｜夜蔓

心动

Xindong

APETIME
时代出版

时代出版传媒股份有限公司
安徽文艺出版社

图书在版编目（ＣＩＰ）数据

心动/夜蔓著. —合肥：安徽文艺出版社，2022.11

ISBN 978-7-5396-7503-9

Ⅰ．①心… Ⅱ．①夜… Ⅲ．①长篇小说－中国－当代

Ⅳ．①I247.5

中国版本图书馆 CIP 数据核字(2022)第 119281 号

出 版 人：姚　巍

责任编辑：宋潇婧　宋晓津　　　　　　　　装帧设计：苏　茶

出版发行：安徽文艺出版社　　www.awpub.com

地　　址：合肥市翡翠路 1118 号　　邮政编码：230071

营 销 部：(0551)63533889

印　　制：玖龙（天津）印刷有限公司

开本：880×1230　1/32　印张：9　字数：260 千字

版次：2022 年 11 月第 1 版

印次：2022 年 11 月第 1 次印刷

定价：45.00 元

目 录 contents

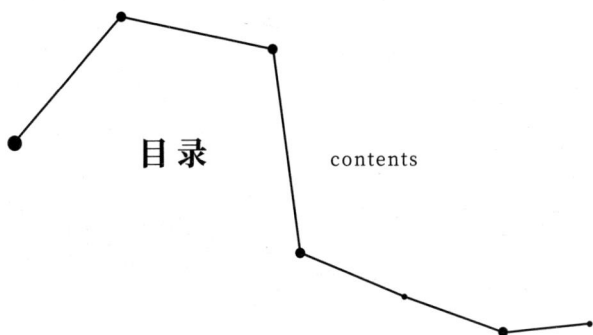

第一章　相遇 / 001

第二章　转学 / 097

第三章　偷看 / 107

第四章　重逢 / 111

第五章　心事 / 143

第六章　纠结 / 153

第七章　意外 / 219

第八章　挽回 / 235

第九章　着迷 / 249

番外一　宝宝 / 267

番外二　靠近 / 271

后　记 / 279

第一章　相遇

相逢的人会再相逢。

九月初的陵城，气温还持续在三十摄氏度，天气微热，却也不让人感到难受。星期天的早晨，阮橙自从起床就在厨房忙碌着，她哼着歌儿，轻快地走来走去。阮母看了看时间，已经九点多了，急忙去厨房叫女儿。

"橙橙，你今天不是和同学有课外活动吗？"

阮橙不急不慢地打开烤箱，声音温柔："知道啦。妈妈，你尝尝我做的香蕉派。"她只穿着浅蓝色的睡裙，身材纤细，头发用发圈简单地扎了个马尾，可爱中带有少女特有的朝气。阮母尝了一口，味道真是不错，甜而不腻。

"橙橙，你现在上高中了，要把心思放在学习上。"陵城附中已经开学一周了，可阮橙似乎一点高中生的状态都没有。"嗯。"阮橙应了一声。

"和同学好好相处，下次你们班要是有什么课外活动，可以邀请同学到我们家店里来。"阮家是做食品生意的，"橙心"在全国各省都有连锁店，光陵城就有十六家分店。阮橙洗干净手，擦干手上的水滴，慢悠悠地说道："我们班同学挺好的。"

阮母顺了顺她的刘海儿："班上同学都认识了吧？"

阮橙眨眨眼："嗯。"

阮母有几分忧心，新环境，学习负担又重，也不知道阮橙能不能适应。陵城的学生学习压力大，阮橙又是属于自身不努力型的，阮父阮母对她要求不高，只盼她的分数能上三星高中。结果阮橙中考成绩竟然过了本区最好的高中的录取分数线，虽然是压线，那也是相当不错了！毕竟陵城附中的名气享誉全市啊！阮橙能凭着自己的实力考上陵城附中，阮父心里相当骄傲。不过回想起考试那天，要不是阮橙吃了阮父做的冰淇淋蛋糕导致肚子不舒服，也许分数会更高。拿到录取通知书的第二天："橙心"当天全场八五折。阮爸爸就差让每家店挂上横幅——热烈庆祝阮橙同学被陵城附中录取。

阮橙飞快地换好校服："妈妈，我出去啦。"

"我开车送你？"

"不要啦，我多大的人了。"

"你多大啊！也不过十五岁。"

阮橙从小区出来后，打车去约定的公园。周末路上堵车，她低头看看手腕上的表，离约定的时间已经过了十五分钟。阮橙在公园门口转了一圈，也没找到熟悉的人影。周末的公园，比平时人多一些。大家也许已经进公园了，当阮橙准备直接去今天的目的地时，忽然看到一个高个子的男生，他也穿着附中的校服，白T恤，藏青色的裤子。这位同学难道也和她一样迟到了？男生背着黑色书包，穿着一双白色运动鞋，一手插在裤兜里，走了几步，坐在对面的木椅上，书包随意地搁在一旁，靠在椅背上姿态慵懒。察觉到她的目光，他也看了过来。两人的目光就这么在空中交汇了。白净的脸、高挺的鼻子，阳光美少年。阮橙在大脑里搜寻着关于这个班里同学名字的零星记忆，这个同学叫什么……

男生从书包里翻出了两张试卷，他微微低着头，目光落在卷子上。阮橙惊讶，这个男生竟然主动在公园里写作业！阮橙下意识地拉了拉自己的书包，作业她才做了一半，剩下几道大题还没做呢。今天来参加小组活动，她特意把作业都带上了。阮橙慢慢走到男生面前，她咽了咽口水，对男生说："我们来迟了。他们应该是走了吧。"阮橙说话的声音很是悦耳，男生正在写字的手停了下来，那双手白净又好看。

"阮橙。"他抬头看着阮橙，清晰地叫出了她的名字。阮橙心想：竟然连后鼻音都是对的。她对着男生浅浅一笑："你在写作业啊？"借着对话来掩饰着自己的心虚，人家记得她的名字，可她却不知道他是谁呢。看着卷子上的几道大题他都做完了。

两个人开始做各自的试卷，公园安静，微风轻轻吹动，空气中飘浮着淡淡的花香。一分钟后，阮橙面上有些害羞地说："同学，不好意思，能不能帮个忙？"同学？男生迟疑了几秒："嗯？你怎么了？"听着男生温润的声音，阮橙心中一喜，这个男生应该很友善吧，她双眸亮晶晶的："最后几道大题怎么做呀？你可不可以教我？"男生点了下头："可以。"

"不过，我的手受伤了，你能帮我填写一张卷子吗？"她举起右手，食指上确实贴着创可贴。她紧紧地盯着男生，诚意满满的祈求，又带着几分可怜。阮橙长相甜美，任谁都不会拒绝她。"真的是扭伤。"

男生错愕了几秒后，微微一笑："试卷拿来。"阮橙瞬间心里乐开了花，马上就把数学试卷拿出来。男生拿着自己的签字笔，又低下了头。阮橙坐在他一旁，这字写得也好看呢。嗯，和他的人一样。她光明正大地看着他的脸，睫毛真长，眉毛被细碎的头发遮住了一些，不过也很好看啊。她失神了……

男生微微动了动身体："阮橙——"

阮橙一愣："你需要我做什么？"

男生红润的唇角上下翕动："你靠我太近了。"如果再近一点的话，她就要贴上他了。尴尬的阮橙立马挪开，瞬间坐到了木椅的另一头。高耸的松树随风摇动，一只调皮的小松鼠上蹿下跳地搬着松果。阮橙绞着手指，一边看着风景，一边平复着怦怦的心跳。好丢人……她只是觉得他长得好看，看上去……很好吃的感觉，像奶昔。明天她要带一份吃的谢谢他。阮橙绞着手指，如果有人能天天帮她辅导作业该多好啊！她抬头看看一碧如洗的天空，又看看一旁安静如画的少年。奢望吧！

　　男生一边给她分析题目，一边检验她对知识的掌握情况，阮橙连连点头。讲完后，他才写下答案。直到最后一道大题讲解完，阮橙仍然感觉自己不太明白。"原来最后一道大题用这种解法啊。"他把试卷还给她。阮橙仔细一看，语气中透着几分诧异："竟然这么快就写好了。"男生开始收拾自己的东西："你检查一下，看看哪里不对的，我们可以再讨论一下。"阮橙摆摆手："哦哦，我看下啊。"双眸从上往下一一看过。

　　男生那双眸子黑白分明："嗯。还有问题吗？"

　　"没有。时间不早了，我们赶紧去找别的同学吧。"阮橙弯着嘴角。

　　男生的目光落在她脸上的那对梨涡上："我不去了。"

　　"那明天见。"

　　"我回去了。"男生说完拎着书包转身走了。她站在那儿傻乎乎地看了好久他渐渐远去的背影。

　　半小时后，宁昀回到家中，拿了瓶可乐喝起来。正在打扫卫生的宁昀表姑好奇道："小昀，你不是去参加活动了吗？怎么这么快就回来了？"宁昀应了一声："活动结束了。"表姑心里纳闷，这结束得也太快了。哟，他该不是没去参加活动吧？小昀这孩子也太不合群了。他爸妈还担心他上高中有可能会早恋呢，他可能连朋友都没有！看起来这孩子不怎么愿意和别人相处啊！

　　"那今天你……做什么了啊？"

　　宁昀拧好可乐瓶，慢悠悠地说道："和同学一起……写作业。"

　　周一一大早，太阳冉冉升起，学生们陆陆续续进了教室。阮橙的同桌宋兮从进教室起一眼也没看阮橙，她的表情毫不掩饰，就是表达着她在生气，很生气。阮橙知道宋兮生气了，她想着下课结伴去上厕所的时候，再和宋兮解释一下。可是下课铃一响，宋兮就挽着前桌女孩子的手跑了。阮橙托着下巴，轻轻叹了口气。她转头在教室里搜寻着帮她辅导作业的那位同学。今天她为他带了蛋糕，一会儿请他吃。找了半天，她也没见那位同学的身影，也不知道他坐在哪里，还是一会儿问宋兮吧。上课前，宋兮回来了。阮橙碰碰她的手："宋兮——"

"干吗？"

"昨天我去了，不过你们都不在。"

宋兮气鼓鼓地说："你不想参加活动，就不要在我们这组嘛。"

阮橙："路上堵车了，我下次一定不会迟到了。"

宋兮一脸严肃："说好了！"

阮橙看着宋兮的状态应该是被自己哄好了，心情就放松下来，不自觉地笑了，笑起来的样子甜甜的。

宋兮嘟嘟嘴："下回你早点出发啊，不许再迟到了。"阮橙点点头，从抽屉里拿出一小盒蛋糕送给宋兮，权当赔罪。

"对了，昨天我在公园遇到一个男同学，不知道他叫什么名字。"

"谁啊？"

"阮橙——"数学课代表气喘吁吁地跑进来，"梁老师叫你去一趟。"阮橙站起身来："怎么了？你知道因为什么事情吗？"她作业写好了啊。老师为什么找自己呢？

"不知道。你快去吧。"

阮橙满脸疑惑，低头对宋兮说："宋兮，我先过去，一会儿回来再和你说。"宋兮点点头。

正是课间休息时间，大部分老师都在办公室。几位数学老师围在一起不知道在讨论什么。阮橙在门口喊了一声："报告——""进来。"梁老师拿着试卷，笑眯眯地看着她。"梁老师，您找我？"说话间，阮橙意外地看到了熟人，这不是昨天和她一起写作业的同学吗？难怪在教室里没看到他，原来他也被老师叫来了。梁老师道："我刚把试卷改完。这次的卷子有些难度，不过有难度才有惊喜。"阮橙心里怦怦跳着，隐隐有些不好的预感。梁老师开始分析试卷，语气里满满的骄傲："全年级就你一个全对。"

"啊！"阮橙惊讶，白净的脸上染了一层红晕。

"正好奥数竞赛班还有两个名额，你也来上课吧。"

阮橙难以置信地眨眨眼："奥数竞赛班？"梁老师点点头，对她满是期待："不用紧张，先上上看。"阮橙真是一颗沧海遗珠，虽然她是压线考进附中的，但是中考成绩并不能说明什么啊。梁老师接着说："这周开始上课，有问题问老师，或者问宁昀。"阮橙蒙了，那个叫宁昀的男生正坐在老师的椅子上悠悠地看着她。宁昀……宁昀……她慢慢回忆起来，他就是中考全市第一名的那个宁昀！梁老师笑着："快上课了，你们先回班上课。回头我再找你们。"宁昀嘴角微微一动，起身走了。阮橙硬着头皮，跟着他出了办公室。

两人来到走廊。"喂——"她小声地叫他。宁昀脚步没停。阮橙大步往前，和他并排走。阮橙："同学——"宁昀停下脚步，目光灼灼地看着她："我叫宁昀。"阮橙抿抿嘴唇："我知道。"她的眼眸轻微地转动，有些心虚。

阮橙："宁昀，最后一道题是你教我的。你自己怎么没写？"

宁昀看着她："手累，不想写。"

阮橙心想：怎么有人和她一样懒啊？可是她不想去什么奥数竞赛班。真让人头疼！阮橙回到座位上，宋兮问道："老师找你什么事？"阮橙重重地叹了口气："让我去奥数竞赛班。"宋兮瞪大了眼睛："奥数竞赛班？这么厉害？阮橙，原来你深藏不露啊！"阮橙无奈地趴在课桌上。她小学上过一段时间奥数班，那时候周围同学凡是成绩中上等的都去学了。她坚持了一年，觉得实在无趣，远不如她做蛋糕来得开心。她试着和爸爸一说，没想到阮父沉思了片刻，只是说了一句"不喜欢就不学了，数学家也不是人人都能当的"后，就同意了。当时她抱着爸爸的大腿，告诉爸爸她以后要做最厉害的美食家。

"我听说参加竞赛得奖可以直接保送名校的！阮橙你真是撞大运了。"

可她的数学成绩真的很普通啊。

宋兮激动道："我们班宁昀数学成绩好，肯定也会被选去吧？"阮橙眼角的余光扫到了刚走进来的宁昀，目光一直追着他。宁昀腿长个高，一进教室，好几个女生的目光悄悄地看向他。他坐在最后一排中间，阮橙的位置在第三排，两人的座位刚好在一条斜线上。这就是第一名啊！阮橙问道："今年学校怎么分班的？"第一名和倒数第一名在一个班，这是随机？

宋兮："电脑随机安排的，不过好像要兼顾一下各班的整体水平。"

所以，她和宁昀分在一个班是为了平衡？阮橙移回视线："我的运气真好，能和第一名分在一个班。"

宋兮暗暗一笑："宁昀帅吧？"阮橙听从自己的心中想法，点点头。

宋兮："宁昀是天才少年，每次考试都是第一。"

"每次都是第一名？这样会不会一点惊喜感都没有？"

宋兮翻了翻白眼："你要什么惊喜感？"

阮橙思索了一下："从年级最后一名到前十，这种感觉？"

宋兮忍不住笑了："人家智商180，这辈子都不可能是最后一名。"

阮橙："你怎么这么了解他？"不是才开学一周，怎么宁昀什么信息都被宋兮了解得清清楚楚了？

宋兮："唉！谁让你天天看漫画，也不关心新同学。"她神秘兮兮地拿出一本笔记本，"嘘——我们悄悄看，别告诉别人。"两人的头靠在一起。阮橙看清楚了，上面是宁昀的个人资料：宁昀，男，身高180厘米（还在成长），生日二月二十二日……

阮橙："他的鞋子四十二码？那他的鞋子岂不是像小船了？"

宋兮："这是秘密啊，你别告诉别人，尤其是其他女生。"

阮橙点点头，她又看到一张一寸大小、蓝底的照片："这照片是从哪儿来的？"

宋兮："我买的！从他初中同学那里。"

阮橙："可是我们以后和宁昀会有合照的。"

宋兮："对啊！亏了！我的零花钱！"

还有更让阮橙惊讶的信息："东山馆？他家住这个小区？"

宋兮一脸得意："那天我问宁昀的。你别告诉别人啊。"

阮橙："你是怕有人会跟踪宁昀？"东山馆和她家离得还挺近的。

宋兮："我小姨说，现在的女孩子都很主动的。"

阮橙悄悄摸了摸抽屉里用盒子装好的慕斯蛋糕，那是她昨晚亲手做的，现在还要送出去吗？宋兮突然想到了什么："昨天宁昀说在公园等你？你们后来干什么去了？"

阮橙胸口一痛："怎么让他等我啊？"

宋兮："是他主动提的，你以为我想他单独留下来等你啊。"其实为此，组里的另外两个女生都对阮橙有些意见。阮橙转念一想，也就是说宁昀早就认出她了？她支支吾吾道："当时太晚，就没去找你们。"宋兮一脸惋惜："难得宁昀和我们一起，这样的机会，以后可千万不能浪费了。"他们小组是按姓氏字母分的，N（宁）、R（阮）、S（宋）三人恰好名字排在前后。用阮橙后来的话说，他们是有缘千里来相会。不过花名册也说明了附中倒是很为学生考虑，并没有按中考分数来排名，一时的成绩并不能代表什么。

陵城附中在陵城高中学校里，是常年在市里排名前三的，但是这两年的高考文理科第一名都在其他两所高中，这可把校长急坏了。七月份，周校长亲自面试招来了几位有能力的老师。高雅就是新转来的老师之一，二十九岁，未婚。人如其名，身材高挑，气质淡雅。她是三班的语文老师，也是班主任。学校录用高雅，也是周校长力排众议。一周时间下来，高雅对班上的同学也有了大致的了解，现在的孩子和他们"80后"不一样，很聪明，也很有个性。语文课一下课，高雅离开前提了一句："你们的周记，我已经改好了。大家要加强课外阅读。我们班女生中阮橙、宋兮写的作文是不错的，男生们要加油啊。课代表一会儿到办公室把几篇周记复印好贴在布告栏，大家课后看看。好了，大家休息吧。"

一下课，教室就闹哄哄起来。有的男生还在教室后面拍起了篮球。阮橙去办公室拿作业，她是高老师钦点的语文课代表。当时她想推辞不干的，可是没推掉。

高老师笑道："没参加你们小组的周末活动？"阮橙有些不好意思："我迟到了。"高老师看着她："下周开始，周记你们相互批改。"阮橙点点头："好的。"

阮橙回到教室里，把周记本一一发下去后，拿着复印好的几篇周记走到公告栏前。"阮橙，需要帮忙吗？"后排叫路明的男生主动问道。"不用了，一会儿就好。"阮橙报之一笑。

"路明，我需要帮忙。"旁边的男生挤眉弄眼道。

"啥——"

"我鞋带开了，帮我系一下。"

"你自己不会吗？"

男生哄闹着。阮橙踮起脚尖，正要贴第二张纸时，她的身子晃了一下。突然间，有人一手抵着她的后背，稳住了她。"谢谢啊！"阮橙回首道谢，嘴角的笑容突然僵住了。宁昀等她站稳，抬手拿过那张纸："胶带给我。"阮橙乖乖地把胶带给他，又主动按着纸张的边角，方便他张贴。两人靠得近，她闻到了他衣服上淡淡的味道，是薰衣草的香气。

宁昀："下一张。"阮橙连忙递给他，还是个子高好啊。当159厘米的身高对上180厘米的身高时，她觉得脖子有点酸。阮橙心里纳闷了，爸爸身高180厘米，妈妈身高165厘米，为什么她的身高都没到160厘米呢？没关系，阮橙安慰自己，自己的身体还在成长中。宁昀很快贴好了，他快速地扫了眼墙上的几篇周记。阮橙注意到他的目光："我随便写的。"这篇周记她写的是她如何做新款蛋糕，步骤详细，语句简练，让人看完不自觉想尝一尝她做的蛋糕。宁昀一字不落地将她的周记看完，阮橙的字没有丝毫字体可言，不过字迹工整，倒也算可爱、秀气。

宁昀："蛋糕好吃吗？"

阮橙："当然！"语气里满满的骄傲。

宁昀突然弯了一下嘴角。阮橙忽然被他的笑容给暖化了："林昀……我……"宁昀眼里闪过一抹无奈："是宁，不是林。"阮橙眨眨眼，故意加了重音说道："宁昀，我数学不好，上不了你们奥数竞赛班。"

宁昀："这是梁老师决定的。"

阮橙急了："你和梁老师关系好，你帮我去说一下，好不好？"

宁昀沉默了一下："你先上课了解一下，回头再说。"

阮橙："好吧。"等她回了座位，她后知后觉，为什么自己要听宁昀的话！难道这就是第一名的威力，让人无形中服从他的决定？

宁昀翻着手里的书，他的同桌路明问道："你和阮橙认识吗？"宁昀动作一顿："昨天我们参加小组活动了。"路明单纯地笑道："阮橙人很可爱吧？"

宁昀："你认识她？"

路明："我和她……对了，还有班长简知言，我们三个之前是一所中学的，不过她不认识我。"宁昀沉默。

路明笑："初中时，每次考试，老师都会把她的作文印好发给我们看。"宁昀扬了扬嘴角："看来她很厉害。"路明哑然，第一名夸最后一名啊。路明压着声音："你别对其他人说啊！她家里特有钱！一点也看不出来吧！'橙心'就是她家开的。别说，她家面包做得还挺好吃的。"

宁昀似在思考着什么。

放学后，大家都在收拾书包，阮橙没动，就坐在那儿，手里翻着漫画书。宋兮收拾好书包："阮橙，你不走啊？"阮橙目不转睛地看着漫画书："我再看一点点。"宋兮背起书包："那我走了。明天见。"

阮橙又看了十来页才恋恋不舍地合上书。教室里只剩下零星几个人，大家留下来都是在做作业，大概只有她是例外。阮橙轻轻扭动脖子，突然看到了最后一排的宁昀，他还没走。学霸正戴着耳机。她想学霸应该是在听英语吧。阮橙起身往外走，路过宁昀的座位，她的脚步稍微顿了一下。学霸也不容易，争分夺秒地学习呢。宁昀发现了旁边的阮橙，他转过头，摘了耳机："你手上的伤好了吗？"阮橙下意识地缩了缩手，不好意思地笑笑："好了。"宁昀应了一声，拿着书包站起来："走吧。"阮橙迈着步子："你在等我呀！"她声音轻快动人，令平日稳重、冷静的宁昀脚下一歪，好在他反应极快，没有跌倒。

"顺路。"他丢下两个字，大步而去。

两人一起出了校门，宁昀来到三班的停车区域。这时候学生都走得差不多了，他们班的场地内就剩下几辆自行车。宁昀开了锁跨上车，见阮橙慢悠悠地走着。他又从车上下来，推着车来到阮橙身边。

阮橙："你先走吧。"

宁昀："你怎么没骑车？"

阮橙心想，总不能说早上起床迟了，爸爸不放心她骑车吧。"平时运动量太少了，走路顺便能锻炼一下身体。"宁昀望着她那一本正经的脸，明显是不信她的话。上周的体育课，她就躲在教室里看漫画，还好意思说自己要锻炼。走过这条巷子，拐个弯上了宽阔的马路，路边的花坛边有位流浪老人。阮橙停下脚步，她早有准备，从书包里拿出了蛋糕。开学这一周，从家到学校这条路，她早已熟悉。他们每天放学路上都会遇到老爷爷。阮橙走过去："爷爷——"老人看着她。阮橙双手把蛋糕递给老人，"我自己做的蛋糕，请您帮我尝尝。"老人愣住了，小姑娘皮肤白净得像雪一样，说话的声音温柔又有礼貌。他不好意思直接拿，手在衣服上擦了又擦，才伸手去接："谢谢——谢谢——"阮橙嘴角微扬："如果不好吃，请您记得告诉我啊。"

宁昀的心一时间像被什么填满了，久久不能言语。阮橙看了他一眼："走啦。"宁昀能感觉到她的心情很好："这是你周记上写的蛋糕？"阮橙点点头，本来是打算送他的。阮橙轻声问道："你喜欢吃蛋糕吗？"宁昀没回答，沉默了片刻。他记性好，他记得她写的句子：用心烹制的食物，会让吃的人都感受到一份暖暖的爱意。

看见宁昀沉默，阮橙了然："男生好像都不太喜欢甜品。"

宁昀："也不一定。"

阮橙眨眨眼："你喜欢啊？可惜我包里没有了。哎，不过，我知道一家店，他家的蛋糕味道不错。"

宁昀："哪家店？"

阮橙："'橙心'啊。"宁昀看着她那双如黑曜石一般的眼眸，不由得一笑。她真是好聪明啊！这店铺推广得真好，给人的感觉自然、不尴尬。阮橙见他不说话，她一本正经道："我说的是真话。陵城所有蛋糕店的蛋糕我都尝过，不说'橙心'排第一，也算前三吧。橙心家都是当天现做，材料安全新鲜，面包师傅都是经过专业培训的。"宁昀也不戳穿她，她脸上的表情告诉人家，'橙心'就是第一！

"明天我给你带一块。"

宁昀目光灼灼地望着她。阮橙很快反应过来自己有些宣传过度了，接着说道："今晚我妈妈会去橙心买蛋糕，你喜欢吃什么口味的？"夕阳西下，橙红色的余晖洒满城市的每一个角落。看到这样的美丽景色，宁昀声音沙哑："橙子味吧。"阮橙记在心里："好的。"

两人边走边聊，阮橙一路将宁昀送到了他们小区门口，宁昀推着车进去了。门卫爷爷认识他："宁昀啊，都有女同学送你回来了啊。"宁昀没说话，但是暮色也掩盖不了他微红的脸颊。他跨上车，快速地骑走了。宁昀回到家，虽然家里冷冷清清的，但是餐桌上摆着三菜一汤，有荤有素。宁昀正在长身体，表姑每天都花心思给他做饭菜。

"多吃点，高中学习很辛苦。明天我去买条鱼，给你做鱼汤。"

"表姑，以后中午我都不回来吃饭了。"

"为什么呀？"

"学校食堂的饭菜挺好的，也可以节约点时间。"

"话是这么说，可是我怕你营养跟不上啊。回头你爸妈回来，我怎么向他们交代啊？"

"没事，我会和他们说的。"

表姑心里十分不舍，不过，她感觉这孩子上了高中之后，似乎话变多了，这样也许是好事。宁父前两年把公司搬到燕市去了，宁昀的姐姐正好在燕市读大学，宁妈妈也跟着过去照顾父女俩。宁父是打算让宁昀也转到燕市念书的，不过宁昀不肯，宁父也没再勉强他，后来便请了自己的表姐过来照顾宁昀。

阮橙回到家之后，阮妈妈拿过她的书包："今天回来得怎么比平时晚了一点啊？"

阮橙："我和我们班一个同学走路回来的，走得慢。妈妈，我同学想吃我们家蛋糕。"

阮妈妈笑："那明天你带一张储值卡给她呀。"

阮橙："不用，我写完作业，给他做一个就好啦。"

阮妈妈摇摇头："你呀，一天不做这些就手痒。"

阮爸爸亲自下厨烧了几个菜，都是阮橙爱吃的。阮橙心里暖暖的："爸爸做的菜真的太好吃了。"

阮爸爸："今天作业多吗？"阮橙鼓着嘴巴："多！爸爸，我忘记跟你说了，数学老师让我去参加奥数竞赛班呢。"阮爸爸见女儿一脸愁苦的表情，忍着笑意："你是不想去吗？"阮橙打量着父母，哪一个家长不希望自己的孩子成绩好，能够考上京大、华大？他们也会觉得倍有面子吧。阮父阮母心里还有名校情结呢。

阮橙："我试试吧。"阮爸爸的眼睛都亮了："橙橙，不要有压力，你觉得行就继续上课，你若真的不喜欢，我和你们老师去说一下，让你退出。"阮橙莞尔。吃过晚饭，阮橙放下筷子："我去写作业啦。爸爸妈妈，辛苦你们收拾一下饭桌。"

阮妈妈："你去写吧。一会儿我帮你把工具都准备好，你写完作业就可以做蛋糕了。"

阮橙："那辛苦妈妈啦，再帮我拿三个橙子榨汁，好吗？"阮妈妈哭笑不得："行。"阮橙回到房间，看了会儿书，把今天学习的内容先复习一下，然后开始写作业。她的学习习惯特别好，课堂四十五分钟都在认真听讲，加上记性好，领悟能力强，学习对她来说还算轻松。不过到了高中，功课比以前多，她也比以前多花了几分心思在学习上。等她把作业都写完，已经过去了一个多小时。不过也是她速度快，班上一大半同学这时候还在与作业较劲。

阮橙来到厨房，阮妈妈果然已经把东西都准备好了。

阮妈妈："做戚风蛋糕？"阮橙已经在搅拌橙汁和黄油了，她动作麻利："我同学想吃橙子味的蛋糕。"阮妈妈也高兴阮橙能够多认识一些朋友。等阮橙做好了蛋糕，她拿着食品袋一一装好。她闻着香味："感觉很好吃。"阮橙挑眉："橙香味很诱人。我一定要让宁昀吃得满意！"阮妈妈好奇道："原来，女孩子都喜欢吃甜品呀！"阮橙点点头："宁昀是男生，昀是纪昀的昀，就是那个纪晓岚。他是我们年级第一。"

阮妈妈："第一名啊！"这名字这么温柔，怎么会是个男生啊？

阮橙："很厉害的。"

阮妈妈："男同学啊！你们关系很好吗？"

阮橙："刚认识，不太熟。不过感觉他人不错，长得挺好看的。"阮妈妈心里突然有许多话，看着女儿单纯的模样，她生生地咽下去了。阮橙不会要早恋了吧？阮妈妈回了房间，忧心忡忡，和阮爸爸说道："橙橙班上有个叫宁昀的男生，你听过吗？"

阮爸爸："宁昀？"

阮妈妈："听说成绩很好。"

阮爸爸："我说怎么这么耳熟，今年中考成绩第一。怎么了？"

阮妈妈脸色沉了几分："橙橙给这个男生做蛋糕呢。"

阮爸爸："这小子福气真好，能吃到我女儿亲手做的蛋糕。"阮妈妈突然就不想理他了。几分钟后，阮爸爸突然急切道："老婆，你说这小子是不是要追我们家橙橙啊？"

阮妈妈云淡风轻："男孩子的心思我怎么知道？"阮爸爸在房间里走来走去："明早我送橙橙去上学，顺便去他们班观察一下。"阮妈妈也表示赞成。

第二天早晨，阮橙拒绝了阮爸爸送她上学的提议，她自己骑车去了学校。阮爸爸看着女儿离去的身影，郁闷不已。阮橙到了教室，发现同学们才有十多人到了，她拿出蛋糕放了宁昀的桌上。她敢保证，宁昀会喜欢的。这天，宁昀难得地睡过头了，他快速地洗好脸就出门了。

"早饭带着路上吃，鸡蛋和手抓饼。"

"不吃了。"宁昀穿上鞋子，抓起钥匙，就出了门。

表姑："高中生真是太不容易了。"她叹了口气，想到宁昀父母都不在身边，不由得摇摇头，更心疼宁昀了。

十五分钟后，宁昀掐着点进了校门。这天是英语早读，早读课已经开始了，英语课代表唐蕊在讲台上。宁昀最后到了教室，唐蕊看了他一眼，没记下他的名字。宁昀回到座位上。路明侧首："你睡过头了吗？"宁昀"嗯"了一声。

路明道："桌上有块蛋糕，我早上没吃早饭，刚刚被我吃了。"

宁昀："……"

路明摸了摸嘴角的残渣，又舔了舔嘴角："橙子味的，真好吃。也不知道是谁放在我们桌上的。"宁昀的一张俊脸彻底黑了。

路明："宁昀，你是不是也没吃早饭啊？我抽屉里还有饼干，你要不？"宁昀不想说话。

宁昀一直沉默着，这一早上什么都没吃，胃更难受了。路明吃完蛋糕，还打了个嗝。

"数学作业借我看下，我参考一下解题思路。"宁昀看了一眼自己这位同桌，路明已经自己去找作业了。宁昀也不是小气的人，蛋糕吃了就吃了，他自然不会和他计较。路明这人也是"单纯"，除了对学习方面不太上心，别的都上心。他能考上陵城附中也是奇迹。英语课代表唐蕊一直关注着教室后方，听见他们说话后，大步走来："路明，早读课你还在写作业！赶紧收起来，不然我要告诉老师了。"路明不满地"哼"了一声："你为什么老盯着我们！"唐蕊像被人戳穿了什么似的："我是课代表！我要负责。"路明合上作业，拿出英语书，大声念了起来。等唐蕊走了，路明又开始争分夺秒地补作业了。宁昀一直沉默不语，目光似有若无地看向阮橙的位置，她今天倒是没补作业了。英语书里夹着本漫画书，也不怕被老师发现。路明碰碰他手肘："想什么呢？闷闷不乐的。"宁昀敛了敛神色："我在想换同桌。"路明愣住了："那个……宁昀，你是想把我换了吗？"宁昀瞄了他一眼："正在考虑中。"

路明："为什么？"

宁昀抿着唇，静默着。

路明："别啊！我们这才刚磨合了一周。你是不是嫌弃我……年级排名倒数？"

宁昀头疼了。

当天阮橙把多做出来的戚风蛋糕分给了周围几个同学，大家都赞不绝口。

宋兮："'橙心'果然好吃。放学我就让我妈妈去买。"大家意见一致。阮橙有些不好意思："你们要是喜欢，下回我多买些。"

"总不能老让你花钱啊！"

"也没多少钱，你们喜欢就好。对了，你们觉得他家味道有需要改良的吗？"

"这倒没有。"

"已经很好吃了。"阮橙失望中又夹杂着几分喜悦。不知道第一名会有什么意见。

课间，阮橙起身："我去收作业了。"作业收得差不多了，就差第三组宁昀和路明的。阮橙也没让组长去收，她自己去找宁昀了。唐蕊和宁昀正在讨论题目，她的出现打扰了两位学霸。

"宁昀，你的语文练习册呢？"

宁昀抬头："等一下。"

唐蕊脸上红扑扑的，像涂了腮红。她轻声说："那你先忙，等你有时间了我再问你。"

阮橙抱着作业在一旁等待着。宁昀慢悠悠地翻着，没找到。

阮橙："不急，你再找找。"

宁昀："不知道放哪了。你先送去，我找到后自己去交。"

阮橙点点头："蛋糕怎么样？"

宁昀："还不错。"

阮橙笑了，眉眼都是暖意。路明一从洗手间回来，就看到宁昀在和阮橙说话。"阮橙，收作业了？"他赶紧翻出练习册，连带着宁昀的也交了出来。

"对了，这周六初中部有个聚会，你能来吗？"

"什么聚会？"

"我们那届有个同学生病了，挺可怜的。大家准备一起捐款，简知言发起的，估计他今天会找你。"

"好的。"对于捐款这事，阮橙向来都很积极，能帮到别人，她是非常开心的。

宁昀似乎是想起了什么："今晚奥数竞赛班有课，不要忘了。"阮橙不自觉地皱了皱眉，一脸苦色。

简知言是三班班长，因为他从小学开始就担任班长一职，社交能力很强，为人温和，没有同学不喜欢他的。从路明口中，宁昀得知，简知言的父亲是大学教授，妈妈是省人民医院的外科医生。

"虽然你很受女生欢迎，简知言的吸引力绝对不比你小。而且呢，阮橙和简知言是老搭档，两人一起主持过学校的节目。"

宁昀不甚在意。结果到了晚上，等他到了奥数班，发现简知言也来了，就坐在阮橙旁边。两个人不知道在说什么，脸上都带着笑。呵！人家是初中校友呢！宁昀选了一个靠窗的位置，一个人坐着。晚上给他们上课的数学老师，以严厉著称。阮橙没敢在老师眼皮底下看闲书，不过，她到底没有坚持学奥数，第一节课便听得云里雾里。好在她上课表现得很认真。老师讲完了一道题，又在黑板上出了一道新题："哪个同学上来做做？"

阮橙一直盯着老师，这位老师有点像日本动漫里的一个教练。"那个女生吧。"老师抬手指着阮橙的位置，"你叫什么名字？"阮橙还是安静地坐着，一动不动。简知言连忙伸手推了一下她："叫你。"阮橙如梦初醒，站起身来："阮橙。"老师看了一眼名单，点点头："你来试试这道题。"

阮橙："老师，我刚刚在思考，这道题我还没想出答案。"老师大概也没遇到过这么直接的人，一时间都不知道该怎么回复她。教室里其他十几个学生都笑了，只是不敢笑得太大声。简知言站起来："老师，我来试试。"老师"嗯"了一声："你来做吧。"简知言上去时，阮橙对他勾了一下唇角，感激不尽。简知言做完了题，老师表扬了他。"数学是门很有趣的学科，学得越深就会爱得越深。你们是这届的尖子生，要好好加油。"

终于下课了。阮橙深深叹了口气，坐在座位上没动。

"班长，谢谢你啊。不然我就要丢人了。"

简知言道："数学不难，我想只要你花点心思，花点时间，你就能学会的。"阮橙笑了笑，没有发表自己的意见。她就是普通人的水平。任何事都需要天分的，还需要热爱。宁昀收拾好书包过来时，眼角的余光瞥到阮橙正在写作业。他的脚步稍稍一顿，扫了一眼。阮橙正在写英语作业，口中轻声念着题目。宁昀眉头一皱："你到奥数班来写作业？"突然的询问把阮橙吓了一跳，连英文字母都被她写得扭曲了。"哎！别张扬！晚上回家我来不及写了。简知言，你帮我看下这道题，我选得对不对？"简知言拿过作业本："这道题答案是C。"阮橙懊恼："我就在B和C之间犹豫呢。"

教室里的灯光很明亮，女孩子坐在座位上奋笔疾书，笔尖和纸张摩擦着发出轻微的沙沙声。宁昀看着她柔软的长发落在作业本上，听说头发软的人心也很软。因为急切她的眉头轻皱着。她的皮肤很白，在灯光的照射下，脸上一点杂质都没有。

"写完了。"阮橙甩甩手，"好累。"宁昀语气硬邦邦的："你怎么不直接让简知言帮你写？"阮橙回道："我是那样的人吗！而且我的手已经恢复了。"宁昀心堵，你怎么好意思让我帮你写！他似笑非笑地看着她。阮橙不经意间眸光与他相会，顿时觉得自己好像被看穿了。她心虚了。

三个人结伴而行。月朗星稀，校园里一片宁静。

阮橙好奇道："简知言，你也喜欢数学？"

简知言："喜欢。"

宁昀："之前的名单里并没有你的名字。"

简知言笑了笑："本来打算学医的，现在我改了主意。"都是聪明人，大家很快就理解了他的意思。

阮橙："能做自己喜欢的事真幸福。"

宁昀："你想做什么？"

简知言也看着她。阮橙抬首望着夜空，今晚的月亮又圆又亮。"以后的事以后再说，我现在就希望这三年轻松一点！以后能顺利考上大学。"两位学霸沉默了。阮橙耸耸肩，她有些内疚，感觉自己在荼毒好学生。

不知不觉出了校门。三个人沉默着，各自去推车准备回家。

简知言欲言又止："阮橙——"

阮橙回头："怎么了？"

简知言："有件事——"

"橙橙——"一道嘹亮而熟悉的声音从前面传来。阮橙回头一看，轻快地喊道："爸爸——"宁昀明显感觉到一道不善的目光落在他身上，然后又移开了。他站直了身体，背脊挺拔如在军训。自己在紧张什么呢？阮爸爸特意来接阮橙放学，大晚上的他不放心，就是陵城治安再好，他也不敢让阮橙一个人回家。他来了有一会儿，看到女儿同两个男孩子出来。他心里警钟敲响了。阮爸爸不是帅哥，穿着也很休闲。阮橙完全集合夫妻俩的优点，五官精致，从小就惹人喜欢。

"爸，等很久了吗？"

"我才来十分钟。"阮爸爸清清嗓子，"这两位是班上同学啊？"

"这是简知言和宁昀。"阮橙一一介绍道。

"叔叔好。"两人异口同声。阮爸爸知道简知言，女儿初中时学校有名的人物。家长会时，简知言的父亲还给学生家长上过课，他受益匪浅。橙橙和初中校友现在同班，他放心不少。这小伙子好像长高了不少！那另一个就是中考第一名的宁昀了！小伙子长得挺好看的！比简知言还高一点。

"你们好！"阮爸爸的目光大部分都在悄悄打量宁昀。宁昀有些不知所以，他下意识地提了一下书包。"我知道你们，学习很棒！橙橙和你们一起学习数学我也放心了。"

简知言谦虚道："叔叔，我们是相互学习。"阮爸爸一脸温和，又问了一些班上的情况。宁昀话少，都是简知言在和阮爸爸说话。阮橙叹了口气，爸爸今晚怎么这么"话痨"？

"爸，时间不早了，我同学也要回家了。"阮爸爸根本没有打探到消息。这个宁昀太冷静了，见到他一点心虚的表现都没有。难道是他自己想多了？

"那你们路上注意安全！"阮爸爸骑上了阮橙的粉色自行车，阮橙坐在后面。"明天见！"她冲他们挥挥手。这画面在夜色中显得异常温馨。宁昀看着他们消失在夜色中的背影，清冷的目光里突然闪过一抹羡慕。

简知言笑了："听说阮橙能进竞赛班是你帮的忙？"宁昀沉默了下："她和你说的？"简知言点点头："她挺聪明的，只是心思不在学习上。"

宁昀："你也看出来了？这奥数班，她若不想上，谁也勉强不了她。"

简知言了然："是啊。"

宁昀沉默了一会儿："我看她待不了多久。"简知言突然也笑了，果然大家都没看错。

"时间很晚了，我们也早点回去吧。"

宁昀到家，表姑已经睡了，玄关给他留了一盏灯。他轻轻地去卫生间洗了个澡才回到房间，头发擦得半干，碎发随意地贴在额角。他拿起手机，十点半，今天没有一个电话。他放下手机，随手翻开了书。过了一会儿，手机铃声响了。宁昀拿起来一看，是姐姐宁晗打来的。

"宁昀，你睡了吗？"

"没有。"

"最近怎么样？不辛苦吧？"

"还好。"

宁晗习惯了他这样淡漠的性格，这个弟弟小时候挺可爱的，怎么越长大和她的感情越淡薄呢？"听表姑说，你现在中午也在学校吃饭了？"

"嗯。"

"说正事，国庆过来吧，爸妈想你了。"

"国庆我和同学有约了。"

宁晗犹豫了一下："那好吧。你早点休息。钱不够和我说。"挂了电话，宁晗对着爸妈耸了耸肩。宁父拍拍宁母的手："算了！等过段时间，我们回去看看。"宁母叹了口气："他一个人心里也自在。"

第二天早上，宁昀吃早饭时，突然提了一句："表姑，今天买一些'橙心'吧，我想吃。"表姑一愣："店里的面包添加剂多，我给你包烧麦，还有肉包子，健康又营养。"宁昀差点被牛奶呛到："'橙心'是老店了，安全着呢。"表姑想了想："这家店都开十几年了吧。那我下午去买。哎，我想起来了，你小时候就爱吃'橙心'。有一次，你姐生日，你妈带你去提蛋糕，那家店还送了你一块蛋糕。你姐让你给她尝一口，你坚决不肯。"

那一次是宁晗十岁生日，宁母精心准备。因为宁家的亲戚们都在，所以她自然要让大家看到她对宁晗的好。可不能因为一块蛋糕让人误会了。宁母让宁昀把蛋糕给宁晗，宁昀始终没动。

"小昀，你是男孩子，要让让姐姐。"宁母去拿蛋糕，宁昀宝贝般地护着那块蛋糕。就在动作间，蛋糕落地了。

宁晗："我不吃了，我吃大蛋糕去。"宁母也尴尬不已："小昀，妈妈平时怎么教育你的？你是男孩子，男孩子要懂得谦让。"宁昀蹲下身子，慢慢地把蛋糕捡起来装好。"妈妈，这是小妹妹送我的生日蛋糕。"宁母皱着眉："你过生日我再给你买就是了。"一块蛋糕而已。六岁的宁昀早已晓事："去年我生日，你没有给我买蛋糕。"

表姑见宁昀不说话，抿了抿嘴角，没继续往下说。宁昀低着头，他也记得呢。那块蛋糕他只吃了一口，橙子味的，很甜很香。后来上小学，他也去过那家店，可惜都没有再碰到那个小妹妹。又过了一两年，那家蛋糕店换了地址，一别就是十年。直到高一开学第一天，大家按着排名上去介绍自己。宁昀介绍完，从讲台上下来。女孩子慢慢走上去，两人擦身而过。

"大家好，我叫阮橙，耳元阮，橙子的橙。"宁昀整个人僵在那儿。"阮橙"这个名字，他记在心里足足十年了。陵城这么大，他们却在高中相遇了。

语文早自习，课代表迟到了。教室里说话的说话，补作业的补作业，乱糟糟的。阮橙被主任扣在校门口。宋主任三十二岁，单身。这也是开学以来她第一次出现在校门口抓迟到，结果阮橙运气不好，被抓到了。"哪个班的？叫什么名字？"宋主任拿着本子一一记下。大家不敢随便乱编造，只好实话实说。阮橙物理作业还没写，她急着回班："三班阮橙。"宋主任眼里喷火了："赶紧回班。"这是要秋后算账呀！阮橙到了教室，大家都看过来。

"课代表你怎么迟到了？"

……

阮橙灰溜溜地回到座位上。宋主任听到声音，跟着进来："早读时间还在聊天，你们班还有没有纪律了？课代表呢？"宋兮把语文书递给她："赶紧上去吧。"宋主任一见是她，眉头皱了皱。

宋主任去了教师办公室："高老师，阮橙是你们班语文课代表？"

"是啊。主任，您认识这孩子？"

"我建议您和她谈谈，她作为课代表早读课迟到，也太没责任心了。"

"可能她今天遇到什么事了吧，阮橙挺乖的，回头我和她谈谈。"

"虽然他们还是高一，但是这三年过得很快，高一底子一定要打好。"

"我明白，我会和他们说的。"

宋主任点点头："那你忙吧。"宋主任一走，办公室里的几位老师呼出一口气，一大早就被念紧箍咒，谁都怕！

课间，阮橙被班主任叫到办公室谈话了。

高雅："昨晚熬夜了？"阮橙不好意思地点点头，她最近迷上了武侠小说，晚上看得欲罢不能，看到凌晨两点还想看。

高雅："写作业？"阮橙摇摇头："看《射雕英雄传》。"高雅没有批评她："上课别看。书被没收了，我可不会还给你。"她也是从这个阶段过来的，高一上课也偷偷摸摸看小说。阮橙有些惊讶，以为老师会批评她。

"高老师，下次我不会迟到了。"

"课外阅读可以，但是也要有度，不能影响学习！"

"我知道！"

"你先回教室吧，帮我把唐蕊叫来。"

阮橙回到教室，先去找唐蕊。唐蕊看了她一眼："阮橙——听说你数学很好？"这怎么解释？自己数学并不好啊。唐蕊羡慕道："我们班就你一个女生去奥数竞赛班。"阮橙连忙道："我只是去打酱油的。"唐蕊幽声道："我们连打酱油的机会都没有。"

阮橙："你……你赶紧去找高老师吧，快上课了。"

阮橙回到座位上，宋兮小声问道："高老师批评你了？"阮橙叹了口气。

宋兮："你被撤职了？"阮橙心塞，为什么老师不撤了她的职？这一天她精神不好，其实是睡眠不足导致的。大家却以为她被老师批评了，她觉得难堪，懒得解释。

下午的体育课，体育委员带着大家做完热身运动，大家各自解散了。男生去打篮球，女生一大部分去当观众了。阮橙想回班继续看书，结果被宋兮拖走了。

"两大帅哥，你不去看？"

两人来到篮球场。比赛已经开始了，女生都挤在一旁，来的人可真不少。

"宁昀投球好帅啊！"

"简知言跑步的样子真的好好看。"

……

大家激动地叫起来："加油！加油！"

宋兮："你给谁加油？"阮橙不理解这种想法。加油还要分人？

宋兮："当然是宁昀！宁昀加油！"

阮橙："那我给简知言加油吧。"

宋兮性格活泼，很快把加油的气氛带动起来。篮球场边的加油助威一声接着一声。场上的两人听见声音侧目看过来。宁昀抬手擦擦脸颊上的汗，他眯着眼朝着人群望过来，那双眸子好像夹杂着冷冷的光泽。围观的同学被阮橙和宋兮带动起来，加油声整齐有序。宁昀拍着球，正准备传给路明。简知言在他正前面阻挡着他，宁昀看着前方，拍球的动作不急不徐。一个转身，加上一个假动作，他后退一步，突然跳起来，篮球从他手中划出一道完美的抛物线落在篮筐里。"三分球啊！宁昀加油！"宋兮冲着阮橙直咧嘴。阮橙笑着，没想到宁昀这么厉害。简知言这组重新拿回球。阮橙这边又喊起来："简知言加油！简知言加油！"宁昀刚才看过来了？咦！不会吧，她刚才眼花了？

路明上前拦截宁昀，动作过猛，犯规被罚下场了。他气死了："女生们，除了宁昀和简知言，我们也是你们的同学！相亲相爱的一家人好吗？"场下哄然大笑。比赛再次开始。阮橙随波逐流地喊着："简知言加油！简知言加油！"宁昀再次拿到了球，女生们一阵尖叫。另一队三个人都围着他，看来是不打算给宁昀机会投篮了。宁昀和对方三人呈胶着状态，他一个虚晃，把球传了出去。一旁的人似乎早就猜到了他的意图，跑过来速度很快，直接和宁昀撞上了。宁昀也没预料到，人摔倒在地，膝盖重重地磕在水泥地上。一阵疼痛袭来，他咬牙忍着。简知言扶着他："有没有事？还能打吗？"宁昀站起来，走了一两步，就知道自己不能继续了："换人吧。"女生们围住他，一脸的关心。

"我没事。"他对撞他的同学浅浅地一笑。男生一脸抱歉："去医务室看一下吧。"宁昀揉揉膝盖："没多大事，休息一下就好了。你们继续，我去清洗一下。"他慢悠悠地走了。宋兮很想去扶他，可是众目睽睽之下，挺不好意思的，她决定"卖队友"："宁昀，我和阮橙陪你回去。"阮橙愣住了。宁昀看了眼阮橙，这会儿倒是安静了。他开口道："宋兮，麻烦你到医务室帮我借一个冰袋。"宋兮开心得要飞了。"好的！阮橙，你好好照顾宁昀！"

阮橙看着他的腿："你真的没事吗？"宁昀突然伸出手："有事！走不了路了，你扶着我！"阮橙不可置信地看着眼前一米八的男生，他要她扶着？人高马大对比娇小瘦弱，这再次刷新了阮橙对第一名的认知，他好意思？正在她愣怔间，宁昀已经把胳膊伸了出去，她下意识地扶住了他。那微红的脸颊上也隐约透出他的不好意思。宁昀因为刚刚运动的关系，所以身上热乎乎的，手臂上微微有些湿，应该是出汗的原因。除了自家的堂弟，阮橙从来没和陌生男孩靠得这么近。

有了她的支撑，宁昀轻轻靠向她，又不敢全部压向她。她那么瘦，根本撑不住。她低着头，看着前方。宁昀的目光停留在她的手上，她的手很漂亮，手指纤细白皙。这么漂亮的手没有写出漂亮的字，却做得一手好吃的东西。从操场到教室平时就七八分钟的路程，今天也不知道怎么这么远。两人靠得太近，阮橙也浑身热起来，莫名地有些羞涩，心脏怦怦地跳着。

宁昀问："你是不是累了？"

阮橙才不会承认："没有。"

宁昀笑了一下："辛苦你了。以后你要是有作业内容不会写，可以找我。"

阮橙那双沉静的眸子瞬间一动："那你帮我辅导好了。"

宁昀沉默了一下："可以。"

阮橙定住了："你说真的？"

宁昀微笑："你先告诉我，你到底怎么能达到附中的分数线的？"

阮橙赧然："我应该是属于临时抱佛脚的人。"

宁昀道："太笨的人临时抱佛脚也没用。"

阮橙："我已经告诉你了，咱们可约定好了。你可不能食言。"这么优秀的人竟然愿意辅导她写作业呀！

宁昀："我不会骗你的。"

阮橙眉眼瞬间更软了："你还是赶紧回教室休息吧，真要受伤，你上学怎么办！"

宁昀："你是担心我不能来上学还是不能辅导你写作业啊？"

阮橙假意敛了敛神色："我自然是关心同学啊。"

这一路，宁昀一点也不觉得膝盖疼痛，他的心里像吃了糖一样甜。

"你和简知言是初中校友？以前……关系很好吧？"

"不太熟。他在我们初中很有名，大家都认识他。和你现在的情况一样。"

宁昀突然笑了："嗯。"

宋兮从医务室回来了，她跑得气喘吁吁，体育课跑步都没见她这么努力过："宁昀，这是冰袋，你赶紧敷一下。我还和老师要了消毒酒精，你擦一下。老师说了，如果你疼得厉害，最好去医院看一看。"

宁昀："谢谢你。"

宋兮嘴角扬起："都是同学，你别这么客气。你要是需要帮忙的话，叫我们就好了。"宁昀点点头。宋兮乐呵呵地回到座位上，她激动得差点儿就要跳起来。自己离学霸更近了一步。"阮橙，我好开心啊。"宋兮将头歪在阮橙的肩头上，一张脸藏不住的笑意。阮橙也开心啊，不过，她现在不敢告诉别人，做人还是低调一点。

下课铃一响，大家陆陆续续地回到班上。路明还挺担心宁昀的："腿还好吧？"他低着头认真地看着宁昀的腿。宁昀尴尬不已，幸好他已经换上校服长裤了。他感觉路明就差掀起他的裤腿了。宁昀连忙避开他："没事。"

"我真羡慕你。"

"那下次打篮球，你也摔一下？"

路明："讨厌！"宁昀感到一阵恶寒。

路明从抽屉里拿出一瓶养乐多，豪气道："请你的。"宁昀一脸嫌弃。

这天放学，大家陆陆续续地回家了。宁昀在写作业，阮橙在看小说，成了班上最后还没离开的两个人。教室里静悄悄的，天色也渐渐暗了。阮橙看得津津有味，进入了忘我的状态。"阮橙——"宁昀突然出声，她被吓了一跳。阮橙一看天色："这么晚了？"宁昀应了一声："你的作业写完了吗？"阮橙一脸懊恼："要不——"宁昀看着她讨好的笑容："你把数学和物理作业拿出来。"高一的课程相对而言不太难，不过附中老师都喜欢布置难度大一点的作业。宁昀给阮橙分析着今天比较难的几道题目。阮橙坐在他座位旁，眼神专注。真是神奇，宁昀三言两语，她就听明白了。看来，她还是挺聪明的。她一手托着下巴，看着宁昀："你一定能考上京大、华大的。"

宁昀："也不一定。"

阮橙："你要相信自己。"

宁昀："我不喜欢燕市。"

阮橙："是因为雾霾吗？我也不喜欢，北方的冬天好冷啊。我喜欢厦城，你去过厦城吗？城市很干净，空气比陵城要好，天空蓝蓝的，还有海。"

宁昀笑了笑："我没去过。以后有机会去的话，请你做向导。"

阮橙："好啊。我们暑假可以组团去，叫上宋兮他们。"

宁昀转回了话题："这是数学和物理今天的重点，你回去之后再熟悉一下。"

阮橙心里满满的感激："宁昀，你要是去厦城，我包吃包住。"宁昀随手将桌上的一瓶养乐多递给她："那我提前谢谢你。"

转眼到了周六，阮橙按约定时间来到初中学校。简知言在初中群里发了通知，今天来了不少人。阮橙班上也来了不少同学。阮橙还没过去和他们打招呼，就被正在读初三的表妹拉走了。

"姐，好久不见了。"程斐是专门过来找她的。

程斐："高中好玩吗？"

阮橙："作业比初中多很多。你怎么也来了？"

程斐："学校的人都知道，大家都想出一份力。我们过去吧，一会儿结束，你请我吃串串。"

阮橙被程斐拖着来到募捐箱前，简知言看到阮橙："你来了啊？"阮橙打了声招呼，把钱放进箱子里。简知言道："等一下，我把名字和捐款记下来。这是王溢父母和他本人提出来的。阮橙，这位同学——"程斐嗓音清脆："我叫程斐，禾字旁的程，文采斐然的斐。"简知言写下她的名字："谢谢你们。"程斐望着他的眉眼："学长，下周我在学校广播站帮忙宣传一下，我想肯定还会有人捐款的。"

简知言："不用了，现在这样就好。大家都是学生，尽自己的能力表达一份心意就好。"程斐轻轻"嗯"了一声。今天来捐款的人很多，简知言没有时间和她们说话。阮橙和程斐转了一圈便准备回去了。程斐似乎还不想走："姐，你怎么不和你以前的同学叙叙旧啊？"

阮橙："没有话题。"程斐回头看了一眼："咦——那个男生也是你们那届的吗？我怎么没见过？姐，你看一下。"

阮橙转身，原来是宁昀来了。他怎么来了？他今天没穿校服，一件白色圆领短袖，一条咖啡色的休闲裤，又是阿迪的运动板鞋。宁昀捐了钱，一直在人群中搜寻什么。路明陪在他身边，不时和同学打着招呼，好几个女同学来加他的微信。宁昀来捐款，几位同学有些惊讶。

路明："是因为你爸妈知道你要捐款，所以给了你吗？"

宁昀："不是，这是我这个月的零花钱。"

路明眼尖，看到了前方的阮橙："阮橙——"

几个人聚到一起了。阮橙向他俩介绍了程斐："我妹妹，程斐。"

路明："妹妹的个子比姐姐高这么多？"阮橙瞪了他一眼，见宁昀看着自己，她收回了气呼呼的目光。程斐笑了："我姐小时候挑食。"阮橙好奇了："宁昀，你怎么也来了？"路明大大咧咧道："他非要跟我来——"话音未落，就感受到一抹冷冽的目光，他反应极快，"我喊他来的。"阮橙莞尔，看向宁昀，没想到他也挺热心肠的。宁昀站在那儿，面容冷淡，唯有看着阮橙时，眼里带着不可察觉的温柔。

"我放假一个人在家也没事。"

路明好奇道："你爸妈不在家？"

"他们在燕市工作。"

路明不知道宁昀的家庭情况，这会儿觉得同桌真的挺孤单的。他在心里偷偷决定：无论以后有什么活动，都会叫上宁昀。

阮橙要去买文具，那三人也没事就都陪着她去了。学校附近有好几家文具店，东西又多又好看。阮橙虽然不爱写作业，但是她很喜欢买笔和本子。

"你们也挑一些啊。"阮橙大方地说道。程斐没和姐姐客气，选了一把笔，还有一些小挂件。男生对这些花花绿绿的笔没什么兴趣，平时写作业只用笔芯都可以。阮橙买完了文具，又去挑了几个发圈。

"斐斐，这个好看吗？"她以为旁边的人是程斐。宁昀看了一眼，女生的东西他不太懂，感觉就是皮筋而已，就没有接话。阮橙眯着眼睛挑选，没等身边的"程斐"回答。"我自己选吧。"很快，她便选完了。

宁昀看到了一个发圈，黑色皮筋上有一个小橙子。他拿在手里看了又看。"宁昀，你好了没有？"路明喊道，"我们结账了。"宁昀放下发圈，走到柜台前。两个女生买了一大包小东西。

阮橙："一起结账吧。"路明心里感叹，自己的运气真是绝了。他只买了一盒笔芯，不能占人家便宜！阮橙看了一眼："宁昀、路明，你们没挑中东西吗？一起结账吧。"两个男生拒绝了，他们坚持要自己付钱。

结完账，大家各自要回家了。走了几分钟，宁昀说道："我还有事，你们先走吧。"他转身就走了。程斐感叹："姐，你真的好幸福。竟然能和简知言还有宁昀一个班。"阮橙想想，这两位同学对她都挺不错的。她也觉得自己很幸福。

"走，去吃串串，我请客。"程斐立马来了精神："走！我知道天湖商场新开了一家，我先在公众号上预约一下。"

阮橙心想：这个爱吃的人真是一点没变。

宁昀再次回到文具店。老板一愣："同学，东西落在我们店了？"宁昀没说话，径直走到中间货架的位置，拿起了那个橙子发圈去结账。结账时，老板看着他，露出一抹笑。

附中高一新生开学一个月后，学生们即将迎来第一次月考。家长们都跟着紧张起来。江省的教育在国内一直都是首屈一指的，陵城市的名校在学风学纪上自然抓得很紧。家长们对孩子的学习也是非常重视。

上午的语文课，高雅宣布了这个消息。"国庆假期结束，高一月考。这是你们进入高中的第一次考试，希望你们重视起来。国庆假期好好复习。"

"老师，学校是不是故意的啊？"

高雅嘴角露出一抹笑意，她穿着白色雪纺长袖衬衫、蓝色牛仔裤，整个人酷酷的，同学们和她很是亲近。

"我透露一下，你们这次表现好，也许会有神秘奖品。"

"什么奖品？"大家对这个倒有几分兴趣。

高雅卖了个关子："你们应该会喜欢的。"

高雅不知道这些孩子早就摸清学校套路了，等她一离开教室，就有男生说道："我告诉你们神秘大奖是什么。"

"什么？"

"运动会！两天时间！"他比了一个"二"的手势。

"这是咱学校的惯例，我问过高二的人了。"

"体育委员说的是真的吗？"

"老师没告诉我！如果是真的，到时候请大家积极报名！"众人立马沉默了，本来平时就缺乏锻炼，参加比赛也不会得奖。他们只想趁这个机会玩两天，不想参加什么比赛。

九月的最后一天下午，大家根本无心学习，一个个都盼着时间快点过去。各科任课老师都一脸无奈。幸好，最后一节是美术课，老师让他们自由发挥了。一到下课，大家兴奋得和脱离牢笼的小鸟一样。阮橙难得今天没有磨蹭，也在收拾书包。宋兮问道："阮橙，你担心月考吗？"前桌的同学回头："我都有心理阴影了，初三最后冲刺阶段老做噩梦。我妈拿着我的试卷，冷冰冰地看着我，说我别读书了，去养猪吧！"阮橙没忍住，笑出了声："养猪致富也不错啊！不过考试担心也没用，不如顺其自然。"宋兮对她竖起了大拇指："我们班也就你心态最好！"

阮橙从小就不受拘束。她在学习上不用太努力，比同龄人对待比赛、考试坦然了许多。几个人一起出了校门。宋兮和唐蕊讨论着假期一起出来复习。

"宁昀，你有没有时间？"

宁昀摇摇头："我有事。"

唐蕊耸耸肩："那算了吧。"

阮橙拿出手机，给阮爸爸打电话："爸，我马上出来。你在哪儿？

嗯，我知道了。"

　　宋兮："阮橙，你竟然把手机带到学校来。我看看你的手机？"

　　阮橙："别说啊。"

　　"这是九月份刚上市的，阮橙，你爸妈对你可真好。"

　　"这款手机拍照功能很强大啊！"宋兮和唐蕊一脸羡慕。对高中生而言，用这款手机确实奢侈，所以阮橙平时不怎么玩手机，她笑笑说："等运动会我给大家多拍些照片。"

　　宋兮："阮橙，你今天怎么这么急？平时也没见你这样啊。"

　　阮橙："晚上我爸爸要请一位叔叔和他的家人吃饭。"

　　宁昀看着她，欲言又止。此时的校门口都是人，车辆堵得水泄不通。连骑自行车都不好走。几个男孩子调皮，扛着自行车走了。阮橙正准备先走，宁昀叫住了她："最后一天，你有时间吗？"阮橙愣了一下："应该有吧。"宁昀问道："你手机号多少？"阮橙报了一串数字："用我写给你吗？"宁昀听了一遍就记住了："不用，我回去加你。国庆快乐。"

　　阮橙在车队中找到了爸爸。阮父正和一个家长在争辩，周围的人都在看热闹。阮橙连忙小跑过去："爸，怎么了？"

　　阮父："没事，车被刮了一下。"阮爸爸很是气愤，这女人实在不讲理，明明是她的电瓶车蹭到了他的车，这会儿还强词夺理。女人扯着嗓子叫喊，一脸委屈。这男人开着奔驰，一看就是豪车，这蹭一下，维修费少说也要三四千块。自己工资也不高，肯定不会出这笔费用的。阮橙看着对面女人的状态，对爸爸说："爸，算了吧。我们走吧。"女人见她这么好说话，看了她一眼。言语间更不讲理了："这放学时间，本来人就多。堵成什么样了，这要是万一撞到孩子怎么办？"阮父的脸色一冷："你怎么说话呢！"他还没让这女人赔偿，这女人倒是不饶人。这一吼，女人更委屈了："你有钱就了不起啊！有钱就可以看不起我们普通老百姓啊。"

"妈——"一个熟悉的女声从人群中传来。阮橙侧首看到唐蕊走过来，她的脸色很不好看，"妈，怎么了？"

"蕊蕊，他们欺负人！"

阮爸爸厉声道："你别在孩子面前胡说八道！"唐蕊咬着唇，双耳红得要滴血了，"叔叔，抱歉，如果撞到您的车，我们赔偿。"

"蕊蕊！"

"妈！您别说了！"学校门口，多少双眼睛看着呢，"她是我同学爸爸。"

"你这臭丫头！"唐妈妈"啪"地抽了她一下，"你不帮你妈，却帮着外人。"唐蕊低着头，恨不得钻到地缝里。阮父也震惊了，这怎么打起孩子来了？"爸——"阮橙开口，"这是我同学妈妈。一场误会。现在时间也不早了，阿姨也要回家做饭呢。"阮父一听是女儿同学的妈妈，想想也就算了。看着那小姑娘被打，他也没想闹成这样。"是啊，都是误会，一场误会。"唐蕊妈妈脸色好了许多，也怪不好意思的，"回家。"她带着唐蕊骑着车走了。阮父看着女儿，无奈地一笑："我们也走吧。"阮橙拉了拉爸爸的手，阮父的脸色缓了缓："爸爸不生气了。"

而一旁，宋兮他们几个都看到了这一幕。宋兮惊讶："那是阮橙家的车？她爸爸不是面点师傅吗？"路明望了望天，宋兮竟然不知道阮橙家是做什么的？她们不是同桌吗？宋兮刚想说什么："宁昀走了？"路明懒懒地回道："早走了。"

晚上，阮家在维纳大酒店请客，十年前，阮父就已涉足房地产行业，这两年他又在投资别的生意。这位陈建林就是阮父的新合作人，陈家的儿子也来了。陈森杨在师大附中读书，比阮橙还高一届，成绩很好。

陈父："橙橙，还没来得及恭喜你，真的很棒。"

阮橙："谢谢叔叔。"

陈父对儿子说道："你橙橙妹妹聪明，轻轻松松就考上了陵城附中。"

阮橙汗颜。但是阮父听到这话很高兴，一提到女儿，他从来不会在别人面前谦虚，不像中国大部分父母都是说自己孩子的缺点："橙橙要是再努力一点，我想啊，也是有机会考京大、华大的。"

陈森杨正在喝水，扑哧一声笑了。陈母睨了他一眼："这孩子一点也不稳重。"阮母面色温柔，大概是习惯了这样的场合："森杨上学期还拿了市三好学生，橙橙要向哥哥学习啊。"陈森杨坐得端正："橙橙，我高一的笔记和教辅资料都在，上面的重难点我都做了标记，改天我带给你。"阮橙甜甜地一笑："好的，谢谢你啊。不过我不想去北方读大学，冬天太冷，我以后还是在南方读大学吧。"大家都知道她是最后一名考进陵城附中的，说实话，她这个水平敢说自己能够考进京大、华大也是大言不惭了，暂且当作阮父的美好心愿吧。

吃饭间，阮父和陈父又聊到了生意上的事。阮橙依稀听到他们说去金国的事情，她好奇地问道："爸爸，你们要去金国吗？"

阮父点点头："我和你陈叔叔准备国庆后飞去看看。"阮橙沉思了一瞬："金国那边动乱大，政权不稳定，爸爸，你还是多考虑一下吧。"陈父惊讶地看着阮橙："我看橙橙有做生意的头脑了。"阮父也是一脸欣慰。当初妻子怀孕，他满怀期待。阮橙出生后不久，自己的面包店生意越做越好。阮家人把阮橙当作小公主一样宠着。

这个国庆，宁家父母和宁晗都回来了，家里热闹起来。宁昀一到家，就听到了客厅里的说话声。"回来了。"宁母声音温柔。宁昀面色依旧，换上拖鞋："爸妈——姐——"他简单地打了招呼，一点都不热情。宁父看着儿子倒是很高兴，问了很多问题，宁昀一一作答。一旁的宁晗却笑道："爸、阿姨，你们这样问他，倒是像领导在问下属一样。"宁母愣住了，她真的不知道该怎么和儿子相处了。宁父瞪了她一眼，不过眼里只有宠溺。

宁昀回了房间，把书包放在书桌上。往日安静的客厅现在闹哄哄的。他从来都不喜欢这样的闲话家常。

晚上，宁母给他热了杯牛奶。

"小昀，早点休息吧。"

"谢谢。"

宁母下意识地伸出手想摸摸儿子的头发，宁昀却不着痕迹地避开了。她在心里轻声叹息。她二十岁遇到宁昀爸爸，二十一岁嫁给他，同年生下宁昀。一转眼，儿子都上高中了，从一个牙牙学语的孩子长成翩翩少年了。

"那我不打扰你了。"她拿过牛奶杯，眼角的余光突然瞥到桌上的那根黑色发圈。

宁母忧心忡忡地回到卧室。宁父抬眼："小昀还在看书？"

宁母："是呀。这孩子学习从来不用我们督促。"宁父合上杂志："那你还不开心？"宁母比宁父要小十岁，保养得好。她和宁晗一起出去，外人一直误以为她们是姐妹。宁父平时很注重健身，也看不出实际年龄。宁母感慨："他就是太过独立了，我宁愿他闹一些。"宁父看着她眉宇间的无奈，将她揽到怀里："别担心。等下学期，我让他转到燕市去读书。时间久了，他会和我们亲近的。"宁母摇摇头："算了吧，你别折腾了，小昀的脾性可不像小晗。"宁父叹了口气："以后公司的一切还得交给他。"

宁母："明明这孩子小时候又萌又听话，怎么越大越孤僻呢？"宁父看着嘀嘀咕咕的小妻子，不禁失笑。他年长她十岁，遇见她的时候，她可不就是一个大孩子。当时他和前妻因为感情破裂，刚办了离婚协议，他也不想再踏入新的婚姻关系。可是小妻子出现了，打破了他的一切原则。而小妻子为了嫁给他，更是对自己和前妻生的女儿小晗如亲生一般。早期家里的亲戚闲言碎语，生怕她这个继母对小晗不好，可是她呢，对小晗比小昀还要好。继母哪里好当？她的父母也不赞成两人在一起，要和她断绝关系。母亲对姐姐和对自己的反差太大了，这可能才是小昀心底的症结吧。小昀又那么聪明成熟。改日，他要和儿子好好谈谈。

国庆长假，宁昀什么地方都没去。宁晗说他太无聊了，以后女朋友一定会嫌弃他的。宁昀难得地反驳："你太聒噪了，男生也不见得喜欢。"宁晗震惊了："臭小子！当然有人喜欢我啦。"宁昀翻了翻手机，前两天他加了阮橙的微信，两人一直没有联系。阮橙在朋友圈发了一条信息，她被堵在了高速上。宁晗发觉弟弟今天时不时地看一眼手机，肯定有猫腻。

宁晗："你和同学有约了？"

宁昀沉吟道："中旬月考，明天一起复习。"

宁晗狐疑道："你还需要复习吗？"宁昀没说话。

宁晗："男生女生？"

宁昀抿着唇，宁晗知道问不出什么事情了。

宁晗："明天我们要回去了，你不送我们？"

宁昀："你们又不是第一次回去。"

宁晗被撑得无话可说。

当天晚上，宁昀和阮橙联系上了，宁昀约她明天上午九点在学校附近的一家快餐店见面，结果阮橙上午有事又改在了下午。第二天上午，宁家父母和宁晗坐高铁回去了。宁昀没去送他们。临别前，宁母抱了一下他："有事给我打电话。"宁昀应了一声。

下午，他提前十分钟到了快餐店，找了个靠窗的位置。过了五分钟，阮橙过来了。今天阳光正好，她穿着一件白色娃娃领的连衣裙，头发也不像平时那样扎成马尾，而是柔顺地披在肩上。开学以来，宁昀第一次见她穿裙子，顿时眼前一亮。阮橙充满歉意，主动点了薯条和可乐。

宁昀清了清嗓子："你先把作业给我。"阮橙越发不好意思了："辛苦你了。"宁昀又拿出习题册："这几道题考试经常会考到。"阮橙的双眸瞬间亮晶晶的，疲惫一扫而光。

"宁昀，高二高三我们要是也在一个班就好了，到时候你再帮我拎拎重点。"宁昀嘴角浮出一抹笑容，他低不可闻地应了一声。因为在假期，店里有些吵闹。游戏区更是有好几个孩子打打闹闹的。阮橙认真地钻研几道大题，心里感慨，学霸就是能准确地判断出什么是重难点。宁昀低着头快速地帮她写着答案："我写完了，你看完了吗？"阮橙点点头，这一个月学的知识点并不算多："回头我也去买你这本习题册。"宁昀轻轻一笑。

阮橙怪不好意思的："你笑什么？我努力起来也很认真的。"

宁昀："是吗？我很期待。"他从她的作业本里翻出几张照片，照片中的女人应该是她的妈妈，"照片拍得很好。"

阮橙眉眼一弯："你觉得哪里好？"宁昀又仔细看了看照片："照片整体布局，这样就突出了阿姨的优点，同时还显得很纤巧。拍照人的摄影技术应该很好。"

阮橙眨了眨眼睛："你也懂摄影？"

宁昀："只是会看图。这和看数学几何一样的道理，任何物体都讲究布局。"

阮橙："真是什么都能联系到学习上。"

宁昀："你和你妈妈很像。"

阮橙："我更像我爸爸。都说男生像母亲多，女生像父亲。你像谁多一些？"

宁昀沉默了一会儿："像我妈妈。"

阮橙定定地说道："那你妈妈一定很美。"话音一落，她自己也愣住了。"喝可乐！"宁昀的心脏也扑通扑通地跳着，他伸手去拿可乐。两人沉默地抱着杯子喝了大半杯。

宁昀转过话题："照片是你拍的？"

阮橙觉得和聪明的人做朋友真是太没神秘感了："真是什么都瞒不

过你。"

"你什么时候学摄影的？"

"七八岁吧。"

"怎么会学摄影？女孩子不是都会学跳舞、弹琴吗？"

"为了拍甜品啊，甜品吃完了就没有了，我想把自己做的甜品都记录下来。以后看到照片也会想起它的味道。"所以她才会用那么贵的手机，因为拍照功能好。

"那你是喜欢甜品还是摄影？"

阮橙沉默了片刻，黑白眸子闪烁："摄影啊！"家里是开面包店的，她从小就在面包店长大，耳濡目染也会做，而且做得还不错。所有人都让她将来继承家业，将"橙心"打造成国内一线甜品店。一路走来，她也没觉得有什么不妥。反正又能做甜品又能摄影，一举两得。

学习结束之后，宁昀送阮橙回家。两人沿着路边慢慢走着，阮橙说着她这次去海边的事："天气很好，就是游客有点多。还是得努力赚钱，有钱可以自己买个私人小岛。"她说话时的样子很是可爱。宁昀忍俊不禁，她的脾性还是和小时候一样，一点没变。

"橙橙——"是阮母的声音。宁昀望着眼前的妇人，气质温婉，看人的时候眸子里带着暖意。"阿姨好！"宁昀礼貌地打招呼。阮母浅浅地笑着："宁昀，谢谢你啊，辅导橙橙写作业。"

宁昀："应该的。"

阮母："你们忙完了？"阮橙点头："宁昀还帮我画了一些重点，妈妈，我这次月考名次你不要担心啦。"阮母对宁昀的印象更好了。"我们家也快到了，去坐坐，吃点点心。"阮橙也望着宁昀，期待着。

宁昀："那就打扰了。"

阮母笑着，这孩子真是好，彬彬有礼，学习又好，长得又好看，在学校一定很受女孩子喜欢吧。

阮家住的跃层，屋子装修以白色为主，特别温馨。阮母去榨果汁："宁昀，你喜欢喝什么？"

宁昀："我都可以。"阮橙笑："他喜欢喝橙汁！"

阮母："那你们等会儿，我去给你们榨橙汁。"阮橙陪着宁昀在一楼走动，她一一介绍着屋内的摆件和装饰。宁昀对照片墙非常感兴趣。这是阮家三口一起布置的，阮橙每一年生日拍的照片。

"这是你六岁时？"

"你怎么知道？"

宁昀愣了一下："我猜的，你换牙了。"其实，他们第一次见面的时候，她就没有门牙。"换牙期真的特别丑。"阮橙看着照片，她那会儿走到哪儿口袋里都装着一个小镜子，天天看牙。

不一会儿，阮母端着果汁和点心过来："宁昀，尝尝我的手艺。"宁昀喝了一口："谢谢阿姨。"阮母又和他聊了一会儿，知道他父母在外地工作，对他有几分心疼："以后有时间就过来玩，阿姨不上班，时间有的是，我给你们做好吃的。"

"我妈手艺可好了，做大菜给你吃。"阮家做了十六年的甜品，这些都不在话下。宁昀握着杯子："好。"

傍晚时分，宁昀表示自己要回去了，表姑还在家等他。阮母和阮橙一起送他出了小区，母女俩回来的时候，阮母又问了阮橙一些关于宁昀的事。

"妈妈，你问那么多做什么？"

阮母握着她的手："我觉得宁昀很好，坦荡又好看。"

"想要这样的儿子啊？"阮橙撇嘴。

阮母笑着："这么大还吃醋！羞不羞！"

阮橙："也不知道爸爸这次怎么样，妈妈，我有点担心呢。"

阮母何尝不是呢？但她还是安慰女儿："放心好了，你爸爸有经验。"

假期后迎来了高一第一次月考，两天时间，安排得很紧凑。等月考结束，高雅到教室公布了下周举行运动会。

"你们怎么一点反应都没有？"

"老师，我们早就知道了！您上次一说，我们就去打听了。"

"行了！咱班运动会的集体舞蹈，我和你们体育老师商量了一下，就跳《连线》，班长和体委组织一下，抓紧时间练习。"

"老师，我们男生跳这个好别扭啊！"

"这是舞蹈精神！你这样想就错了。"高雅哭笑不得。

女生笑着："高老师，我们女生没意见！"大家都很期待男生的表现。

下课后，简知言和体委尹唱把大家带到操场。阮橙和宋兮去向英语老师借音响。

尹唱："大家按个子高矮排好方阵。"

同学们："哎……"

简知言："其实我们班选的歌曲挺好的，一会儿大家跳起来就知道了，很动感。如果你们不满意，我们可以和一班换。"

"他们班跳什么？"

"《青花》！哈哈，男生也要拿折扇哦，是粉色的。"大家不厚道地笑了。

阮橙和宋兮过来了，阮橙放音乐，宋兮以前学过舞蹈，在前面带着大家跳。男生们被彼此的动作逗得一直笑，甚至笑得肚子疼，动作跟不上节奏。尤其是宁昀，手长脚长，动作做起来显得僵硬又呆萌。红色塑料跑道上，几个班都在学习新舞蹈。阳光灿烂，微风轻轻吹拂着。这一刻大家忘了考试，忘了学习，轻松得像回到了孩提时光。

宋兮："一二三四五六七八……手和脚要一起。"宁昀被安排站在第一排最边上，大家原打算以他的颜值迷惑观众的。他面无表情地看着宋兮，钻研着动作，浑然不知路明都要被僵硬的他吓趴下了。

宋兮也忍不住："宁昀，你动作放开一点，不要这么僵硬。"

宁昀："……嗯。"

宋兮："摸头的动作，稍微用力一点。你看我——"

宁昀照着做了一下。

宋兮："……总算知道你的弱项了。"

路明在他后面："看我——"他微微低下头，右手妖娆地摸了一下头，"就这样。"

宋兮："对对，男生们看看路明，他跳得就很好。"

路明摸了摸鼻子："一般一般啦。"

最后大家商量了一下，让路明和宁昀换了位置，毕竟路明跳得太好了。宁昀和阮橙站在了一起。阮橙笑着，嘴角荡漾着迷人的梨涡："宁昀，你是不是害羞啊？"宁昀舔舔嘴唇："没有。"阮橙安慰道："你多跳几次就好了。"可能是有的人天生在某方面就缺一点什么，宁昀的呆萌全都显示在舞蹈上。他打篮球不是挺厉害的吗？

练了半小时，大家原地休息。阮橙单独指导宁昀："你在心里数着拍，一二三四，拍手的时候，你要感觉脚下有弹簧，带动你的身体，有跳动的感觉。"

宁昀："我感觉很……怪异。"阮橙弯着眉眼："那你看路明，他跳得比女生还要好呢。"应该是乐感的问题吧。宁昀不禁摇摇头，果然每个人都有每个人的强项。

排练休息期间，尹唱拿着笔记本过来登记比赛报名："宁昀，你报什么？"

宁昀："还有什么项目没人报？"

尹唱感激涕零："三千米长跑。"

宁昀："就报这个。"

尹唱："阮橙你呢？女生还有很多项目的。"

阮橙耸耸肩："尹唱，你就饶了我吧。我给大家做好后勤工作，保证做最好的啦啦队员。"

尹唱皱着眉："我问了几个女生，她们都这么说。我再去问问别人吧。"

阮橙呼了一口气。

宁昀低着头看着她："那我比赛时，你过来帮我拿衣服。"

阮橙："没问题。你先把舞跳好吧。"

宁昀第一次知道自己也会被撑得哑口无言。

第二天，金老师让唐蕊去帮她批改英语试卷。唐蕊拿出了宁昀的作业本当作范本，宁昀的字很漂亮，她一眼就能认出来。

金老师："你这回考试感觉怎么样？"

唐蕊沉默了一下："还可以。"

金老师："好好加油。你底子好，只要努力就一定能考上好的大学。"

唐蕊也深受鼓舞："老师，我会的。"

她继续批改试卷，改到阮橙的试卷时，她愣了一下，这个笔迹有几分像宁昀的。她下意识地又去看宁昀的试卷。"老师，你看这两个笔迹——"她犹豫了一下后，还是告诉老师。金老师拿过来一看，仔细辨认，眸色也沉了沉："我来处理。"唐蕊回到班上，没有将这件事告诉任何人。当天放学后，她比以前也迟走了。

"唐蕊，你不走吗？"

"我还有点作业，写完就回去。"

"那明天见。"

教室里还剩数人。过了十分钟，就剩下唐蕊、阮橙、宁昀。那两人各自坐在座位上。唐蕊背着书包出了教室，她并没有走多远，很快又回头了。阮橙已经拿着作业坐到了宁昀旁边的座位上。空旷的教室里只有他俩漫不经心的话语声。

"宁昀，他们说考试成绩都出来了，不知道我这次多少名。"她翻着手机里的照片，这会儿没有同学，她可以肆无忌惮地玩手机了，"你猜我多少名？"

宁昀帮她辅导着作业："应该不是最后一名。"

阮橙笑："能进年级前100名吧，我爸爸回来肯定高兴。"

宁昀抬眼："这题你写一下。"

阮橙拿过笔："空集是一切集合的子集，是一切非空集合的真子集。"声音轻柔，她在纸上打着草稿，很快算出了答案。"对吗？"她的眼底闪过一丝狡黠。这道题她会的。

宁昀抿着唇："不笨。"阮橙瞪着他。四目相视，没过几秒，两人突然都移开了视线。唐蕊转身小跑着离开了教室。原来，宁昀天天在辅导阮橙写作业。他们什么时候关系这么好了？是一起上竞赛班的原因吗？唐蕊用力地骑着车，一路赶着时间到了家。

"今天怎么这么迟才回来？"唐妈妈看着她满头大汗，"跑去玩了？"

唐蕊摇摇头："在班上写作业的。"

唐妈妈盛了汤："早上在菜场买的骨头，做成汤给你补补。"唐蕊没什么胃口。

唐妈妈："小蕊，这三年，你可不能懈怠啊。考上好大学以后才有出路。我和你爸都没……你看你们班阮橙，她家境好，她不用努力，坐豪车，穿名牌，就算是成绩不好，影响也不是很大，她以后也可以出国读大学……"

唐蕊皱着眉，痛苦地低下头："妈，别说了。我会努力的，以后让你和爸过上好日子。"

"我也是希望你好。吃饭吃饭。"唐母不说话了，怕给女儿太多的压力。

第二天在学校门口，唐蕊看到阮橙。阮橙骑着她那辆粉色的自行车，很漂亮的款式，一看就是这学期新买的。而唐蕊的自行车还是表姐不用了给她的，她恍惚地想着，为什么人和人之间的差距这么大！

"唐蕊，早啊。"阮橙叫着她，声音悦耳，一张明媚的脸上没有一点烦恼。唐蕊点了下头，弯腰锁车。阮橙收了耳机："你每天来得都很早啊。"

唐蕊："我每天五点半起床，读半个小时英语，再看看错题集。"阮橙张着嘴巴："那你上课不困吗？"唐蕊看了她一眼："不困。"两人一路沉默到了教室。五分多钟的路程，阮橙都不知道该说什么，最后她发现自己什么都不说就是对的。人和人能成为朋友，也是看气场的。很显然，她和唐蕊气场不合。

上午，月考的成绩出来了。"我们班这次平均成绩年级第三。"高雅在课堂上一一公布。阮橙一直绷着背脊，她抿着唇，看样子还是有点紧张的。宁昀微微勾着嘴角，还以为她不在乎呢。他伸手打开笔袋，发圈他一直放在里面。路明双手合十，闭着眼睛，嘀嘀咕咕地念道："菩萨保佑！前200名就好！"

高雅清清嗓子："第一名宁昀，也是年级第一；第二名简知言，年级排名第五；第三名唐蕊，年级第六……"一直到第八名，高雅停了下来，"我现在终于明白卧虎藏龙的意思了，第八名阮橙，年级排名六十六。"其他人都歪过头看着她。倒数第一一下子就跑到年级第六十六了。阮橙眨眨眼。这个数字真好，生意人都喜欢。宋兮碰碰她："我的天，国庆放假你是不是回家拼命用功了？"阮橙点头，总不能说宁昀帮她分析出了重难点吧。

宋兮："你太坏了！背着我偷偷学习啊。"她心有羡慕。这开学一个月，她发现一个班上，大家的差距原来这么大。

高雅："希望大家能从思想上认识到你们是高中生了，多努力一分，你就多收获一分。当然，我一直都觉得，人生很长，一次考试并不代表一切。你们能考上附中，证明你们实力不错，接下来就是种瓜得瓜种豆得豆。当年我也是从你们这个年纪过来的。爱看小说，爱听音乐……"

"老师，那你有没有追过你们班男同学？"虽然问这个问题太没大没小了，不过大家都好奇啊！高雅忽而一笑："我暗恋过我们班同学。"

"老师，后来呢？"

"后来，我们都考上了大学，不过一南一北。"高雅没想到有一天她会和这些孩子谈到这事，心里有几分怅然，却一点也不觉得苦。

"你们没在一起吗？"

"没有。我可不早恋。"她一直忙着学业工作，直到现在，一直没遇到喜欢的人，"我不是说你们现在打球、看小说不对，只是你们啊要分清主次。不过，我很后悔，上大学的时候，我应该告诉他的。"

"哦哦哦哦——就是啊，老师，你太内敛了。"

"好了！运动会结束后，一个个给我好好收心！不然家长会我可不会轻易放过你们！"

青春时光总会有些无法做到完美的事情，总有些事会变为自己心中的遗憾，就像一颗苦涩的糖果。

下课后，简知言把年级成绩排名贴到墙上。他看着阮橙的名字，忽而一笑，她不是第一次这样了。初中几次大考都会突然像火箭一样冲上来。大家围在一起研究着。

路明："阮橙，你是不是有什么秘籍？给我们分享一下？"大家都看着她，阮橙瞥了一眼宁昀，笑着做了一个手势："我的秘籍就是九阴白骨爪——你要不要？"路明跳起来："请出招！"两人嬉闹着。

路明："阮橙，考这么好，要请客啊！"

阮橙："好啊。我请大家吃橙心蛋糕。你们喜欢什么口味的？"她这次太惹人注目了，大概不会有太多人替她高兴吧。路明不揭穿她，面包店小公主，他才不会和她客气呢，他点了一大堆东西。

课间，阮橙准备去找宁昀，她要好好谢谢他。宁昀手里捏着橙子发圈，见她走来，他也起身。两人之间隔着不远的距离。

"阮橙，高老师找你。"外面一个同学喊道。阮橙脚步一顿，看了一眼宁昀："我一会儿回来找你。"

阮橙到了办公室，几位老师都在，手里拿着习题册。"高老师，您找我？"阮橙敏感地觉得气氛有些不对劲，为什么几位老师都看着她。高老师面色微沉："阮橙，你老实说，你这次考试是你自己考的吗？"阮橙定在那儿，她不是第一次遇到这样的事了，心里说不出什么滋味。

金老师："阮橙，你实话实说。"阮橙抿着唇不说话。

"阮橙，我们出去走走。"高老师拉着她的手。阮橙愣了一下，高老师竟然没有质问自己，也没有批评自己。高老师回头对几位老师说道："我想阮橙也有她的原因。金老师，你们先忙。回头我们再谈这事。"金老师点点头，她不是三班班主任，这事最后还是得由高雅处理。高老师和阮橙走到学校操场，明天要举行运动会了，操场上插满了五颜六色的彩旗。每一处都是高一学生亲手布置的。"这次月考成绩进步很大。"高老师侧头看着她，小姑娘长得好看，眉目如画，真让人不忍心批评她。"高老师，你相信我吗？"阮橙声音软软的。高老师点点头："我相信你。"语气平静，并没有义愤填膺。阮橙笑了一下："其实我得谢谢宁昀，他在学习上帮了我很多。国庆放假，他还帮我拎了重点。""这样啊。真没想到宁昀平时不说话，还挺乐于助人的。"高老师有些诧异。阮橙点头："高老师，学生生活太苦了。"

"可这是所有人的必经之路啊。"

"每日重复，一遍一遍做题，真的很枯燥乏味。"

高老师笑了笑："你以为老师一遍又一遍地重复不累不烦吗？日复一日，年复一年。多少人都在过着重复的生活和工作呢？"阮橙愕然："高老师，我终于明白校长为什么要把你留在我们学校了。"高老师乘虚而入："你和宁昀关系很好吗？""还行吧。"阮橙回道。高老师点点头，孩子之间有纯真的友谊，但是这个年纪也容易互生好感。

"省高中生辩论赛就要报名了，好好表现。"

阮橙眸子瞬间亮了："高老师，我可以报名？"

"我会向学校推荐。"

"谢谢高老师。"

高老师看着她脸上单纯的表情，心里慰藉。成人总会用成人的想法去看待一些问题，却忽视了很多简单和美好。

阮橙回到教室，英语课已经开始了五分钟。金老师正在讲解练习册上的题目。阮橙翻开练习册，找到了正在讲解的句子。宋兮压着声音："班主任找你做什么啊？"

阮橙："就问我最近的学习。"宋兮撇嘴："果然有进步老师就会多关注。""阮橙——"金老师点到她的名字，"你来用刚刚讲的知识点造句。"阮橙站起来，她思考了一下，刚要开口。金老师皱了皱眉，很快又说道："上课好好听讲，这次月考只代表这次，以后的考试还有很多。你坐下吧。"阮橙愣住了。"唐蕊，你来试试。"唐蕊的英语发音并不是特别标准，但是语法完全正确。"请坐。非常好。"金老师点点头，继续上课。宋兮有些歉意："我不该和你说话的。""没事。"阮橙知道自己这是给老师留下不好的印象了。唉，老师都喜欢勤奋的学生。

下课后，大家陆陆续续去操场训练，宁昀一直没走。路明喊了他第二次："等谁啊？"

宁昀："你先过去。"路明扫了一眼教室，拍了拍他的肩头："明白。阮橙，下楼了。"阮橙回头："等我三十秒。"她飞快地把书和作业都收到书包里。路明冲着宁昀挤挤眼睛，学霸智商高，但情商低了一点。

路明："你要对女孩子主动一点。"宁昀下巴紧绷："别乱说！"阮橙背着书包准备走了。宁昀问道："你把书包带下去，一会儿不上来了？"

"今天放学要去舅舅家，程斐家的狗生了一窝小狗，她说送我一只。"

"什么品种的？"路明好奇地问道。

"柴犬，特别萌。"

路明："你爸妈现在允许你养狗？"阮橙撇撇嘴："我也答应他们的条件了。"宁昀好奇："什么条件？"阮橙抿了抿唇："期中考试班级排名前二十，期末要稳定前十。"宁昀没忍住笑了："这牺牲很大。"阮橙睨了他一眼："所以啊，以后我自己要努力了。"宁昀微愣了一下。好在路明将两人拉走了："赶紧去练习，明天就要表演了。"

下楼梯的时候，路明在前面，比他俩跑得都要快。阮橙走在中间，宁昀在最后。隔着两个台阶，两人步伐一致。阮橙突然停下来，她转过身："宁昀——"宁昀停下来，比她要高两个人，他微微低下头。两人目光交错，阮橙凝视着他的眼睛，那双眼睛沉静如星，她动动唇角："谢谢你啊，不然我这次也考不到年级第六十六名。"说话间，她的马尾辫一甩一甩的。"你怎么谢我？"宁昀一手插在口袋里。阮橙笑着："明天告诉你。"

舞蹈练了几天，大家跳得都好了很多，宁昀虽然没跳得那么好，至少也比第一天好多了。宋兮带着大家跳了两遍："休息一下，我们再跳一遍就结束啊。"宁昀站在那儿，在心里默默数着节拍，脑子里过着动作。路明和阮橙说着话："大神也有紧张的时候啊。"阮橙也偷着乐。路明眼尖："宁昀，你脚边有个黑绳子。"宁昀低头一看，是发圈。他捡起来，收在掌心，脸不红，心狂跳。

路明："是……你的吗？"宁昀刚动了动嘴角，前面宋兮便开始放音乐了。他快速地回道："准备跳操了。"阮橙也看见了，是个很简单的发圈，上面有个小橙子。可惜那天放学后，发圈的事大家都忘了。

当天傍晚，阮橙去了一趟舅舅家，小舅和小舅妈留她吃晚饭。阮橙和程斐窝在房间里逗着小狗。

阮橙："小肉爪子好软啊。"

程斐："姐，你一定要好好照顾它，它要是咬坏了东西，千万别嫌弃它。"

阮橙轻轻地摸着它的脑袋："你觉得它叫灵灵好不好？"

程斐："感觉这名字太不符合它高大上的气质。"

阮橙："我觉得挺好，一听就很有灵气。"

程斐："那随你吧。它爸叫Harry，它妈叫Apple，它叫灵灵。"

阮橙："那也给它取个英文名吧——Yami。"

程斐："……还不错吧。"

阮橙："听起来就很好吃。"

晚上吃饭时，小舅问她："你爸也过去一周了，工作谈得怎么样了？"

阮橙："还好吧，昨天和妈妈视频，说挺顺利的。"

小舅点点头："那就好。金国虽然资源多，但是那边到底不如国内稳定，还是要注意安全。"小舅妈道："姐夫他有数，而且金国和我们国家关系好着呢。"小舅拧了拧眉："阮家现在的发展已经不错了，知足常乐。"小舅妈反驳："我觉得男人还是得有上进心，不能停留在原地。毕竟他要养家，是一家的主心骨。"阮橙和程斐对对眼，两人早就见惯不怪了。小舅妈给阮橙夹了一个鸡翅："橙橙多吃些，感觉你上了高中以后瘦了。"

"我们最近在排练舞蹈，每天训练量大，所以我瘦了一点。"

"高中生真不容易。我想着明年还是送小斐去国外念书算了。"

小舅："你这是不对的。成绩好的孩子哪有高中就出去的？"

小舅妈："你这话才不对呢。"两人又争执了起来。

程斐清清嗓子："爸妈，我要是能像姐姐一样考上陵城附中，我还是不出国了吧。"小舅点点头："就是！"小舅妈凉凉地一笑："你能考上吗？"

程斐："我……"阮橙笑得肚子疼："肯定能。"两姐妹相视一笑。

第二天，天气出奇地好，气温不高不低。阮妈妈给阮橙的保温杯装满温水："今天运动会，你也别乱跑，免得摔倒。防晒霜涂了没有？"阮橙"唔"了一声。阮母一看就知道她没涂，赶着时间帮她去拿防晒霜。可阮橙嫌麻烦不愿意擦防晒霜。

阮母："看你晒成黑炭怎么办！"阮橙乐了："那不容易吧？"

阮母："行了！昨天我和叶店长说了，她十点多把点心和果汁送到你们教室。到时候她给你打电话，记得把手机装好。"阮橙抱着妈妈狠狠亲了一口："谢谢我的母后。"阮母轻轻地揉揉她的发丝："去吧。注意安全！"这一天，90%的人早早地到了学校。阮橙也比平时要早，在半路上还遇到了宁昀。

"宁昀——"她轻快地叫着他的名字。十月中旬，这一段路上桂花树还留着淡淡的花香。"好巧啊。"宁昀不动声色地应了一声。阮橙激动："你等一下——"宁昀看着她。阮橙拿下书包，从书包里面拿出一个长方形的铁盒子。"送你的。""什么？"他经常会收到女生送的礼物，但还是第一次心里这么期待。"钥匙扣，还有——我们先去学校吧。"她设计的，橙心16周年的纪念礼物，明年在她的生日那天才会正式公布。"谢谢。"宁昀弯起了嘴角。

两人的车并排行驶，他在外面，她在内道。不远处，表姑拎着买菜的袋子站在角落里，她没敢露脸，一直默默地看着远方。哎哟喂，小昀不是早就出门了？怎么还没走啊？这是在这里等同学啊？表姑看看手机："都等了十分钟。"

到了学校，宁昀先停好车。他看了看手表，比平时慢了四分钟。阮橙慢条斯理地把自行车挤到两辆车中间，没办法，今天大家来得太早，车位早就满了。宁昀在一旁不紧不慢地等着她。他的目光落在阮橙的脚上，她穿了一双新的运动鞋，白色的，和他的是同款。他微微一笑，眼光不错。

"好了。我们得走快点，感觉大家都来了，怎么都这么早啊？"她还知道赶时间，一路上就没见她急过。

"不急，还有十五分钟。"

上午八点半，运动会开幕式，高一每个班轮流进场表演。这是附中的传统，每届高一新生都要参与。一班队伍第一个进场，二班已经开始准备了，三班紧随其后。简知言再一次提醒大家把衣领整理好。"大家不要紧张，动作慢一点没关系，别出大错。"他是班长，有一定的威信，很奇怪大家似乎都很信任他。高老师拿着手机，示意道："同学们，我会帮你们录像，回头发到学校网站，你们随意啊。"底下的男生一阵哀号。"高老师，别呀！这都会成为我们的黑历史。"

"不怕不怕。很可爱啊。"

阮橙回头，她一直在笑，眉眼弯弯的："宁昀，这可能真的会成为你的黑历史。"宁昀哭笑不得。

一班表演《青花》舞蹈，男生们果然都拿着一把桃粉色扇子，反差太大，他们的脸上都是木然的表情，显然是觉得自己在忍辱负重！场下的人笑得不行。二班选的《青苹果》，音乐节奏快，难度系数挺大的，不过整体跳得还不错。等到了三班，熟悉的音乐响起来，所有人都提起十二万分精神。阮橙突然侧过头："宁昀，你跳得很可爱。加油呀！"宁昀扬了扬嘴角。这首歌本就充满了欢快的氛围，路明在前面跳得很投入，动作又柔媚。场下都是笑声，偶尔还有别班男生起哄的声音。终于音乐结束了，台上的老师也乐得不行。周校长点评道："这届准备得很认真啊，跳得比上届好。我记得去年也有班级跳这个舞蹈，三班的男孩子跳得很可爱啊。"宋主任道："三班这几天天天都在练。我都有些担心这些学生玩物丧志了。"周校长点点头："也没必要时时盯着，张弛有度也不错的。运动会本就是让孩子们放松的。"宋主任抿着唇没接话。

散场以后，大家各自准备。宁昀叫住阮橙："三千米十点多比赛。"阮橙忙不迭地点头："我一定过来给你加油。"今天她要到校园广播站帮忙。宁昀眸光沉沉地瞅着她。宋兮在前面叫她："阮橙——"阮橙冲他弯了弯唇角："我先过去啦。"宋兮和几个女生都在等她。"阮橙，你和宁昀是不是很熟啊？我看你们总是一起放学。"

"我们回家走同一条路。"

"我听宁昀初中同学说，宁昀不怎么搭理人的，初中三年都没什么朋友。"

阮橙愣住了，她们说的是同一个人吗？

"阮橙，你们是不是在谈恋爱啊？"这句话如同惊涛拍岸惊起了一滩鸥鹭。

阮橙一脸震惊："没有。"她神色坚定，"我们只是同学。"

"那你们怎么都穿情侣鞋了？"大家的目光都盯在她的脚上。宁昀喜欢这款牌子的鞋子，阮橙则是凑巧穿了。她对运动品牌的鞋子并没有多喜欢，不过妈妈眼光好，她的衣服鞋子都是妈妈买的。

"这是我妈妈帮我买的。"

阮橙："时间不早了，我们不是要去广播站的吗？"

宋兮嘟了嘟嘴，她现在老觉得阮橙有事瞒着她。别的同学都在说阮橙和宁昀天天一起放学，她本来还不相信，结果人家不光放学一起，现在上学都一起了。到了广播站，宋兮也没怎么和阮橙说话，一直忙着自己的事情，或者和别人说话。阮橙没在意，宋兮喜欢宁昀，她和宁昀是朋友，她觉得没有任何问题。不时有别班的女生过来，她们把写好的祝福交给阮橙："拜托一定要帮我们念啊！"阮橙收好纸条："好的。"

回头她把纸条给了宋兮，宋兮看了一眼："不能念。"

"为什么？"

"你自己看啊。'宁昀，加油！宁昀，你很棒！我永远支持你！'老师听到了会有什么想法？"

"运动会期间我们不应该拘泥于那些条条框框。"

"我准备到广播站来播报呢，读了这种纸条，肯定会被老师批的。"

"宋兮，这是他们心中最单纯的祝福。就像我们喜欢明星一样。"阮橙不觉得有什么不妥之处。宋兮扭开脸："反正我不会念。"阮橙捏着手里的那些纸条默默坐在一边。她暂时不用播报，所以坐在一旁看着手机。

"阮橙，帮我拍张照片，侧面的，我在播音的样子。"高二女生马上就要退出广播站了，想留下几张照片留作纪念。

"好的。"

阮橙找好了角度，拍了几张照片。高二女生一看，惊喜道："很有感觉啊。谢谢你啊。"阮橙把照片传给她："一会儿我们班有人比赛，我过去给他们加加油。""去吧。这里人多忙得过来。"

阮橙一走，宋兮没多久也离开了。

九点半有女生800米比赛，他们班唐蕊报名了。原本班上女生报名比赛的就少，所以一有人比赛，大家都帮忙去加油了。

"唐蕊，你先热热身。"

"唐蕊，我帮你把水准备好了。"

"唐蕊，要不要我帮你按摩一下？"

唐蕊笑笑："你们去玩吧，我没事，以前也经常跑步。"她低下头又把鞋带系紧。这双运动鞋还是去年打折时爸爸给她买的，说起来这鞋子是前年的款了。她很爱惜，所以鞋子保存得很好，一点也不旧。她一抬眼，余光看到一双干净的白色运动鞋。她慢慢抬头，看清楚了鞋主人，原来是她啊。阮橙已经脱了校服外套，里面穿着一件浅粉色圆领衫，整个人都元气满满的。

"阮橙，你这双鞋很舒服吧？"

"还好。"阮橙早知道今天就不穿这双鞋了。

"这鞋子是最新款，还有防震的功能。穿这个能跑得很快吧？"

阮橙勾了勾唇角，没说话。十五六岁的女孩子爱美，大家相互看着脚上的鞋子。唐蕊笑笑："我去前面准备了。"阮橙开口："我帮你拍几张照片。"唐蕊看着她："谢谢。"

女生800米比赛一共七个人参加，比赛一开始，唐蕊就保持在中间，到了最后的冲刺阶段，她开始提速。

"唐蕊，加油！"

"唐蕊，加油！"

……

阮橙一直在帮他们拍照，宁昀不知道什么时候来到她身边。她后退的时候差点被人撞到。幸好，宁昀手臂长，把她拉住了："小心！"阮橙紧握着手机："你也来给唐蕊加油啊！"说话间，唐蕊已经冲向了终点。

"第几名？"阮橙没看清楚。

宁昀："第一。"

"太棒了！我们过去看看。"

唐蕊的第一终于让三班拿到了一个荣誉，大家都围着她。唐蕊喘着气，脸色微微有点白。"我扶你回教室休息一下。"唐蕊眼角的余光看到了宁昀，他也来了啊。阮橙没回教室，快十点了，她要去校门口拿蛋糕。宁昀问她："你在广播站做什么？怎么没听到你的声音？"

阮橙："我没经过专业训练，肯定不能播，我就是看看祝福稿子。"

这时候，阮橙的手机响起来："我接个电话。"

"喂——"

"橙橙，我在你们校门口，门卫不让我们进来。"

阮橙拧眉："为什么？"

"说是学校规定，怕我们的东西学生吃了有问题。"店长姐姐也理解学校这样做是出于安全的考虑。

阮橙："我现在过来。"

宁昀道："怎么了？"

"我给大家订了点心，现在门卫不让进。"

"我们去看看。"

"你不准备比赛吗？"

宁昀看看时间："还有十分钟，来得及。"

店长姐姐和门卫磨了半天嘴皮子，门卫坚决不开门。"这是学校规定，我也没办法。""师傅，橙心是全国连锁的，陵城每天多少人购买我们家面包，我敢用我的生命保证，'橙心'不会有任何问题。"

"叶姐姐——"阮橙跑来。"橙橙——"店长姐姐一脸无奈。

阮橙又和门卫解释："这是我送给班上同学吃的，不会有问题的。"

"同学，除非你们班主任同意，她来承担这个责任，不然我不能开门。"

阮橙犹豫着，宁昀开口："高老师刚才还在操场。"

阮橙："我去叫高老师。"

宁昀："我去叫，你在这儿等着。"阮橙望着他："谢谢啊。"

"记住我一会儿比赛。"

"知道了。"

宁昀跑回去把情况和高老师一说。高老师失笑："阮橙有心了。宁昀，你马上有比赛，别乱跑了，我去处理。"高老师来到大门口，门卫同意他们把点心送进。店长姐姐还带来了两位面包店工作的小哥哥帮忙。高老师也来帮忙，她抱着一个箱子："好重啊！阮橙，你到底叫了多少东西？"店长姐姐和两位小哥哥忍着笑意。"老师，我们有推车，不用您搬。"小哥哥从车上搬下一辆推车——他们专门送货的工具。

阮橙看着满满几大箱，她真的不知道有多少。

"回头这钱从班费里出。"

阮橙没说话。

到了教室，班上的同学都要炸了。

"高老师，咱班这是要开Party（派对）吗？"

"哇！是橙心家的啊，我可喜欢吃她家的蛋糕了。"

高老师瞧把这些孩子兴奋的："大家帮忙把座位排一下。一会儿女生帮忙把甜品放好。我们中午开Party！"店长姐姐和两位小哥哥也忙开了。

高老师："辛苦你们了。让孩子们自己动手吧。这多少钱？"她准备付款了，总不能真让学生请客吧。店长姐姐笑着说："不用了。阮总——阮橙妈妈订的。""这可不行，哪有这样的道理！"高老师非要坚持给钱。店长姐姐头大："橙橙，你看怎么办？"阮橙无奈："老师，这是我家的蛋糕。"

"老师不能让你买。"

"不是买的，是我家的。'橙心'是我家开的。"话落，教室瞬间一片寂静，所有人都看着阮橙，在回味着她刚刚说的话。"橙心小公主？"不知道谁来了一句，教室里顿时炸开了锅。高老师心想，原来自己常去的面包店竟然是学生家开的。再一想，教师节时阮橙亲手做了甜心送给他们尝过，原来如此。

"阮橙，你也太深藏不露了。"同学们笑着。"你们要是喜欢橙心蛋糕，以后我给你们带。"阮橙一看时间，"老师，我先去操场，点心麻烦您安排一下。"

　　3000米比赛没结束吧？阮橙飞快地跑过去，跑道上已经没有比赛了。她心里突然一阵失落，宁昀的比赛结束了。她站在那儿，久久未动。许久，有人拍了一下她的肩头，她一喜，回头看过去。那张熟悉的面庞冷冷的，似乎有些生气。

　　"比赛结束了。"

　　"喏，你爱吃的橙子味蛋糕。"阮橙叹了口气，她慢慢抬起手，掌心是一个漂亮的小橙子。宁昀没有伸手，他仔细地看着蛋糕，似乎在想这到底是蛋糕还是小橙子。阮橙道着歉："对不起啊，我食言了。点心有点多，我们搬到教室里需要时间。哎，再说了，是你们跑得太快了。"她越说越心虚，"你真的生气了啊？"宁昀倨傲地瞥开眼，刚才跑步，其他几个男生都有女生帮忙拿校服，他等了半天，阮橙也没来。最后几十秒，他拉下校服拉链，把校服塞给了一旁的路明。

　　"我的手脏。"手上全是汗，会弄脏蛋糕的。"那我先陪你去洗手。"阮橙腹诽，他可真爱干净，她刚刚也没洗手就拿了蛋糕呀。

　　"嗯。"

　　"你第几啊？"

　　"你想我第几？"

　　"我觉得名次不重要，参加比赛已经很不错了，3000米跑起来很痛苦。不过为了班级荣誉着想，你能拿到名次就好了。"

　　"第一。"宁昀喜欢听她说话，喋喋不休的话语让他的心慢慢平静下来。"哇！好厉害！"她的眉眼亮晶晶的。阮橙非常会吹捧，表情生动又真诚，连宁昀这种不在乎成绩的人都有点高兴了。原来拿了第一就像小时候第一次喝汽水一样甜。真好！他这次拿了第一。宁昀去水池边洗干净手，从阮橙手里拿过橙子蛋糕："蛋糕也能做得这么像橙子吗？"他轻轻捏了一下。阮橙解释道："这叫翻糖蛋糕。翻糖蛋糕是源于英国的艺术蛋糕，翻糖是一种糖，好几种材料做成，延展性好，就用在蛋糕和西点的表面装饰，我们日常吃的蛋糕表面都是奶油，翻糖蛋糕就是把翻糖包裹在蛋糕体上，可以做出各种各样的立体造型，比如卡通人物这些。"宁昀以前根本没注意过这些，他咬了一口，味道还不错，问："橙心也做翻糖蛋糕吗？"阮橙摇摇头："只做一些小的翻糖蛋糕。现在很多人在婚礼、生日上，都喜欢用翻糖蛋糕装饰，特别好看。你知道，做蛋糕也是有比赛的。"

宁昀尾音一扬："嗯？"

阮橙："英国有一个翻糖蛋糕比赛，参加比赛的作品真的特别棒，有时候真的超出了我们的想象力。"她的话语间有几分憧憬，等到了大学，她也去参加比赛，到时候为"橙心"打响国际品牌。

宁昀明白："大概就是对于我们喜欢数学的人来说参加世界奥林匹克数学竞赛。"阮橙郑重地说道："对。你知道蔡依林吗？"宁昀想了想："唱歌的？"阮橙笑着说："没想到你居然认识明星啊。"宁昀知道她在打趣自己："我认识很多人的，晋仲北、秦一璐……"

"哇！你很厉害啊。"阮橙道，"蔡依林也拿过国际翻糖比赛大奖。"

宁昀："那你将来也拿一个。"

阮橙咧着嘴角："我肩上的担子很重的，以后还要把我家家业发扬光大呢……"

两人到了教室，教室已经被布置好了。阮母考虑得很周道，连桌布都准备好了。蛋糕摆放得错落有致，如果不看周围环境，真的就像来参加Party。同学们回来了一大半，大家都知道这是阮橙家的。

"阮橙，还有叔叔阿姨，谢谢你们，以后我们要做'橙心'的忠实粉丝。"

阮橙："你们喜欢就好，以后等我们毕业让橙心给我们布置一个完美的毕业晚会。"

"就这么说好了。"

"哈哈，橙心小公主在我们班就是好，以后有面包吃了。"路明大咧咧地说道。一旁的宁昀似笑非笑地看着她："阮橙，你不和我解释一下吗？"阮橙脸红："什么小公主嘛——"她嘀咕了一声，"哎，我没说过吗？橙心是我家的。"宁昀挑眉。

阮橙："我今天第一个就告诉你了。"

宁昀凝视着她："什么时候？"

阮橙："我送你的礼物。"

宁昀："你那会儿让我不要看。"

阮橙："那你到学校怎么不看？傻！"

第一名被骂"傻"，要是让别人听见估计要跌倒了。宁昀立马去找书包，翻出了铁盒子，打开一看，钥匙扣上挂着一个橙子小挂件，里面还有一张蛋糕卡。真是好大方啊！宁昀第一次收到这样的礼物。阮橙有些赧然："喜欢吗？"真是太意外了，宁昀咽了咽口水："阮橙，如果我和你不熟悉，我一定会认为你在贿赂我，想让我一直辅导你写作业。"阮橙尴尬："我之前确实想用这招的，不过你太好说话了，没用上。"她耸耸肩。宁昀将卡收好，气定神闲地说道："谢谢，这个礼物我很喜欢。以后对于你的学习，我会倾囊相授。"他的眼底闪过一丝狡黠的光。阮橙突然间感到脸颊热热的，心也扑通扑通地跳动，像刚刚跑完800米，全身的血液都在血管内窜动。

回到教室，路明就过来了，他把手臂上的校服扔给宁昀："你把校服给我干吗啊？"宁昀道："谢谢。"路明撇嘴："真受不了你。"阮橙咯咯笑了。

这天中午，三班第一次聚餐，午餐全是甜品。大家特别开心，脸上洋溢着天真的笑容。女生们一个个先要拍照，男生们干巴巴地等着。

"女神们，还要多久啊？"

"再等一会儿，我第一次见到这种蛋糕，真的太漂亮了。"

"我……我们好饿啊！"

阮橙静静地看着同学们，脸上的表情愉悦而满足。宋兮和几个女生站在一起，女孩子都喜欢这些漂亮的蛋糕。

"宋兮，你不拍照吗？"

"有什么好拍的？这种蛋糕外面很多啊。"那个女孩子没再说话，又去拍照了。

宋兮一瞥眼看到一旁的唐蕊，这时候她竟然还在看书。"唐蕊，你也太拼了吧？"唐蕊应了一声："反正没事。"宋兮撇撇嘴："你怎么不去拍照？"唐蕊直接道："我没手机。"语气坦然。宋兮想到唐蕊妈妈那天和阮橙爸爸在门口吵架的事，她沉默了一会儿："也没什么好看的。"唐蕊抬首："真让人惊讶！真没想到橙心就是阮橙家里开的。"她那双黑色的眼眸一点一点沉下来，一点光彩都没有。她妈妈经常会等到晚上九点再去橙心买蛋糕，那个时段一般买三送一，她可以吃两天。不过一般这种情况一星期也就一次，橙心的面包一直很热销。宋兮咬着唇："是呀，橙心小公主呢。"唐蕊沉默了片刻："你之前不知道吗？你们是同桌……"宋兮脸色有些不好看，抿着唇没说话。

两人都看向对面，阮橙和几个男生在说话，她在介绍翻糖蛋糕。

"真的什么都能做出来？那也太神奇了。"

阮橙打开手机，搜出几张漂亮照片："你看这个——"

"这不是包吗？"

"我的天，蛋糕都做到以假乱真的程度了！难以想象。"

那天阮橙帮忙拍了很多照片，同学们的脸上都是最简单的快乐。"阮橙，回去以后发给我们。""行！"阮橙低头翻着刚拍的照片。光线暗了一点，总体还不错吧。

"帮我也拍一张。"宁昀突然出声。"好的。""我们去外面拍，教室里面黑压压的全是人。"阮橙瞅了他一眼，男生对拍照也要求这么高？两人来到走廊上，外面光线明亮。阮橙试着找了一个好的拍照角度。"宁昀，你站这里吧。我保证帮你拍一张超级好看的照片。"

宁昀："……你过来。"阮橙走到她旁边："还有什么吩咐？"宁昀抿了抿唇："我们合照。"他的声音紧紧的。阮橙的心扑通一下，一秒钟过后，她就恢复了镇定，"好啊！我们还没合照呢。"她调到自拍模式，手举得高高的。"你……的头稍微低点。"两个人的身高差太多了。宁昀稍微靠近她，气息都乱了："可以吗？"阮橙的手都酸了，她努力想伸远一点。"早知道带自拍杆了。"宁昀看了她一眼，抬手从她手中拿过手机："我来拍吧。"宁昀拍好了一张，又看了看，似乎不太满意。"再拍一张吧。"阮橙心里哑然，他不满意哪里啊？明明挺好的。宁昀动了动身子，稍微离阮橙近了一点。阮橙突然举起了剪刀手。照片定格下来，她甜甜地笑着，剪刀手带着股俏皮气。

宁昀再看看，犹豫了一下，"再拍一张吧。"阮橙犹豫了一下："这两张拍得都不好吗？"

宁昀："还行吧。"看来是不满意了，阮橙配合着他。这回宁昀稍微蹲下了身，两个人上半身的高度差不多。咔嚓一声，照片拍好了。阮橙翻着三张照片："都挺好的啊，我发给你。"宁昀应了一声："还是要蹲一点，拍出来的效果才好。"阮橙气死了！这是嫌弃自己矮啊！她哼了一声回到教室。

当天晚上，宁昀回到家，表姑声东击西想从他嘴里问出点什么，结果一点信息都没有问出来。表姑盛了一碗骨头汤，浓香四溢。

表姑："我今天听隔壁邻居薇薇的妈妈说，她发现薇薇早恋了。薇薇这半年成绩排名下降了几十名呢。"

宁昀："高中成绩有波动也是正常的。"

表姑："不是正常波动。是薇薇妈妈跟踪薇薇，见到那个男生了。

然后——"

宁昀抬眼："怎么了？"

表姑："薇薇妈妈要动手打那个男生，说他带坏了薇薇……"

宁昀喝光了一碗汤："这个男生应该很笨。"

表姑一脸疑惑。

宁昀："为什么不能好好学习？"

表姑一句话噎在喉咙里，这孩子都是什么逻辑。

宁昀回了房间，把蛋糕卡和钥匙扣都收在抽屉里。灯光下，他的脸上是从来没有过的暖意。

第二天，运动会继续，学校里四处都洋溢着欢乐的气息。大家也抓紧时间愉快地玩耍。不过也有些学生开始回教室学习了。阮橙也留在教室了，不过是为了看小说。她看得忘我，直到唐蕊过来找她。

"阮橙，你的英语词典在吗？"

"在。"阮橙从抽屉里拿出英语词典。

"谢谢。我一会儿还你。"唐蕊微微倾身，"咦，你在看小说？"

"《神雕侠侣》，这些书看了就上瘾了。"

"我看过一点电视剧，古天乐和李若彤版的，很好看。"她停下来，"其实，宁昀有点像那时候的古天乐。"

"是吗？那以后有机会我一定要看。"阮橙和唐蕊聊了一会儿，她看到了唐蕊头上的发圈，"你的发圈很好看。"

唐蕊抬手摸了一下："别人送的。你也喜欢橙子？"

"也不是喜欢，就是我的名字让我对橙子莫名地有些好感。"

"为什么你的名字会用这个'橙'，而不是澄澈的'澄'？"

"因为我爸爸觉得'橙子'可爱。"

唐蕊看着她，笑了笑："确实如此。我去看书了。"

宁昀和几个男生也刚刚打完篮球赛，回到了教室。宁昀看了一眼阮橙的座位，见她和唐蕊在说话。他拧了一瓶矿泉水，咕噜咕噜地喝了一半。

"你怎么还喝冷水？小心生病。"

宁昀："习惯了。"

路明打开自己的保温杯，慢悠悠地喝着温水。他妈妈是医生，受家庭熏陶，他从小就会养生。班上也就他会用枸杞泡水喝。

宁昀："我去洗把脸。"

路明："你是有洁癖吗？这是男人味好吗？为什么洗掉？"

宁昀刚出教室，有个男生来到他们班门口："同学，阮橙在吗？麻烦你帮我叫一下她。"

宁昀眸光清冷地看着他："你不是我们学校的。"

陈森杨微微一笑："我是师大附中的，阮橙的朋友。"

宁昀转身进去，来到阮橙桌旁："外面有个男生找你。"

阮橙合上书："谁啊？"

宁昀："师大附中的。"

阮橙猜到是谁了，脸上没有什么惊喜的表情。宁昀也没再多问。

"知道你们学校开运动会，我过来看看，顺便把书带给你。"原来陈森杨是来给阮橙送书的。

阮橙："谢谢啊。你怎么知道我在三班？"她上次好像没说啊。

陈森杨："阮叔叔以前说过。"

"你成绩这么好还做笔记？"阮橙翻了翻书，上面的笔记清清楚楚，记得很认真。

陈森杨笑："这是每个人的学习方法和习惯。"

阮橙："你的学习习惯真好。谢谢啊。"

陈森杨："难得休息，你怎么还坐在教室里？看书吗？"

阮橙："随便看看书。你等我一下，我们下去说。"人家专门来给她送资料，她至少也要送他出校门吧。

陈森杨："不会打扰你吧。"

阮橙："反正都被打扰了，看在你给我送资料的分上送送你。"陈森杨没想到她这么直接，当时哭笑不得。

宁昀回来的时候，已经不见了阮橙。他问路明："阮橙呢？"路明叹了口气："和外校生走了。"

路明："那个男生和阮橙什么关系？"

宁昀："你不是阮橙的初中校友？你不知道？"

路明顿了顿："我好像闻到了什么味道，好酸啊。"

半小时后，阮橙回来了。宁昀过去，问她借语文笔记，见她桌上放着几本辅导书，问道："你朋友送你的？"阮橙点点头："是啊。"宁昀问道："我能看看吗？"阮橙拿给他，宁昀翻开第一页，上面果然有名字——陈森杨。字迹工整有力。阮橙开始收拾书包："今天可以早走吧？"宁昀的右手伸到口袋里："阮橙——"

"阮橙——"唐蕊又来了，"谢谢你的词典。"

"不客气。"

唐蕊看着宁昀："对了，宁昀，我有道数学题能不能麻烦你帮我讲解一下？"宁昀的目光定在她头上的发圈上，和他口袋里的一模一样。他抿着唇，眸光渐渐深沉。"宁昀？你有事要忙吗？"宁昀慢慢地抽出手："好。"班上没有人比唐蕊更刻苦了，宁昀和唐蕊算了十多分钟后把题目解出来了。

宋兮叹息一声："果然学霸和学霸才有共同语言。"阮橙收回目光："你忙完了啊。"宋兮咽了咽口水："真累啊！原来以为广播员很幸福呢，等自己去尝试才知道难。"

阮橙："你做得很好了。"宋兮弯着嘴角："我也是深得我妈妈遗传，就像你会做蛋糕一样。"阮橙沉默了一下："我家的事之前没有告诉你，希望你别介意。"宋兮终于对她露出一抹笑意："我是有点生气，你这人太不真诚了，我家里什么情况都告诉你了，你却什么都不说，你肯定没把我当朋友。"阮橙头大："我家是做生意的，我爸爸在我小时候就教我做人要低调。"

宋兮："这也没错，可是……你们就是想太多。"两人终于解开了心结，回到了最初的状态。

运动会结束后，每天放学之后，阮橙和宁昀依旧走得晚。阮橙写完作业，会找宁昀对对答案。这天放学，教室里只剩下两人。阮橙拿着宁昀的作业对答案。"这么晚了，怎么还不回家？"宋主任走进教室，她的眸光盯着阮橙桌上的两本练习册，脸色顿时沉下来。此刻，教室里安静得可怕。

阮橙立马站起来，微微紧张："宋主任，我没有抄作业。"

宁昀："阮橙写完了，在对我的答案。"

宋主任翻了翻两本练习册："好了，练习册我先收着。你们先回家，明天第一节课间到我办公室来。"

阮橙拧着眉："宋主任，我真的没有抄作业。"

宋主任："你们回家路上注意安全。"

阮橙叹了一口气："我们的运气怎么这么差啊？"宋主任可不会像高老师那么好说话，被她抓到等同于上了黑名单。宁昀也觉得，可看着阮橙那张脸皱成包子样，他突然想笑。

第二天一大早，宋主任到了办公室就把两本练习册重重地放到高老师桌上，突如其来的一声响吓了高老师一跳。"昨天傍晚，我巡视时发现你们三班阮橙和宁昀还在教室。这是两人的数学作业。"

"数学？那您应该找梁老师啊。"高老师开玩笑道。宋主任轻轻抿了抿唇："阮橙在抄宁昀的作业。"其他几位老师也围了过来，尤其是梁老师，听说了事情始末："真是太胡闹了！"他也寻思着，这次月考，数学试卷难度不大，阮橙的分数也就是普通。他还有些疑惑，正想要找阮橙谈一谈的。原来如此啊！

"老梁，你这回看走眼了。"

"难怪阮橙能进奥数班呢！原来是宁昀帮的忙啊。"

梁老师皱着眉："数学竞赛班是什么地方？由着他们这样捣乱的。这事我一定要好好处理。"高老师眼皮直跳。"这事我知道，宁昀确实在帮阮橙辅导功课。"

"高老师，你还年轻，不能学生说什么，你就信什么。"

宋主任开口："高老师，我们出去说。"两人来到走廊尽头。

"刚才别的老师在场，有些话我不方便说。阮橙和宁昀他们是怎么回事？我们学校绝不允许学生早恋！"高老师敛了敛神色："宋主任，您误会了。"

"这么说，这事高老师都知道了？"

"我保证，他们真的没有早恋。"

宋主任沉思一瞬："高老师，也请你平时多加留心！这件事，我会和阮橙、宁昀谈一谈的。"

"好的，宋主任。"

课间，阮橙和宁昀一起被叫到了宋主任办公室。阮橙规规矩矩地站着，宁昀倒一点也不紧张。宋主任看看他们："阮橙，你能去竞赛班是怎么回事？"阮橙舔了舔唇，把事情的来龙去脉原原本本地都告诉了宋主任。宁昀开口道："是这样的，当时是我教阮橙写的作业，没想到让梁老师误解了。"阮橙忙不迭地点头。

宋主任："那你们也该及时告诉老师啊。"

宁昀道："去学习终归不是坏事啊，何况阮橙进步也很大。"宋主任愣住了，她喝了口水："我带了这么多届学生，还是第一次遇到你们这样的。真是胡闹！你们俩回去写一份检查，明天交给我。"阮橙松了口气，真怕被误解了。两人回到教室，大家窃窃私语着。两人一起被宋主任叫去，肯定有情况。更何况，大家也看出，宁昀对阮橙挺好的。有情况！宋兮望着她，心情复杂。几个男生小声地同宁昀开着玩笑。教室里乱哄哄的。

简知言起身："大家别吵了，还有一分钟上课，老师快来了。"

宋主任借着这事给高一年级的老师开了一次会。

"我们学校这些年就是对学生太过温和了，导致学生作风松散。各班班主任本周开一次班会，要让学生端正思想。另外，我再次重申，杜绝早恋！

"我知道你们可能觉得我小题大做，十五六岁的年纪，单纯美好，谁也不知道会发生什么，我们作为老师还是要防患于未然。"

"宋主任，现在的孩子思想太成熟了，早恋的事，不是说控制就能够控制住的。"这是长久以来困扰老师们的难题。

"所以请诸位老师要关注学生啊。"

"教学时间都紧张，哪有时间啊？"

宋主任摇摇头："好了，这事我们要从长计议。大家先去上课吧。"

后来，阮橙主动找了梁老师谈话，坦陈当初那张卷子不是她自己写的。梁老师凝思片刻："我都知道了。你找了一个很厉害的帮手。"阮橙不好意思，她弯腰深深地鞠了一躬："梁老师，我错了。"梁老师应了一声："那数学竞赛班还上不上了？"阮橙摇摇头："我能力不够。"梁老师轻笑："不是能力不够，而是心思不在此。我算是看出来了，你要是把心思都用在学习上，不会比唐蕊差的。"

阮橙笑了："梁老师你这么看好我啊？"

他教了二十年的书，什么样的学生没见过？

十月的时间总是过得飞快，转眼到了月底。阮父从金国回来了。

阮父："你们放心好了，我和老陈考察了很久。合同也签了，不会有问题的。"阮母轻声细语："我们家现在已经很好了，也不需要你太辛苦了。"

阮父："我心里有数的，我是不会让你和橙橙吃苦的。"阮家这边的亲戚也连忙到阮橙家报到，临走前，阮橙的叔叔、姑姑又带走了不少东西。阮母从来也不说什么。阮父的皮肤黑了一个度，阮母有些嫌弃。

"我给你和橙橙带了好些东西。"他从行李箱里翻出了几个首饰盒。

阮橙问道："爸爸，你买钻石了？"

阮父："你……怎么一下就猜到了？"

阮橙笑："难道你会买老虎狮子送我们？"

阮父打开首饰盒："这颗粉钻是爸爸给你准备的结婚戒指。"

阮母睨了他一眼："戒指都是女婿准备的，你提前准备什么？"

阮父笑："你妈吃醋了。阮太太，我也给你准备礼物了。"

阮母一看，原来是一枚黄钻戒指："你又浪费。"

阮父帮她戴在手上："当地矿石厂的老板带我去买的，橙橙那颗她喜欢什么款式，可以自己去定制，你这颗我就在那边请人定制了，因为这件事，还耽误了返程的时间呢。"阮母眼睛都湿润了，她依偎在阮父怀里："我很喜欢。"结婚十七年，丈夫的生意越做越大，他却对自己和女儿始终如初。真好！一旁的阮橙连忙捂住了眼睛："我什么都看不见，看不见。"阮父清清嗓子："你可真是超级大灯泡。"

十一月初是陵城全市高中的期中考试时间，今年陵城附中联合其他四所高中举行期中联考。陵城附中的期中考试以严密著称，考卷难、监考严。阮橙在考试前，每日早起晚睡地复习，只能以成绩来抵错了。为了考好，她还拜托宁昀帮她抓几个重难点。那几天，两人每天都是一起回家。

宋主任收到消息时，深深地吸了一口气。她认为宁昀成绩这么好，不能毁了一棵好苗子。她自然不会允许"早恋"的事发生在她眼皮底下。于是，那些日子，宋主任经常在三班教室附近出没。三班的人都精神紧张了，整天规规矩矩的。高老师也是头疼，被主任盯上的日子，真是寝食难安。

"寒假去英国两周的实践活动，想报名的回去和父母商量一下，表格填好之后，唐蕊收一下。"

下课后，大家讨论起这事。

"你们报不报名啊？"

"自费五万呢，两周时间好像也差不多。"

"阮橙、宋兮，你们呢？"

阮橙一直想去英国的："我报名。"

宋兮撇撇嘴："你不和你爸妈商量一下？"

阮橙："我爸妈一向都支持我。"

宋兮："真好。"

阮橙把填好的表格交给唐蕊，唐蕊收好了。最后，班上一共就两个人报名。唐蕊把表格送到宋主任办公室。

宋主任："你们班的同学都填好了？就两个人啊。阮橙——对了，唐蕊，阮橙和宁昀现在还一起回家吗？"唐蕊沉默了一下："好像是的，他们俩放学都是最后走。"宋主任点点头，若有所思："哦，没事。你先回班吧。这次期中考试继续保持。"唐蕊应了一声。

这天放学，宋主任走得迟，其实她一向如此。天色渐晚，宋主任走了几步，又想起了什么，回头看看三班的教室，教室里的灯还亮着。她刚准备上楼去，那灯突然灭了。她来到学校对面的文具店，文具店老板认得她："宋主任，又来观察了啊。"宋主任失笑。过了一会儿，果然，她看到了阮橙和宁昀一起出来了。

阮橙和宁昀一路到了停车场。阮橙把车推下来才发现自行车有点不对劲："咦——"

"怎么了？"

"车胎没气了，早上来的时候还好好的。"

宁昀过来一看，气嘴是好的。"车胎破了。"

"是不是被人扎的？"阮橙认真地看了看。

"前面有修车的，去补一下就好。快走吧，不然天黑了。"

阮橙犹豫了一下："要不你把地址告诉我，你先回家吧。"

宁昀盯着她，表情冷冷的："我也说不清楚。"

阮橙："……那好吧。"两人各自推着车，走的也不是平时那条路。正值下班高峰，路上车水马龙。工作了一天的人赶着回家，这样的感觉似乎也很好。无论怎么辛苦，和家人在一起，才是最温暖的。走了二十分钟，宁昀道："就在前面。"阮橙看了看附近的路牌："咦，这条街穿过去就到我家了。"宁昀没应声，他当然早就知道了。结果等他们赶到的时候，修车的老伯已经下班了。

阮橙挑眉看着宁昀。宁昀尴尬不已："明天再来吧。"阮橙心想着人家陪你走了一路，修车的师傅下班了，也不能怪他吧。"我记住地方了，明天过来很方便。"两人默默地往回走，很快就到了阮橙的家。天色也已经完全黑了。

阮橙侧首问道："宁昀，要不要去看看我的狗？"

"现在？"

阮橙点点头："反正都到我家门口了。"她之前说过要邀请他来看她的狗。

阮橙刚开了门，Yami已经到门口迎接她了，围着阮橙蹿来蹿去。

"汪汪——"

"乖，我回来了。"她打开灯。

宁昀脱了鞋子："叔叔阿姨不在家？"

阮橙："他们今晚有饭局。Yami来，和宁昀哥哥问个好。"

宁昀哥哥……宁昀的脸瞬间黑了。

阮橙伸出手："握握手——你好——"Yami听话地伸出爪子。宁昀看着Yami，柴犬长得很萌，看起来傻乎乎的。阮橙去厨房给宁昀倒了一杯水，又拿了一些零食招待他："这是我爸带回来的巧克力，味道真的很棒。你尝尝。"

宁昀从来不喜欢小动物，他小时候被狗咬伤过。宁晗养过一只博美，宁昀三岁左右，不知道怎么回事就被狗给咬了。后来宁父做主把狗送给爷爷奶奶养，宁家再也没养过狗。阮橙拿着球随便扔到一个地方，Yami瞬间就跑去追球了。"Yami特别喜欢玩，像个幼儿园小孩。"宁昀看着它就在客厅跑动，小短腿跑得还真快。阮橙不停地逗它。其间，阮橙去接了个电话，阮母打来的，叮嘱她吃晚饭。Yami咬着球来到宁昀腿边，意思是让宁昀陪它玩。宁昀抬手轻轻摸摸它的头，顺手拿了块巧克力喂它。Yami吃完了一块，宁昀见它喜欢便又喂了一块。阮橙挂了电话过来时，Yami已经吃了两块。

"宁昀你在给Yami吃什么？"

"巧克力，它好像很喜欢。"

阮橙感觉自己好像被雷劈了："狗吃巧克力会死的。"宁昀愣住了，狗狗不能吃巧克力吗？

阮橙急得不行："快，我们得去医院。"宁昀满脸歉意。阮橙清楚，爸爸从国外带回来的巧克力浓度很高，Yami才两个多月大，她听程斐说过狗吃了巧克力会死的。她一脸愁云地抱着Yami，眼泪在眼眶里直打转。幸好小区附近有一家宠物医院。阮橙在前面带着路，宁昀抱着Yami快速奔跑。到了宠物医院，Yami已经出现抽搐的症状了。

"医生，救命！我的狗中毒了！"

"怎么回事？"

"吃了巧克力。"

宠物医生一听，赶紧叫助理立刻准备相关物品。阮橙和宁昀在门外等候着，一个坐立难安，一个内疚不已。宁昀看着阮橙一张脸皱得和包子一样："抱歉，我不知道。你别难受了。"

阮橙："你说Yami会不会死啊？"

"不会。"

"你骗人！"

"如果它死了，我赔你。"

"你怎么赔啊？"阮橙的声音已经带着哭腔了。宁昀声音闷闷的："那我再买只狗送给你。"

一个小时后，医生出来了："还好送来得及时，狗狗没事了。"阮橙重重地呼出一口气："谢谢。"

"以后要注意，千万不能让狗狗碰巧克力。"

"我知道我知道。"阮橙舒了一口气。

医生看着两人："这两天留在这里观察一下。等情况好了，你们再来把它接回去。"阮橙点点头。

"好啦，哥哥带着妹妹赶紧回家吧。"

宁昀扫了医生一眼："我们不是兄妹。"医生愣了一下："啊——"他一时词穷了。

阮橙："我们是同班同学。"

医生："啊……同学之间是要相互帮助。"阮橙和宁昀又去看了看Yami，Yami可怜兮兮地耷拉着眼睛，眼睛本来就小，这会儿都看不到了。这场突发的状况，两人都出了一身大汗。

阮橙看着宁昀："今天谢谢你了。"

"嗯。"

阮橙肚子突然咕咕叫了起来。

"饿了。去吃晚饭吧。"宁昀悄悄松了一口气,真怕Yami被毒死了。刚才他有种走钢丝绳的感觉,一颗心都悬着。阮橙知道狗没事了,也感觉到饿了。天已完全黑了,城市的景观灯都打开了,五颜六色的光点让这座城市的夜晚更加迷人。阮橙和宁昀走了几分钟,最后进了一家馄饨店,各自点了一碗馄饨。

两人找了一张桌子,面对面地坐着。这明明和平时他们在学校食堂吃饭一样,可为什么感觉怪怪的?阮橙眼眸左右转动着:"老板,馄饨好了吗?"

"刚下锅,再等两分钟。"

宁昀:"你很饿吗?"

"吃完赶紧回家复习。"宁昀没忍住笑意,"那你认真写作业,争取考到年级前十吧。"两碗鲜肉馄饨,热气腾腾。"咳咳咳——"阮橙被呛住了,"宁昀,你开什么玩笑?"

宁昀:"你朋友不也给你送了宝典吗?他是师大附中的学霸。"

阮橙:"你怎么知道陈森杨的事?"

宁昀慢慢搅拌着碗里的馄饨:"路明说的。你和他关系很好。"

阮橙:"陈叔叔和我爸是生意伙伴。"宁昀漫不经心地点点头,情况他都知道了。

"他人倒是挺好的。今年还拿了市三好学生。你肯定也能拿到。"

"我不稀罕。"宁昀低下头吃着馄饨。吃了两个馄饨,宁昀突然停了下来。

阮橙担忧:"不好吃吗?"

"路明说你们是青梅竹马,真的吗?这是路明想问的。"阮橙目瞪口呆地看着他,她脸红得像涂了胭脂一样。"怎么可能!这什么年代了!虽然——"

宁昀背脊挺得直直的:"什么?"

"长辈开过这样的玩笑。"

宁昀抿了抿唇："吃馄饨吧。"

"宁昀，期中考试后就要开家长会了，你家谁来开啊？"

"不来。"

"啊？"

"来不来无所谓。"

阮橙一想，还真是。他成绩这么好，家长不来完全没问题。"有你这样的儿子，你父母一定很幸福。"这回轮到宁昀咳嗽了。

"我小时候调皮，整天动来动去，幼儿园老师说我有多动症，我爸妈愁死了。小学时，我不爱写作业，上课也听不进去，我爸妈担心我太笨了，我爷爷奶奶说我若是学习不好，以后就去学个手艺。"阮橙眨眨眼，"所以我以后要是生个像你这样聪明的孩子，我就不用操心了。"

宁昀："那……那你可得先找个优秀的男朋友。"这话题似乎有点深入了。两人连忙低头吃馄饨，掩饰着各自的小心思。

当天晚上，阮父和阮母一听Yami吃了巧克力中毒了，也吓了一跳。阮橙无意间说漏了嘴，阮父知道是宁昀闯的祸："臭小子存的什么心？"

"爸，他不懂。"

"他不是成绩很好，连这种常识都不知道？"

"不养狗的人不知道吧。爸，你怎么这么——小心眼了？"

阮爸爸黑着脸："你弟弟都差点被人害死了。"阮母哭笑不得。阮父愤愤道："你怎么能单独把男生带到家里？"阮橙机敏地回道："当时Yami也在家的。"阮母安慰着父女俩："宁昀那孩子挺好的，橙橙能交到这样的朋友是好事。"阮父嘀咕一句："我看他有自己的小心思。"阮母推着他："你烦不烦啊？我们还是小学就认识的，二十多岁我才和你谈朋友。"阮父立马变了脸："橙橙赶紧去写作业，你现在这个年纪还是要多读书，充实自己。"

阮橙："知道了。我以后一定读个博士回来。"阮橙一走，阮父叹了口气："有些话也不能说得太明白。现在的孩子早熟，宁昀你也见过，他长得好是好，就是太好了。"

"怎么？你还真想招婿啊？"阮母问。

阮父沉默了一下，那意思很明显。

阮母："都什么年代了？"

阮父："我也是为了橙橙好。"

阮母："你是不是还遗憾我没给你生个儿子啊？"阮父心都颤了，虽然现在二胎也放开了，他也没那个想法，赶紧反驳："胡说！你明知道橙橙就是我的心肝。"阮母懒得理他。

终于熬过了期中考试。成绩一出来，学校就把排名榜贴在"学知楼"的一楼楼梯入口，一下课那里就围满了人。宋兮拉着阮橙去看总排名。"阮橙，你先帮我看。"阮橙猫着身子从中间开始找："宋兮，你第二百二十二名。"

宋兮："真的假的？"这数字，周围的同学都笑了。宋兮挤到前面一看："怎么这么'二'啊！讨厌！我帮你看。阮橙——在哪里？在哪里？阮橙，你第六十八名！"

阮橙松了口气。宋兮嘀咕："宁昀又是第一，简知言第二，这两人都在我们班。你看前十名，六个男生，四个女生。"阮橙看到了唐蕊的名字，她这次排在年级第六，分数很高。

"三班这次前十占了三个名额。真厉害！"

"三班班主任是周校长亲自留下来的，听说面试时本来都要被刷了，最后还能被留下，说明高老师还是有两把刷子的。"阮橙懒得听其他班学生八卦，她转身欲走，不小心踩了后面人的脚："咦，你怎么来了？"宁昀一米八的个子，站在人群中，特别显眼。"我随便看看——"阮橙挑眉："来看看你的竞争对手吗？"宁昀双眼的视力都很好，很快找到了阮橙的名字，第六十八名，他扯了一抹笑，还行吧。他什么话也没说，转身走了。宋兮皱着眉："宁昀看什么？"阮橙有些莫名："不知道。我们也回班吧。"

两人回班时，唐蕊和宁昀正在走廊上说话。阮橙没说话，她想到了那个发圈。后来，她再也没见过唐蕊戴过。

"阮橙——阮橙——"

"嗯。"阮橙如梦初醒。

"你在想什么呢？"

"我想去买点喝的，你先回去吧。"

宋兮抓抓头发："莫名其妙。"

宁昀眼角的余光刚好看到离开的阮橙，他拧了一下眉头。唐蕊问道："宁昀，你是不是有事？"宁昀拿过笔唰唰唰写下几个步骤："就这样，你看下应该就明白了。"他看着题目，突然间停下了动作。

"怎么了？哪里不对吗？"

"以你的水平，这道题对你来说并不难。"宁昀神色自若。唐蕊脸色却倏地一变："我——"她难以启齿，少女的自尊让她窘迫得无法直视他的眼睛。宁昀对同学提的问题都解答，但是他也聪明地知道大家的水平在哪。唐蕊走后，宁昀一个人站在走廊上，看看天空，又看看楼下走动的人影。阮橙买了水回来，宁昀叫住她："阮橙——"阮橙看了他一眼，心里突然觉得宁昀像只花孔雀在这里招蜂引蝶："有事？"宁昀的目光落在她手中的矿泉水上："恭喜你，第六十八名。"

"又不是第一名。"她嘀咕道，至少前十名吧。宁昀笑笑："Yami怎么样了？"

"能吃能喝，好得很。我爸紧张得把家里的巧克力都送人了，明明当初他很嫌弃Yami。"说起狗，她的脸色慢慢浮起了笑容。走廊的斜对面，宋主任远远地望着两人，脸色沉沉的，要敲敲高一学生的警钟了。

家长会的前一日，宁母给表姑打了电话，问问宁昀最近的情况。

表姑："这回期中考试又是第一名。"宁母在那端也笑了。

表姑："小昀的家长会你们不回来吗？"

宁母："什么时候？"

表姑："明天下午。小昀没和你们说吗？"

宁母沉默了一下："我知道了，别告诉小昀我知道这事了。"

表姑叹了口气："也不是我说你，小昀到底是你亲生儿子。"

宁母："大姐，我也知道。我不是没努力过，小昀他不接受我。"

表姑："那就再努力啊。小昀这孩子外冷内热，现在和班上的同学处得也好。他们班有个女生请他吃点心，他给人家女生辅导功课。"

宁母笑了笑："他有朋友也好。"再一想，女生，发圈……看来她明天是要回去一趟了。

家长会当天下午，家长们陆陆续续地进了校园，学生们都在自己班门口等着自己的父母。阮父来得早，女儿这次考得好，成绩进步飞速，他脸上有光，早早地就出发了。阮橙带着她爸来到座位上，宋兮妈妈也来了。阮父看着宋母："您是省台的主持人吧，我看过您的节目。"宋母优雅地伸出手："阮总，幸会幸会。我们一家也是橙心的忠实顾客。"阮父笑着："那真是我们的荣幸。"阮橙和宋兮都受不了他们的寒暄，赶紧溜了。宋兮直摇头："我鸡皮疙瘩都起来了。"阮橙说道："大人都这样，以后说不定我们也会变成这样。"

宋兮："长大就会变得不像我们了。"

这时候，一位漂亮的女性走来，走廊上的人齐齐看过去。宁母早上从燕市回到陵城，打扮精致，手上拎着个名牌包，时尚又优雅。

"这是谁的妈妈啊？"

"不是妈妈吧，这么年轻？哇！好漂亮啊！"

阮橙和宋兮眼睛也看直了。

宁母面上带着笑："同学，高一（3）班是在这层吧？"

"就是这间教室。"

宁昀突然看到他妈妈也愣了几秒，立马从旁边大步走过来："妈，您怎么来了？"

妈？在场的人惊讶地看着他们，谁也不敢相信这是宁昀的妈妈。他妈妈也太好看了！太年轻了！宁母微微仰起头："开家长会这么重要的事你也不告诉我？幸好我今天没事。"宁昀只是皱了皱眉："我先带您进去。"高老师见到宁母时也愣住了："宁昀，这是……？"宁昀尴尬："高老师，这是我妈。妈，这是我们班主任高老师。"

"高老师，您好。平时麻烦您照顾我们家宁昀了。"高老师愣怔了几秒，这妈妈保养得也太好了，"这是我应该做的。宁昀学习好，也不需要我们费心，是你们家长教育得好。"

"哪里！宁昀到了高中之后，比起以前性格要好多了。我想这是您教导有方。"高老师心中感慨，好的家庭、优秀的父母对孩子的正面影响多大啊，难怪宁昀这么沉稳，这么聪慧。

宁昀带着母亲来到自己的座位，路明今天也是妈妈来开的家长会，两位母亲认识之后，很快加了微信。宁母这些年一直做着与宣传相关的工作，实在太会与人沟通交流了。宁昀从教室里出来后，大家都盯着他，他愣了一下，面无表情地走到走廊一端，一个人待着。他真的没想到妈妈会突然而至。宁晗和他在同一所小学，小学时期的家长会，如果爸爸工作忙，每一次她都会去宁晗的班。全班同学的家长都在，只有他的座位是空的。现在宁晗上了大学，不需要开家长会了，她想起他了吗？

大家心中满是好奇，可是谁也不敢问。宋兮推推阮橙："你去问问。"阮橙一脸蒙，为什么是她？

"你和宁昀不是关系好吗？"

阮橙想了想，好像也是。

她慢慢走过去："宁昀，你在看什么？"宁昀头也没回："没什么。"阮橙眼珠转来转去："宁昀，那天——就是Yami中毒那天，在医院，你说你陪我——""我说陪你写作业，考进年级前十。"宁昀定定地说道。阮橙嘴角抽了抽。宁昀转开脸。

阮橙："你妈妈看着好年轻啊，她是怎么保养的？"宁昀睨了她一眼："不知道。要不你一会儿问问她。"阮橙咂舌："哎，你今天怪怪的。"宁昀深吸一口气："我妈二十岁生的我。"阮橙心里一算："难怪看着像你姐姐。"她心里想到了很多小说情节，二十岁结婚生子，在那个年代好像也很早啊。宁昀看着她转动的眼珠，忽而一笑："她被爱情冲昏了头脑。"

阮橙腹诽哪有人这么说自己的父母的。

家长会如火如荼地开着，唐蕊和简知言一一发言，家长们也获益匪浅。高老师把时间留给家长们自由交流。宁昀妈妈作为第一名的妈妈是大家追问的对象，她一一回答着。诸位家长一听，宁昀是一个人在陵城读书，大家心里更酸了。父母不在身边，这孩子的成绩还这么稳定，真是让人羡慕。几位家长也好奇地咨询了阮橙爸爸，为什么阮橙进步这么大。"我家女儿好玩，其实挺聪明的，就是学习不够用功。应该是班级学风好，这孩子也受到影响了。她和宁昀同学是一个学习小组，也感谢宁昀对她的帮助。"宁昀妈妈微笑着："都是一个班的同学，大家相互帮助是应该的。"一会儿她要去看看阮橙。

家长会结束后，宋主任走进教室。高老师也是一愣："这是我们高一年级的宋主任。"宋主任微微一笑："感谢各位家长的配合，陵城附中这几年也一直在抓学习，努力提升985、211名校的达线率。但同时，我们也着力培养出全面发展的新时代青年。我想在座的家长这方面的经验、见识肯定比我们这些在校老师要广博，今后有机会也请家长们能抽出时间到学校给孩子们做做分享。好了，我不多说了。"她走下讲台，来到阮父身旁："阮橙爸爸，我想和你沟通一下阮橙的在校情况。"

阮橙在走廊上看着这一幕："什么情况？我爸被宋主任带走了！"

宁昀："……别紧张。可能是宋主任找你爸爸有些事。"

阮橙心里紧张得不行，她这次不是考得挺好的吗？还有什么事？

阮爸爸跟着宋主任来到办公室，宋主任给他倒了杯水。阮爸爸坐在沙发上："宋主任，阮橙这段时间在学校是不是不写作业了？"宋主任一愣："你知道？"阮父不好意思："她就是这点不好，有点懒，不爱写作业。"宋主任肃了肃脸色："我找你也是想谈谈这个问题。阮橙不光不写，还让同学帮她代写作业。"阮父叹了口气："这孩子真是的！回去我就和她好好谈谈。"宋主任看阮父这表情，哪里像回家会训孩子的样子："她找了我们年级第一的学生帮她辅导作业。"

阮父瞬间神色一紧："宁昀？"

"你也知道他？"

阮父咽了咽口水："宁昀帮我家阮橙写作业？"宋主任见他紧张："是啊。两个孩子走得很近，放学都不回家，而是在教室里一起写作业，然后一起回家。"阮父一脸正色："我明白。宋主任，太感谢您了。"宋主任就喜欢这样明白事理的家长，点到即止，家长明白就好。"这是我们的工作，我们也是为了孩子的将来好。"阮父心里想着，臭小子真对我家女儿有心思了。太早熟了！

家长会结束后，学校也提前放学了。家长们和孩子一起回去，心情各异。宁母和几位家长多聊了几句，出来时就见儿子和一个女孩子在走廊上。她有些惊讶，这么多年她还是第一次见到儿子和女孩子有说有笑。她远远地观察了一会儿才走过去。

"宁昀——"

宁昀淡淡地点点头："你什么时候回去？"

宁母心里咯噔一下，脸上依旧温柔："你爸那边最近没什么事，我多陪你几天。"不等儿子回复，她又开口，"你是宁昀的同学吧？"阮橙弯着嘴角："阿姨，您好。"

"叫什么名字啊？"

"我叫阮橙，和宁昀是一个学习小组的。"

"原来是你啊，刚才你爸爸也发言了。是橙子的橙吗？"

"是的。"

"你的名字和你一样可爱。"宁母说着又看了一眼宁昀。阮橙心想，宁昀的妈妈真的好温柔啊。

宁昀催促道："妈，我们先回去吧。"宁母笑着，她还想多和阮橙说会儿话呢。这么漂亮的小姑娘，十五岁的年纪满满的朝气，真是招人喜欢。她从包里拿出一条没有拆封的巧克力，早上出门时，宁父给她的。"这是宁昀姐姐买的，你尝尝味道。"

熟悉的巧克力。

"谢谢阿姨。"

宁昀看到就想起那天的意外，他皱起了眉。宁母有些莫名其妙："那我们先回去了。以后有机会再聊。"

阮橙："阿姨再见。"宁昀看了她一眼，动了动嘴角："再见！"

那天回家，宁母说了很多话，宁昀没怎么理会她，即便这样，她也说得开心。"阮橙是最后一名考进来的，现在都进到年级前一百名了，小姑娘很用功啊，一看就是聪明努力型的。"聪明是，努力？呵，除非太阳从西边出来。宁母紧接着说："长得那么漂亮，应该有很多男孩子喜欢她吧。"宁昀眼皮动了动："……不知道。"宁母轻笑着："你整天就知道学习，哪里会知道这些。"她又不好说得太直白，万一儿子早恋了，风险她可承担不起，还是等他们成熟一点吧。宁昀陷入了沉思。宁母也怕自己的话影响他："妈妈不打扰你学习了。"她赶紧撤了。

下午，阮父回去之后就把宋主任今天找他谈话的事告诉了妻子。"我看橙橙和宁昀不像早恋。"阮母揪心了，"这个年纪有些好感也很正常，改天我和橙橙谈谈，女孩子终究要学会保护自己。"阮父点点头。这时候他的手机响起来："是老陈。喂——"

"我刚接到消息，金国动乱，我们那个矿石厂出事了。"阮父大脑突然一阵嗡鸣，他足足呆滞了几十秒才反应过来，"你在哪？我现在过来找你，咱见面说。"阮橙在房间里看书，听见动静，她出来一看："爸，这么晚了，你去哪儿？"阮父冷静道："一个朋友出了点事，我过去看一下。"

"那你开车小心。"

"你早点睡吧。"

阮橙一回头见她妈妈担忧的神色，她心里莫名地有些慌乱："妈，是不是公司出事了？"阮母摸摸她的头发："相信你爸爸，他会处理好的。"

夜凉如水。阮父这几个小时实在是焦头烂额，老陈好不容易和当地老板联系上，现在金国局势动荡，那位老板自己拿了钱早就离开了本国。办公室里烟味刺鼻，烟灰缸里满满的烟头。阮父掐灭了手里的烟头，准备再拿烟时，烟盒已经空了。他有几分烦躁，脸上满是疲态："怎么说？"陈父摇摇头："大概这就是合同里说的不可控的意外，他也没办法。我们只能等了。"阮父声音沙哑："要等到什么时候？"陈父舔了舔干涩的唇角："等到这个国家安定。"阮父呵了一声，双手搓了一把脸。他年轻的时候也失败过，却从来没像这次这么忐忑。大概是怕了。怕自己没有重来的机会，怕自己血本无归。阮家的流动资金都投入矿石厂了，原以为立马能有收益的。阮父喉咙干涩肿痛，他艰难地吞了口口水："我先回家了。"

阮橙写完作业后一直没有休息。她时不时地看下时间，一直等着爸爸回来。十一点十分，她听到大门打开的声音。轻微的动静瞬间惊动了她，她飞快地从房间跑过去："爸爸，你终于回来了。"阮父放下车钥匙，看着女儿光着脚，他皱了皱眉："怎么还没睡？拖鞋也不穿！"说着他拿了一双拖鞋放在阮橙脚边。阮母也从卧室出来了，显然她也没睡。阮父心里一暖："都在等我啊。"阮母问："不要紧吧？"阮父不想在阮橙面前说这事："一点小问题，让你们担心了。橙橙快去睡觉吧，明天还要去上学呢。"阮橙点点头："爸——"阮父扯了一抹笑："没事，爸爸能解决。"阮橙轻轻应了一声："你们也早点休息。"

回了房间，阮父没有对妻子隐瞒，把事情原原本本都告诉了她。阮母沉思了许久："明天我去和大哥借一点钱先周转。"现在十一月，下个月就要和各家供应商结款，还有预付明年食材的定金、店铺的租金。那么多家店，这不是一笔小费用。阮父沉默了。阮母握住他的手："别想太多。即使有什么，大不了从头再来。"阮父无奈地叹了口气："我是不怕，就是要委屈你和橙橙了。"

阮母："没什么委屈的。我们一家人在一起比什么都重要。"她温柔地安抚着丈夫。虽然理解这个道理，可是从云端跌落泥潭，谁能轻易承受呢？阮橙自出生后，家里的生意越做越好，越做越大。他们根本没有想到过有朝一日会出现这种情况。一连几日，阮橙都没见到爸爸，她从未见过爸爸这么忙碌。阮母哄着她："年底了，公司事情多。"

那段时间，阮橙一直忙着辩论赛的事。她将代表学校参加全市高中生辩论赛。每天放学后，她都会去学校会议室和其他三人一起练习。一辩和四辩都是高二年级的学生，简知言和她分别是二辩、三辩。两人每天放学后就一起去训练，班上有些人开起了两人的玩笑。

这天放学后，简知言过来找阮橙一起走："今天张老师会来，我们快点。"

阮橙："张老师？"她一时没反应过来是哪个张老师。

简知言："下周末和师大附中比赛，学校的辩论都是张老师指导。"

她赶紧收拾书包。正值放学时间，教室里闹哄哄的。

路明："你怎么不去参加辩论赛啊？"

宁昀："我没兴趣。"他抬头看着阮橙和简知言匆匆离去的背影，眸色深沉。路明抓起书包："走了。"宁昀慢悠悠地背起了书包，书包轻轻的，也没几本书。两人骑车骑了一段路，路明突然停下车来："陪我去买个面包，就前面的橙心。"

宁昀："我不想吃，先走了。"路明看着他一溜烟地走了："吃醋的男人真可怕。"他蹬着车过去一看，面包店关门了。"我去！关门了？什么情况？"路明看到门上贴的通知：因房租到期，本店停止营业。橙心储值卡其他店均可使用。给您带来不便，敬请谅解！

第二天到了学校，路明趁着排队去操场的间隙跑到阮橙身边："阮橙，我们学校东大街的橙心店怎么关门了啊？这下买面包太不方便了。"阮橙一脸疑惑："关门了吗？""你不知道？公主，你也对家里的生意上点心啊。"路明打趣道。阮橙心里咯噔一下："回去我问问我爸妈。"

这一上午，她都有些心神不宁。公司的事，她虽然不太关心，但是这两年，橙心发展得很好，每年其他城市新开的门店数量都在增加，虽然也会出现关店的现象，那也是极少数。何况东大街这边的店铺位置很好，顾客流量大，怎么会突然关门了呢？下午放学，原本她是要去练习辩论的，辩论赛在即，每个人都挤出时间准备，希望这次比赛能拿到第一名。阮橙主动去找了简知言："我家里有点事，今天得请假。"这段时间相处下来，简知言也知道阮橙的个性，马上就要比赛了，以她对辩论赛的认真，这时候是不会请假的，他点点头："好。我明天和你说要点。"阮橙匆匆赶回家，回去的路上，她先去了一趟东大街，那家店真的关门了，门口的牌子都撤了。正好一个四十多岁的阿姨过来，似乎也是来买面包的。

"小姑娘，你也是来买面包的？"阮橙点了点头。

"你有橙心储值卡吗？有的话赶紧去别家店用了。"

"为什么？"

"听说橙心老板投资失败，亏了好多钱。外省的橙心已经关了好几家店了。"阮橙瞬间面色苍白。

等到了家，阮母也不在家。Yami围在她脚边，一直汪汪叫着。阮橙去拿狗粮，才发现Yami的狗粮已经吃光了，放在一旁的狗粮并不是Yami之前吃的那款。是她最近太忙，错过了什么吗？阮母直到六点半才回来，她开了门发现家里的灯开着："橙橙回来了？"阮橙站起身，目光直直地看着她："妈妈，我们家到底出了什么事？"阮母手中的车钥匙啪地一下掉在了地上，声音沉闷。她弯下身来慢慢捡起来。"我和你爸最近有点忙，你也知道年底了公司的事本来就多。"

"我们学校东大街的橙心店为什么关门了？"

"公司明年有别的计划。"

"妈妈，我不傻。"阮橙的声音泛着哽咽，她拿起狗粮，"我刚刚查过了这个牌子的狗粮价格……"阮母站在那儿，双手都在抖："橙橙——"阮橙吸吸鼻子："妈妈，我不是小孩子了。"她一步一步走到阮母面前，轻轻地摸着妈妈的头发。她怎么没发现妈妈这段时间憔悴了许多。阮母张开双臂抱住她："爸爸投资的矿石厂出了问题，现在我们家没有流动资金。橙心有近三百家门店，我和你爸爸最近在想办法。"

"矿石厂？"

"是的。"阮母点点头，"大人的事我们会解决的，你好好读书，准备好辩论赛。"

"现在缺很多钱吗？"

阮母犹豫了一下，终于点了点头，"你爷爷奶奶拿了一些钱，还向你舅舅舅妈借了几十万，不过只是杯水车薪。"

"小姑和二叔呢？"

阮母叹了口气。

"他们怎么能这样？平时从我们家拿了多少东西？小姑家买房子问爸爸要钱，二叔家换车也问爸爸要钱，他们……太过分了。"阮橙气呼呼的。阮母早就知道那些人的品行，她从来没指望过他们："好了，我去做饭。"阮橙拉着妈妈的手："妈，我不饿。"

"不饿也要吃饭。你爸那里暂时别说，他怕你担心。"阮橙点点头。

那几日，阮橙晚上一直失眠，白天上课打瞌睡。英语课上金老师看到她打着瞌睡，直接点了她的名字："阮橙，你把第二段读一下。"阮橙读得磕磕绊绊。金老师皱起了眉头："天天忙着辩论赛，你以后是想靠着辩论工作吗？"阮橙静静地看着黑板。金老师喜欢学习的好学生，当初阮橙让人帮她辅导作业，她一直不喜欢阮橙。"坐下吧。"下课后，阮橙拿着杯子去接热水。宁昀也拿着杯子跟过去："昨晚熬夜了？"阮橙愣了一下："没睡好。"宁昀沉吟道："因为辩论赛吗？"阮橙呼出一口气："我家里出了点事。"也不是一点吧。宁昀见她脸色淡淡的，眼底黯淡得没有一点神采，问道："是橙心出什么事了吗？"

阮橙眨了眨眼："你怎么知道？"

宁昀："我家附近的橙心也关门了。"

阮橙垂下头来，阮家的资金链一断，很多东西都供应不上。现在厂里每日生产的蛋糕有限，根本不够分。如果资金还不能到位的话，关门的店只会越来越多。这就是一个无底洞，根本不知道怎么才能填满。上课的铃声响了，两人没有时间再说话，各自回了座位。

周六上午，辩论赛在师大附中举行。比赛开始前，阮橙才知道陈森杨也参加了辩论比赛。陈森杨和她打着招呼："阮橙，加油啊。"阮橙望着他，刚才她在门口还看到陈叔叔和阿姨了，两个人的脸上笑容依旧。也是，陈家只投了百分之五的资金在那个矿石厂上，和她家比起来，运气真的太好了。如果家里没事，这时候爸爸妈妈也会坐在台下看她比赛的。阮橙脸上没有什么笑容："你也加油。"陈森杨欲言又止。阮橙从他身旁擦身而过。简知言见她一脸严肃，宽慰道："别紧张，你说得很好。"阮橙报之一笑。

"姐——"一个活泼的声音传来。阮橙回头一看是程斐，她紧绷的心突然松了一下。程斐背着书包小跑过来："姐，我是来给你加油的。我爸妈去我外婆家了，本来他们也准备来的。"阮橙眼眶一热。

"你们别管我了，去准备比赛吧。对了，我刚才在外面还碰到你们班同学了，就那个宁昀。"

阮橙："他怎么也来了？"

程斐："我没问。"

简知言看看时间："我们过去吧。"

程斐举起拳头："加油！"

这次辩题的正方论点是：金钱是万能的；反方论点：金钱不是万能的。有时候命运好像有它的预知性一样，陵城附中抽中的是金钱不是万能的。得知辩题时，阮橙有些恍惚。阮家这时候真的太需要金钱了，有了钱，她家面临的问题一切都能解决。双方一辩各自辩完，平分秋色。二辩上场，简知言条理清晰，动之以情，晓之以理。"金钱可以买到好吃的东西，买到精致的衣服，可是能买到健康，能买到的快乐吗？"双方唇枪舌剑，到底都是两校挑选出来的精英，临场应变能力非常强。正方三辩是陈森杨，他讲话不疾不徐，让人如沐春风。"金钱买不到健康，可是有了钱，可以去医院体检去治病，如果你没有钱，面临大病只有死路一条。金钱可以请到名师，提升你的学习，让你考上好的大学，金钱可以为你做很多很多事。正如查尔斯·兰姆所说，金钱是能让我们去除了天堂以外的任何地区的一份护照；同时，它也能向我们提供除了幸福以外的任何东西。所以我方认为金钱是万能的。"他一说完，台下响起了热烈的掌声。阮橙站起来，她深深地吸了一口气："刚刚对方辩友提到的那句话，似乎忘了其中两个字'除了'，金钱还是万能的吗？"阮橙不像平日那般活泼，好像变了一个人，沉稳淡然中带着让人预料不到的能量，"我们都会说的一句话，一寸光阴一寸金，寸金难买寸光阴，金钱能买到时间吗？"

陈森杨："如果一个公司老板有了金钱，他可以招聘优秀的员工，这何尝不是买到时间？"

阮橙微微一笑："对方辩友，苹果创始人乔布斯没有钱吗？没有优秀的员工吗？可是他在五十六岁时就离开了这个世界。"

程斐兴奋地拍手："好棒！"她一边拍手一边找着人。终于，她找到了宁昀，好像找到了友军。她拎着书包猫着身子过去了。宁昀站在最后一排的入口处，他倚在墙上，静静地看着前方。只是紧握的拳头还是泄露了他的紧张。"哎——"程斐同他打着招呼，"阮橙的表妹。"宁昀朝她点点头。"我姐说得很棒吧。"宁昀勾了勾嘴角。"她会赢的。"程斐翘起了嘴角，"虽然她看着软软的，但是她说起话来可是一套一套的。"

阮橙语气流畅，没有一丝怯场："不可否认，金钱能买到的东西很多，它可以满足人的欲望和物质需求。但是它买不到的东西也有很多，它买不到聪明的头脑，买不回我们过去的童年……所以我方认为金钱不是万能的。"

宁昀突然开口："阮橙家里出了什么事？"程斐："啊？"她吞吞吐吐："回头你问我姐就是了。"姑父家出了事，她爸爸妈妈都跟着急得上火。妈妈为此还和爸爸吵了架，她也知道姑父家这回是遇到大事了。宁昀的眼神一直没离开过阮橙，他轻轻应了一声。程斐叹了口气："那个，拜托你以后在学校多多照顾一下我姐姐。"宁昀眼睛微微眯了一下，喉结上下滚了滚："我会的。"

台上，双方四辩已经各自陈词了。辩论赛结束，评委投票，最终陵城附中取得了胜利，而陈森杨获得了"最佳辩手"称号。阮橙拿着自己的东西，拿不拿得到"最佳辩手"称号对她已经没有意义了。陈森杨的父母陪在他身边，拍照留影。阮橙淡淡地瞥了一眼。简知言对她说道："真可惜，明明……你说得更好。"阮橙冲他笑了笑，眼底一点羡慕都没有。

"橙橙——"是陈父的声音。阮橙停下脚步，她礼貌地喊了一声："叔叔好。""刚才表现得太好了。"陈父朝她竖起了大拇指。阮橙一脸平静："大家配合得好。"陈父婉转道："你爸爸最近还好吗？"阮橙胸口一阵闷气："公司的事我爸妈并没有告诉我。"陈父一副尴尬的样子。"陈叔叔，我同学在等我，我先走了。"

远处，程斐咬牙切齿："哼！怎么让陈森杨得了最佳辩手！明明我姐姐的表现才是最好的。"宁昀道："这是平衡。"两大名校间的平衡。"凭什么啊！那个陈森杨讨厌死了。就是他爸爸喊我姑父去买什么矿石厂，我姑父家现在要破产了！"说着她一把捂住了嘴。宁昀的脸色瞬息万变。"我什么都没说。"程斐瞪着宁昀。宁昀敛了敛神色。

阮橙和简知言已经过来了。宁昀和阮橙目光交会，阮橙弯了一抹笑意："你怎么来了啊？"宁昀避开了她这个问题："恭喜，今天辩得很好。"阮橙挑了挑眉，刚刚郁结的心情突然就好了。"完美。我请大家去吃甜点吧。"说完，她才反应过来，她最近没什么钱了，钱包里好像只有一百元。"走吧。"话已经说出口了，这时候也不可能再收回去。宁昀把她的表情都收在眼底，幸好他今天带钱包了。程斐和简知言走在一起，她天生话多，和简知言似乎聊得很投机。宁昀和阮橙走在后方，阮橙还在纠结一会儿她要和程斐借钱的事。

"对了，给你带了几本书。"

"是赢了比赛的礼物吗？你怎么确定我们就能赢？"宁昀轻笑，拉开书包拉链，从书包里掏出几本理科学习资料——《五十三号模拟试题》。

师大附中附近有一家茶餐厅，店里装修文艺，放了很多多肉植物，安静又舒服。平时来这里的都是附近的大学生或者周围的上班族。今天正好是周六，店里客人很多。几个人找了一个四个人座位，大家一一落座。简知言看到那几本红彤彤厚厚的教辅，这套资料每一个高中生都知道。"宁昀，你是不是提前把高一的内容都学了？"宁昀点头。暑假没事，他把高一的几门理科都自学了。程斐学习一般，也不太喜欢学习。看着两位学霸，顿觉压力，她翻着菜单轻轻说道："我要草莓蛋糕、一杯橙汁吧，我还想……"阮橙朝她眨眨眼。

程斐："姐，你眼睛不舒服吗？"

阮橙想死的心都有了："宁昀、简知言，你们要吃什么？"

简知言摸摸肚子："你一说我还真有点饿了，先来一份七分熟的菲力牛排，你们吃烤鸡翅吗？"程斐连连点头。

阮橙脸色紧绷："一份烤鸡翅。"

简知言："他家的虾饼也不错。"阮橙快速地看了一下菜单计算着消费金额。

"宁昀，你吃什么？"她已经无力了。

宁昀："我要一份广式煲仔饭。"

"别的呢？"

"不需要了。"还是宁同学好养！

宁昀挑眉："你呢？"阮橙咽了咽口水："我不饿，吃块烤鸡翅就差不多了。"宁昀笑了笑："来一份慕斯蛋糕。"

简知言："辩论赛结束了，阮橙你可以放开吃了。"

阮橙在心里叹了口气。

不一会儿，饭菜都送上来了，服务员把账单也放在桌上。阮橙吃了一个鸡翅一个虾饼。程斐小口小口地吃着蛋糕，又把蛋糕推到她面前："姐，你尝尝，味道虽然不如橙心，也算差强人意吧。"阮橙根本没心情吃，勉强吃了一小口，比橙心确实差了很多。宁昀慢条斯理地吃着饭，中途他把面前的蛋糕递给阮橙。阮橙愣了一下，随即反应过来。两个人都心照不宣。

一顿饭，宁昀倒是和简知言话多起来，两人从教辅又谈到了球赛。该结账了。阮橙站起来："我去结账，小斐你陪我去。"程斐一脸莫名。宁昀抬手拉住阮橙的手，她的手比他的手小了一圈。"我来结。"说着他按了一下服务铃。阮橙脸热热的，她很想说不用了，可是她没钱。宁昀把账结了。

简知言道："下回我请你们。"阮橙撇开脸，金钱不是万能的，但是没有钱真的很难。阮橙心里有几分尴尬，是她说请客的，结果让宁昀付了钱。

宁昀下午回到家，才发现表姑不在。他找到手机，才发现表姑给他打了几通电话。他赶紧回拨过去："表姑——"表姑下午摔了一跤，扭到腰了，现在人还在医院。"小昀，你自己下楼去吃饭。我这两天不能去你那了。"她有些担心，"晚上睡觉把门窗锁好。"

"我现在来看你。"

"不用来，我没多大事，休息一段时间就好了。"

"我自己会照顾好自己，您不用担心我。"

"小昀，我记得你那还有橙心储值卡吧，最近赶紧去用了，我听说橙心快倒闭了。"

宁昀喉结滚动："没事。"

在燕市的宁父和宁母也收到表姑的消息了，两人都有些为难。

"下学期让小昀转学吧。"

"他会听我们的吗？"

宁父寻思着，正好宁昀打来电话："小昀，晚饭吃过了吗？"

"爸，我有件事要请你帮忙。"

宁父一愣："你先说说什么事。"

"'橙心'现在资金链断了，你能不能出资帮他们渡过这个难关？"

"橙心？我没记错的话，橙心的老总叫阮东骏。你们什么时候有交集了？"

"他女儿是我同学。"

宁父沉思着："明天我查一下橙心的状况。"

"爸，帮橙心一把。"

"我帮他有什么好处？"生意人时刻不忘自己的利益。

宁昀沉默。

"小昀，到燕市来。你妈妈每天都很想你，怕你吃不好，她不敢打扰你，每天都会和你表姑通电话，想知道你的情况。我们一家人应该生活在一起。"

下午，阮橙回到家，家里一个人都没有。她爸妈最近忙得早出晚归，好不容易终于借到了一些周转资金。阮父松了一口气："我们家至少两年才能回本。"

阮橙："爸，你和谁借的钱？"

阮父："我一个朋友，你不认识。我年轻的时候帮过他，他现在发达了。"

阮橙："爸，你是不是付出了很多？"阮父叹了口气："我答应给他20%橙心的股份。"

阮橙："这已经是最好的选择了。"

"好了。你今天辩论赛怎么样？"

"你猜。"

"我女儿肯定赢了。"

"我们学校赢了。"阮橙回道，"不过还是有些遗憾，我没拿到最佳辩手。"

"谁比我女儿还厉害？"

"陈森杨。"阮橙不甚在意地说道。

　　阮父沉默了一下："橙橙，这次投资失败，我和你陈叔叔间的隔阂是肯定存在了。虽然我知道不能怪他，但是我心里还是像刀割一样疼。"做生意就是这样，瞬息万变。不过也好，这次也总算让他看清楚了一些人，他的弟弟妹妹关键时刻就这样对他们一家，以后他也不用再照顾他们了。其实，橙心虽然出了资金问题，但它是十六年的老品牌，品牌价值还在，这时候也有很多人想以低价购买橙心品牌。阮父也不知道接了多少个这样的电话。他是可以把橙心卖了，拿笔钱日子过得也会很好。可他舍不得，橙心就像他的孩子一样。

　　宁父托中间人和阮父联系上了，他提出资金帮助，只需阮家10%的利益。很快，中间人给了宁父答复，阮东骏找了别人借到资金了。

　　宁父："橙心的资金问题解决了？"

　　"是的，不会有问题。阮东骏也有些人脉。"宁父沉思了一会儿，指尖轻轻地敲了敲桌面，便有了决定。

第二章　转学

我们来不及告别。

几天后，他给宁昀打了个电话。"橙心不会有事了，下学期你到燕市来念书。"宁昀沉默片刻："好。"

橙心有了那笔资金后，终于喘了一口气。不过阮家还是关了一些店铺，这事也不是什么秘密。阮橙班上的同学都知道，私下也有人在悄悄讨论这事。正如那句话，眼见他起高楼，眼见他宴宾客，眼看他楼塌了。生意场上就是这般，浮浮沉沉。人生也是，总会有好有坏。能爬到高处，也有可能跌入谷底。只是经此波折，阮橙的心理也变得成熟了许多。

冬日里，起床困难户越来越多了。教导主任每周突击在校门口抓人，被抓到的都要罚跑三千米。阮橙被抓过一次，主任见到她，气得直瞪眼。毕竟她上次辩论赛为学校争了光，教导主任压了压火气。

"高一一半时间就快过去了，你们还这么懒散，有没有一点自觉性？阮橙，这学期你已经被我抓到两次了，你好意思吗？"

阮橙郑重承诺："今年我再也不会了。"

"今年？今年只有两天了！"

"课间、操场，自觉去跑三千米。"大家苦着脸，真是丢人。

今年元旦过后学校就要举行期末考试了。课间，阮橙去收语文作业，还差几个男生的。

"路明、谢喆——"她叫着他们。

路明抬头："这段时间不要叫我的真名！"

阮橙："那叫你什么？"

路明摸了摸头发："过儿！"

阮橙一脸"问号"，一旁的宁昀突然笑了一下。阮橙见他笑了也明白了。"过儿？那我们岂不都是你姑姑了？"路明伸出手："姑姑，有礼物吗？"阮橙哭笑不得："作业给我。"

教室里的空调一直开着，空气闷闷的。宁昀起身出去透气。走廊上，唐蕊一边捧着书一边背诵重难点。今天气温低，只有零下三摄氏度。教室里的暖气很足，太安逸的环境让人不能时刻保持清醒的头脑。可室外气温太低了，她的手指冻得通红。两人目光对视着，唐蕊很快躲开了。那次以后，她再也没和宁昀说过话。

"唐蕊——"隔壁小组的女生看到她，"我有道数学题不会，中午帮我看下行吗？"

"好。"

"那我不打扰你了。对了，你把饭卡给我，中午去食堂，我帮你打饭。"

"谢谢。不用啦，我买了泡面。"

"那好吧。"

宁昀并不想听她们的对话，可不可避免地都听见了。唐蕊尴尬，再也无心看书。算了，进教室吧。她抬脚刚走了两步，突然间脚下一滑，整个人往地面倒下去。宁昀眼疾手快，一把拉住了她。唐蕊心脏剧烈地跳动，还好没有跌倒，不然这次肯定要受伤，她还怎么参加考试？她小心地退后一步，低着头："谢谢。"宁昀松开手，目光落在她的鞋子上。唐蕊也知道是鞋子的问题，她的雪地靴虽然穿着暖和，却根本不防滑。唐蕊赶紧回教室，一刻都不想留下来。这段时间，她一心学习。她知道自己再怎么做梦，也不会变成阮橙那样。宁昀看着地上留下了一张纸条，上面写满了密密麻麻的单词，有些词都是叠在一起的，也许只有写的人才能辨认。阮橙捧着练习册正好回来，刚好看到这一幕，视线和宁昀对上时，她轻巧地扬了一下嘴角。

阮橙眼角的余光扫过唐蕊的背影，她正在帮同学讲题，勤奋努力又乐于助人，也难怪老师和班上的同学都喜欢她。

宁父很快就和陵城附中联系好了，主任接到消息时立马找了高老师谈话，让高老师务必把宁昀留下。高老师和宁昀谈了两次话，了解了他转学的原因，也不再劝了。高老师觉得有些可惜，不过，宁昀的父母都在燕市，他去那里念书也是最好的选择。

"燕师大附中也非常好。"

"高老师，我转学的事麻烦你暂时先帮我保密。"

"好。"高老师见他脸色淡淡的，宁昀比大多数男生要沉稳，"怎么了？舍不得我们班啊？"宁昀嘴角动了动："觉得时间太快了。"高老师没想到他会舍不得，安慰他："以后你回陵城，可以来看我们。"宁昀弯了弯嘴角："谢谢您。"

高老师点点头："这次期末考试也要好好加油。"

宁昀："我知道。"

等他一走，办公室里的几位老师也聊了几句。

"宁昀一走，真是学校的损失啊。"

高老师也叹了口气："我也舍不得宁昀走。"这学期各大考试，宁昀都是稳稳的第一名，这样的学生是老师的心头爱。

期末考前的周末，宋兮约着他们这个小组一起去学习。于是宁昀、阮橙、宋兮、唐蕊难得地聚在一起。唐蕊是被宋兮强力邀请来的，还有一个不速之客——路明。五个人在快餐店占了两桌，大家各自点了一杯热饮，趴在桌子上写题目。宋兮看着周围的老奶奶还有小朋友："下回我们能换个地方吗？"

唐蕊："可以去大学图书馆。"

路明："图书馆哪里有位置啊！尤其到学期末的时候，我听说那些大学生都是天不亮就去抢座位的。"

宋兮苦着脸："这里真的吵死了。我都看不进去。"唐蕊却习惯了，她家住在一楼，大清早就有人走动，一直到夜里才能安静下来。宁昀一直没说话，窗外的阳光透过玻璃照进来，他好像一点没受影响。大家都觉得以他的能力根本不需要复习吧，不过他能来，也让人挺诧异的。

阮橙道："前面橙心有家店，我问问那里有没有空座。"宋兮期待着："那你快问问。"阮橙给店长打了电话，知道了那边现在还有座位。于是，几个人赶紧过去。这家店空间大，有一张两米长的桌子，平时供客人在这里办小型的生日聚会用，桌子正好适合他们学习。

"阮橙，橙心的事你家都解决了吗？"路明听说了很多事。宁昀也侧目看着她。阮橙实话实说："我爸借到了一笔钱周转，暂时没什么问题。只是有些顾客还是会担心橙心突然关门，那他们的充值卡就没用了。"前几天马南街店就遇到了一拨人去退卡。幸好店长应变能力强，处理好了。这事闹得还挺大的，还上了本地新闻。现在一些人听到风就是雨，根本不管事实如何。过了一会儿，店长送来了五份蛋糕。"橙橙，需要什么说一声。加油啊！"阮橙礼貌地回应："谢谢。"宋兮和路明一点也不客气，已经开吃了。阮橙招呼唐蕊和宁昀："杧果班戟，味道挺不错的。"

唐蕊："我对杧果过敏。"阮橙看向宁昀："你也是吗？"宁昀点头。路明笑着打趣："你俩真是有缘，嘿嘿。"阮橙又去柜台拿了两份巧克力蛋糕。今天店里很安静，休息区也只有两位客人。阮橙坐在宁昀旁边，宁昀也没看书。她做了几道题，突然被最后一道物理题卡住了。想了又想，却不清楚该用哪个公式，只好抬头问："宋兮，你有没有带答案？"

　　宋兮摇摇头："我没带物理书。"

　　路明："你们高二准备选什么？"

　　唐蕊抬头："理科。我妈说理科好就业。"

　　宋兮："才不是。就业要看以后的学校，还有自身能力。阮橙、宁昀，你们呢？"

　　阮橙："我应该学理，文科背的东西太多。"

　　她果然懒，宁昀扯了一下嘴角，说："我学理。"路明笑嘻嘻的："那我们四个还有机会一个班。宋兮，拜拜了。"几个人说笑着，店里来了几个阿姨，向店员要求退卡，说着说着，声音就大起来了："你们要是突然关门了，我找谁去？"

　　"橙心是品牌连锁店，不会出现您说的这种情况。"

　　"这是你们说的，谁敢保证啊！我现在就是要退卡。"

　　"对不起！此卡既已售出，概不退现。您可以现在消费呀。"

　　"我这么多卡呢！"女人扬了扬手里的卡片。因为看见这些顾客情绪比较激动，所以店里的其他顾客吃完后匆匆离开了这是非之地。

　　宋兮小声道："这人怎么这么不讲理啊？"阮橙皱了皱眉："你们在这里别动，我过去看看。""尹姐姐——"阮橙喊道。店长看着她："橙橙，要不你和同学先回去吧？"阮橙挺着背脊："没关系的。"她微微一笑，看向几位阿姨，眼底没有一丝怯意："你们是想退卡吗？"

　　"你是什么人啊？"

　　"橙心的老板是我父亲。"

　　"啊，是的，我们要退卡。"

　　"退卡的理由是什么呢？"

　　"陵城已经关了几家橙心，我们担心。"

　　"刚才店长姐姐说了，此卡一经售出，是不能退的。"

“你这小丫头！怎么这么蛮不讲理？”

“我一直在和您讲理。如果您觉得橙心有任何问题，您可以拨打相关部门的举报电话。”阮橙面色沉静，“橙心这段时间是遇到了一些问题，但是不会影响橙心。即使橙心将来遇到什么难处，我们也不会让消费者吃亏，该赔的橙心一律承担。”

“我不和你说，小丫头，你懂什么？”女人手一挥，一把推开阮橙。阮橙往后一退，撞到一个人身上，被他扶住了。宁昀紧握住女人的手臂，脸色吓人。

“干什么啊？表情这么凶，想打人啊！”女人不依不饶地扯着嗓子喊着。

宁昀看了一眼阮橙：“有没有事？”阮橙摇摇头。宁昀厉声道：“报警！”那几个女人一听，脸色瞬间就变了。

宁昀：“这里有监控录像，警察来了，一切都会明白的。”那几人脸色讪讪：“我们是顾客，我们来消费，怎么了？”

“你们从一进来就开始闹事，买了什么东西？”宁昀一米八的个子，虽然是学生，不过那气势还挺压人的。店长连忙道：“好了。几位客人，我保证这家店不会关门，你们可以随时来消费。”那几个人终于走了，阮橙松了口气。店长抱抱她：“橙橙长大了。”“辛苦你们了。”她眨眨眼，“我一定和爸爸说，给大家多发些年终奖。”说完，她吐吐舌头，“不过大家要等等了。今年橙心确实有些困难，不过一定会补上的。”说着她回头，“宁昀，刚才谢谢你啊。”

宁昀：“看不出来，你胆子挺大的。”

阮橙：“橙心的员工就是我的家人，我得保护他们。”所以只要她在，她会第一时间冲出来。宁昀舔了舔嘴角，被她保护的感觉应该很好。那几个人也看呆了。

宋兮：“阮橙，你好厉害。到底参加过辩论赛，你刚刚太飒了。”

唐蕊："你不怕他们打人吗？"阮橙没有隐瞒："怕啊，但是我不能容忍橙心的人被欺负。橙心的员工最长的工龄有十六年，超过一半的员工在橙心工作的时间已经超过五年了。"

路明："刚才你真的很有老板的风范。不过，宁昀刚才也帅呆了。"

宋兮补充："他就像解救公主的骑士。"阮橙瞥了一眼宁昀，耳朵热热的。

宁昀："你们都复习完了？"

众人："没有……"阮橙低下头，翻开自己的练习册："咦——"刚才那道已经整理好了步骤，是她熟悉的字迹。原来用这个公式啊。宁昀转着手中的笔看向阮橙，他听见阮橙说自己是"田螺王子"后，手中的笔滑落到桌上。

那天复习结束，宁昀和阮橙同路回去。

阮橙："宁昀，你根本不用复习啊。"

宁昀："一个人在家闷得慌。"

阮橙："……"

宁昀："你寒假有什么计划？"

阮橙："去我外婆那儿。外婆前段时间心脏不舒服，我放假就过去陪她。你要做什么呢？"宁昀望着远方，沉默了一会儿才开口："去燕市。"阮橙看着他，他似乎有些不开心，眼神带着几分忧郁。很快到了她家小区："再见了。"

宁昀："阮橙——期末考试加油，希望你考进前十。"阮橙弯了下嘴角，学霸大概喜欢和学习好的人交朋友，所以用他的水平来要求别人。

三天的考试很快就结束了，学校放了两天假，两天后大家再返回学校拿成绩单。两天后，大家回来了。还没进教室，阮橙在门口便遇到了路明。听路明说这次第一又是宁昀。到了教室，各科试卷都发下来了。阮橙快速地看了看成绩，还好，和她预估的差不多。

宋兮叹了口气："我被物理坑死了。"

阮橙："多少分？"

宋兮："不及格。"

阮橙："反正你不学理科。"她回头，发现宁昀还没来，他座位上空空的。不一会儿，高老师来到教室。"自己的成绩都看到了吧？虽然名次还没有排出来，但这次第一名应该还是宁昀。对了，跟大家说件事情，宁昀同学下学期就要转学了。""啊——不会吧。"教室里突然闹起来，大家都不敢相信。阮橙只觉得脑袋嗡嗡作响："宋兮，高老师是在说宁昀要转学吗？"宋兮也是一脸蒙："宁昀之前怎么什么都不说啊！这人也太不够意思了！"高老师拍拍手："好了！大家安静一下。天下没有不散的宴席，人生就是这样。"

"老师，宁昀也不和我们告个别吗？"

高老师摇摇头："也许你们两年后会在大学相遇。"这倒真是个美好的愿望。

阮橙心里空落落的，那天回家之后，整个人都提不起劲来。爸妈见她情绪低落，以为她这次考砸了，也没敢问成绩。当天晚上，程斐爸爸打来电话，老太太心脏病又发作了。阮父连夜开车带着妻女赶了过去。第二天，宁昀来到阮橙家门口。他敲了许久的门，也没有人来开门。等了半小时，他才回去。等他回去之后，宋兮坐在他家客厅沙发上。

宁昀表姑："宁昀，你同学来看你了。你们聊。"宋兮望着他："宁昀，你要去燕市读书了吗？"她在家纠结了很久，还是来找他了。她怕以后他们没有机会再见面。宁昀点点头："是的。"宋兮一脸不舍："这是我给你准备的礼物，这段时间谢谢你。"宁昀接过来："谢谢。你和阮橙有联系吗？"宋兮摇摇头："早上给她发了信息她没回。"本来她打算约着阮橙一块来见宁昀的。宁昀沉思了一会儿，从书包里取出一本书。"我下午就要去燕市，帮我把这本书送给阮橙。"宋兮看了一眼，只是一本《烘焙圣经》。

"好的。"

"谢谢你。"

过了一会儿，宋兮回去了。表姑出来："你今天说去和同学告别，见着吗？"宁昀脸色不太好："她不在家。"

表姑："到了那边也可以联系的。"宁昀坐在沙发上，微微低垂着头，半张脸处于灯影下，表情冷清清的。

那个冬天，在阮橙的印象中特别地阴冷、潮湿，以至于很多年后，阮橙再想起高一这个寒假时，她的心情都不是特别好。外婆离世，等她从老家回来，宋兮说宁昀已经离开了。宁昀不告而别，看来在他心里，她并不是很重要。阮橙的心里异常失落，好像丢了什么珍贵的东西。不过，时间是剂良药。那个寒假，阮橙跟着附中的老师去了英国，两周的时间，新的环境让她把心底的那股忧伤慢慢埋藏起来。

第三章　偷看

我会羡慕她身边的每一个人。

　　新年以后，高一第二学期如期而至。他们班转来了一位新同学。高老师领着他进来："安静一下，这是我们班的新同学。请他向大家介绍一下自己。"

　　"我叫顾易，大家以后就了解我了。"这语气真是欠揍。女生们齐齐望着他，心里对比着。宁昀清瘦，顾易健硕。两人完全不一样的气质、风格，不过都很帅。底下同学们一阵笑，顾易这名字很容易就让人想到了"故意"。高老师看看座位："你就坐第三组最后一排的位置吧。"顾易扫了一眼教室的座位，他迈着大长腿走了下去，坐在了最后一排。路明主动打了声招呼："你好，我叫路明。"顾易懒懒地靠在座位上："知道了。"路明感觉到新同学似乎有些不是很友好。新同学的到来，让新学期的课余话题又添了新的谈资。大家渐渐地忘了宁昀，渐渐地也没人再提起他的名字。一周之后，大家终于知道了顾易的真实面目，除了出色的外表可以糊弄人，别的真不好说了，迟到、上课睡觉、不写作业……各科老师都很头疼这个学生。可是他一点也不怕。

　　早上，阮橙去收语文作业："顾易，还差你的作业。"顾易睡眼惺忪，抽出语文练习册："喏。"阮橙打开一看："你什么都没写。"顾易趴在桌上："你帮我写下呗，回头我请你喝奶茶。"阮橙愣了一下，突然想到了当初她求宁昀帮她辅导作业的事。她把他的练习册放到他的桌上：

"自己写。"顾易也吓着了,睡意全无:"我说你这个人——"阮橙瞪着他,似乎一点也不怕他。路明连忙推开阮橙:"我催他写,我催他写。公主,你赶紧走吧。"阮橙同情地看着路明。

顾易问道:"喂——她是什么公主?""'橙心'是她家开的,我们和她开玩笑就叫她公主。"路明真怕顾易会打阮橙。顾易嗤笑:"橙心公主啊——"他那双黑眸一闪而逝的狡黠。从那以后阮橙来收作业,也不问顾易了。路明似乎成了顾易的小跟班。

这天早上,阮橙起床迟了,被宋主任抓住了。宋主任踩着高跟鞋,走来走去。"阮橙,你这是第几次了?"阮橙小声道:"这学期第一次。"宋主任摇摇头,刚要训话,这时候又有人来了。顾易顶着一头板寸头,肩头搭着书包,也没穿校服。宋主任一看到他,脸色更沉了。走了个宁昀,来了个顾易,真是心痛!顾易大咧咧地喊道:"早上好,宋主任。"宋主任心里一团火:"还早?明天要是再迟到,到我办公室去!其他人赶紧回班里上早自习。"众人如蒙大赦,一溜烟地跑了。顾易冲着阮橙眨眨眼:"哟,公主也迟到了。"阮橙狠狠瞪了他一眼。

上午的体育课,阮橙和宋兮打了十五分钟的羽毛球,都累得气喘吁吁,就一起坐在旁边空地上休息了。男生在操场上踢足球,顾易身手矫捷,一直冲在最前面。

"顾易好帅啊!"

"昨天放学,我看到他和一个女生手牵手。"

"哪个班的?"

"不是我们学校的。"

"我要报告主任!"

这天放学,阮橙看完书才漫不经心地收拾着书包。教室里很安静,她转身时看到那个熟悉的座位上还有人。几乎是下意识的,她喊了一句:

"宁昀，放学了——"没有回复。阮橙猛地反应过来，快速地走出教室。宁昀——他已经转学了。"寸头"慢慢坐起身，一手拎着包往外走。阮橙走在前面，他离她差不多五十米的距离。一前一后，阮橙总觉得后面有人跟着，一回头看到顾易。顾易撇撇嘴角，他可没跟着她。到了停车场，各自取车。阮橙看了他一眼，没说话，顾易也不想搭理她。

"哟！顾少爷，好久不见啊！"三个男生走来。顾易凉凉地扫了他们一眼。三个男生相互使了个眼色："你怎么转到陵城附中了？顾少爷是要冲刺清北了？"

顾易："我的目标是星辰大海。"阮橙扑哧一声笑出声，顾易还真是大言不惭！

三个男生都看向阮橙："同学你好！"阮橙推着车要走，瘦高的男生一屁股坐在她的后座上。

阮橙："你起来！"男生见她涨红了脸："你骑你的就是了。"阮橙瞪着顾易，意思是：你的麻烦，你自己解决。顾易耸耸肩。

阮橙："顾易！"那三个男生突然一脸坏笑："顾少爷，你同学生气了。"阮橙更气了，顾易见阮橙眼圈都红了："行了！各回各家去。"他一把扯开了那人。阮橙像只兔子一样，骑着自行车嗖地一下就跑没影了。顾易摸了摸鼻子："现在的女生真没良心。"

当晚，阮橙回到家，抱着Yami把顾易狠狠吐槽了一番。阮爸爸听到女儿嘀嘀咕咕的："说什么呢？"

"没事。"

"对了，橙橙，你们新同学最近怎么样？"

"挺好的。"惹是生非小能手。

"他父亲是我朋友，在班上，你要照顾他。"

阮橙坐直了身子："你说的是顾易吗？"

"是啊，这次借钱给我周转的就是顾易的父亲。"

阮橙："原来是债主的儿子啊。"

顾易其实也知道顾家和阮家的渊源，不过他从来没说。他在学校就那样，吊儿郎当的。不过和阮橙熟悉以后，他总喜欢"欺负"一下阮橙。每一次阮橙收作业，他从来都不配合。阮橙生气时总喜欢瞪眼睛，他就笑着看阮橙，一副你想怎么办就怎么办的样子。

"听说了吗？宁昀这次代表他们学校参加数学竞赛得了第一名。"

路明语气轻飘飘的："有什么了不起的？"他对宁昀也有怨气的。一个学期的同桌说走就走了，这人太没良心了。

"有什么了不起的？！你说笑了！那他肯定是被保送京大或华大了。"

阮橙敛了敛神色："顾易，你写完了自己交给高老师。"说完她就走了。顾易沉吟了片刻："宁昀是谁？"路明咬牙切齿："不要和我提他！"顾易猜想着，宁昀是一个伤了路明和阮橙心的男同学。

燕市的冬天漫长又寒冷，空气比陵城糟糕太多了。宁昀到了燕市之后，很长一段时间他都无法适应这里的天气，小病了一场。三月初，他回了一趟陵城。他在文具店徘徊了很久，等到人陆陆续续走得差不多了。他看到了熟悉的身影。阮橙和一个男生一起走出来，两人边走边说着话。男生不知道说了什么，阮橙侧首瞪着他。男生笑了几声，说："笨蛋！"

宁昀到底没有再去找阮橙，也没去见以前的同学，他独自回了燕市。高中的时光在每日忙碌的学习中过得很快。一周、一个月、一年、两年后，高考结束，他们的高中时代终于画上了句号。这一年，阮橙选择去英国读书，与她同行的还有顾易。宁昀被保送京大，选择了经济学专业。

厦城，那座城市，他一直没有去过。

第四章　重逢

又是一年夏天，我们好久不见。

六年后。

飞机在燕市机场降落，旅客一一走下去。阮橙和几位同行道了别："回去后再联系。"她一个人去取行李。刚出来，阮橙就看到出站口，一排粉丝翘首以待："易寒——易寒——"这两年，国内男明星层出不穷，易寒就是其中之一。去年凭借《倚天》的热播，他一下子从十八线小生飞跃至一线小生行列。所有人都说易寒命好，遇到了有能力、有手腕的经纪人姜晓。这次，阮橙就是去巴黎为易寒拍封面照的。不多时，易寒出来了。人群顿时一阵骚动。易寒为人亲切，笑起来的时候，还有两个酒窝。

"天热，大家注意安全。早点回家。"

"啊——"粉丝们一阵尖叫。

阮橙小心翼翼地护着肩上的相机，沉甸甸的。这些年背着装备东奔西走，她早已习惯了，也不觉得沉。看着那些年轻的小粉丝，她不禁想到了自己这个年纪时的模样。至少没有疯狂追过一个人。现在想想，好像还有一点遗憾。当天晚上，阮橙回到酒店，刚洗完澡，手机铃声便疯狂地响起来。她拿起来一看，是助理的电话。

"我刚到酒店，又怎么了？"

"易寒的粉丝拍到你和易寒的照片了，现在大家都在找你的信息。"

"呵——真无聊。"

"不过，你和易寒相处了两日，感觉他怎么样啊？"

"他身材很好！他以后的女朋友真有福气。"

"你这个人啊！"助理笑着，"不过你那位也不差。顾少爷没和你一起回来？"

阮橙躺在床上，沉默了片刻："他过几天回来。"闭上眼，"好了，后天我去公司，见面聊。"

"你好好休息。"

这些年，阮橙去过很多城市，拍了很多照片。国内知名杂志《新视界》给她递了邀请函，期待她能加入，她考虑了一周后答应了。《新视界》在燕市，其实阮父阮母都希望她能回陵城，父母年纪大了，都希望子女在身边。不过阮橙决定了，他们也不再说什么。阮父阮母现在最关心的就是她的个人问题了，他们想要一个女婿。

阮橙睡了一会儿，手机的信息铃声又响了。她伸手拿过来，迷迷糊糊地看了一眼。

简知言："你回来了？明天有时间吗？有个同学聚会。"阮橙揉揉眼睛，什么同学聚会？她又没在国内念大学。

阮橙："不去。"

简知言："我们高中班有几个人在燕市发展，加上附中的校友，十几个人。"

阮橙："明天我有事，来不了。"手机安静了几分钟，又来了一条信息，是简知言发来的："宁昀也来。"

那年高考，陵城附中一雪前耻。简知言是理科第一名，被京大录取。三班的同学们都考得非常好，重点达线率高达百分之九十五。毕业时，高老师亲自给每个学生都写了毕业语录。全班每一个人都在一张纸上签下了名字，有的字迹龙飞凤舞，有的规规整整。简知言把那张纸复印好，每人都留了一张。谁也没有提过宁昀的名字。两年多的时间，宁昀的名字早已被人遗忘。

第二天的聚会定在京大附近的一家餐厅。

"简知言，今天还有谁来？"

"能来的我都通知了。"这几年大家变化不小，从衣着、发型，到整体气质，再也不见当年的青涩。包厢里热热闹闹的，大家在说着工作的事，不时感叹一下这里让人望尘莫及的房价。说话间，包厢门打开了，一个陌生的身影走进来。短暂的静默之后，气氛瞬间热闹起来。

"顾易！天哪！你回来了？"

"顾少爷，好久不见！"熟稔的称呼让人仿佛一下子回到了高中时代。顾易身穿T恤、牛仔裤，整个人酷酷的。

"昨天收到简知言的短信，我这刚下飞机就过来了。"

"怎么就你一个人？你家阮橙呢？"

顾易坐下来："她不来，倒时差呢。"众人笑起来："顾少爷，什么时候请大家喝喜酒啊？"顾易对阮橙的心思，这么多年，大家总算明白了。当初这两人在班上没少针锋相对的，真是没想到两个人竟走到一起了。

顾易双眸一转："你们把份子准备好。"众人一阵笑。

简知言看看时间，七点了，看来今晚能来的都来了。坐在他一旁的唐蕊开口："宁昀不来？"

简知言："他给我回复会来的。可能路上堵车。"有人听见了，好奇地问道："宁昀从A国回来了？"

"一个月前回国了。"

"他现在做什么？"

简知言："他在天盛集团。"

"我的天！他竟然去天盛了！"天盛集团是一家国际投资集团，历史悠久，能进去工作非常不易。顾易喝了口水润润嗓子，没说话。二十分钟后，宁昀终于来了。他穿着正装，白衬衫搭配西装裤，精致的袖扣添了几分贵气，就像是从什么会议上赶回来的。

"抱歉，路上有点堵车。"大家都有些年头没见了，一时间有些生疏，竟不知道该说些什么。宁昀一一看向在座的老同学，当他看到顾易时，目光微微一顿。顾易也看着他。这两人大概就是虽然没见过面，但是彼此都知道对方。包厢里光线昏暗，两人的表情也不甚明朗。简知言介绍道："我来介绍一下，这是顾易，这是宁昀。宁昀，你转学后，顾易转到我们班的。"

宁昀点点头："你好。"顾易弯了下嘴角："你好。"两人就像武侠小说里两位高手初次见面一样，只是没有酣畅淋漓的感觉。

顾易："久闻大名。"宁昀目光闪烁了一下。顾易云淡风轻道："我的同桌路明常提起你。"原来是路明啊。宁昀的眉心微微动了一下。宁昀刚才还以为是阮橙和顾易聊过自己。一顿饭吃得倒也轻松自在。饭局结束时，宁昀借着去洗手间回来时，把账给结了。

顾易正在走廊打电话："你吃晚饭了吗？你睡了一天！你还嫌我聒噪！"宁昀没有听别人打电话的癖好，抬脚就要走，耳边却听顾易道："阮橙！算了——你开车注意安全。"听到那熟悉的两个字，宁昀身子一僵，神色寡淡地看着顾易的背影。顾易挂了电话，转身时视线和宁昀交会，他点了下头，往包厢走去。两人擦肩而过。很快，宁昀也恢复如常。

聚会间，大家相互加了微信，主要是加宁昀的。唐蕊毕业后在一家律师事务所做了律师，人比以前干练了许多，和读书时完全是两个样。不过能留在燕市，也挺不容易的。父母不能给她经济上的帮助，这些年她上学的学费都是靠奖学金交的。

简知言招呼着大家："等十周年时，我们回陵城，把高老师和宋主任也请来。"

"行啊。到时候班长安排。"

宁昀开车来的，唐蕊住的地方和他家一个方向，便搭了他的便车。她想都没想过，有一天，她能坐上宁昀的车。这时候顾易的手机响起来："喂——""我就不过去了，你快点过来。"她没去参加聚会，这时候出现，大家要是看到她，肯定有想法了。顾易冲同学们挥挥手："改日再联系。"

阮橙开的车是顾易的，一辆跑车，仅外形给人的感觉就是张扬。宁昀从停车场开出车，就看到这辆跑车堵在路口，他按了下喇叭。阮橙有些心烦，顾易怎么还不出来？她拨他的电话没人接。宁昀看着前方，那个车牌前面两个字母，后面是三个数字101。

唐蕊道："应该是在等人。"没几秒，顾少爷走到车旁上了车。唐蕊看了一眼宁昀，只见他绷着脸，握着方向盘的手，那么用力。唐蕊没说话。前面的跑车终于启动了。

顾易拍拍脸："你能不能提点速度？"

阮橙紧张："那你来开！"

顾易委屈："我喝酒了。"

阮橙不想搭理他，她看了眼后视镜："后面那辆车一直跟着我。"

顾易侧身看了一眼："你专心开你的。"

宁昀一直没有说话。直到前面一个红绿灯，他提速变道，车子到了另一道，和跑车并排。阮橙侧首一看，猛然间视线和唐蕊对上了。世界这么大，没想到有一天他们相遇的场景这么奇妙。窗外灯影绰绰，她的视线瞬间定住了。记忆中的一些人现在就在她面前，她一眼就认出来了。唐蕊对她弯了弯嘴角。阮橙没有笑容，因为她看到开车的人是宁昀。原来他真的来参加聚会了。

"还有三秒！"顾易凉凉地提醒道。阮橙连忙收回视线。那辆奔驰车终于超过了跑车，一路疾驰，很快不见了踪影。阮橙不慌不忙地继续以50码的车速行驶着，顾少爷也不催了，闭着眼靠在座椅上休憩。二十分钟后，宁昀到了唐蕊住的楼下。唐蕊和大学同学合租了一套两居室，每个月租房也要4000元，不过以她现在的收入，这笔房租她完全付得起，只是每个月能存下的钱有限。

"谢谢。"唐蕊开口道，"刚刚车上的人是阮橙。"她语气不带丝毫疑问，她想宁昀也应该看出来了吧。

宁昀脸色依旧："是她。"

"你们这些年没有联系吗？"

宁昀一直淡淡的，这些年似乎都没变："没有。"唐蕊沉默了一下："高中毕业后，我还是第一次见她。"宁昀抬首看看面前的老旧公寓楼："我先回去了。"唐蕊点点头："路上小心。"

高中时代总有些说不清道不明的事。

宁昀回到家中。大学时期，家里就帮他置办了这套房子，这两年他在国外，房子一直空着。这次回来，宁母请了保洁过来打扫了一下，他便搬过来住了。他和父母的关系一直就这样，高中后来的两年，住在一个屋檐下，感情也并没有增进多少。宁昀读大学时就确定了自己将来就业的方向。宁父的公司他完全没兴趣接手，父母也没太勉强他，现在一切都交给宁晗了。屋里静悄悄的，宁昀坐在沙发上，过了很久，他拿起手机给简知言发了一条信息："把阮橙的号码发给我。"

简知言正在家中，看着信息不由得笑了笑。"你笑什么啊？"程斐蹭过来，"宁昀？"

"是他啊。"

程斐鼓着嘴巴："别把我姐的号码给他！这个人是什么意思啊？"简知言望着女友："再续前缘？"程斐睁大了眼睛："那顾易怎么办？你可别帮宁昀啊。不告而别，这么多年不联系我姐，我姐现在回来，他是不是觉得我姐年轻貌美，来找我姐？想得美！"简知言面露无奈："宁昀他单身。"

程斐："你到底是哪边的？"简知言叹了口气："程小姐，你的工作做完了？"程斐立马皱起眉头，她是杂志社编辑，工作一年了，这家杂志社也快撑不下去了。她爸妈都让她回陵城考公务员，可她好不容易才追到简知言，简知言留在燕市，她自然不会走。

"笔记本借我，我去写稿。"

简知言还是把阮橙的手机号码发给了宁昀，今晚宁昀看顾易的眼神可不太正常。他估摸着宁昀也是斟酌再三才问他要号码的。宁昀收到后回复："谢谢。"

阮橙把顾少爷送到家时就把钥匙扔给他："你的车钥匙。"顾易接过车钥匙："住酒店多不方便，要不搬我这里。"阮橙睨他一眼："我觉得住酒店很方便，每天都有人帮忙打扫。"

顾易挑眉："你是没看最近网上的报道吗？有些酒店卫生都堪忧，刷杯子……"阮橙皱着眉："顾易，那不一定是真实新闻啊，你这是恶心谁呢？"顾易耸耸肩："我只是实话实说。"

"等工作的事定下来，我会找房子的。我回去了。"到时候她还得把Yami接过来呢。顾易抓住她的手："你开车回去吧。大晚上的打车不安全，免得我担心。"阮橙想想，也没拒绝。一小时后，她回到酒店。顾易这人就喜欢折腾她，谁让顾叔叔对她家有恩呢？换上柔软的拖鞋，踩在地毯上，她慢慢放松下来。她的脑海里不由得浮现出刚才那一幕。宁昀同学这些年过得很好啊！她慢慢想着，只觉得房间里的空气有些沉闷，胸口喘不过气来。

阮橙习惯晚上工作，一晚上精神特别好不说，工作效率还特别高。她打开电脑，开始翻看这次给易寒拍的照片。易寒镜头感好，加上出色的外在条件，她敢保证这组照片登上杂志，杂志一定会畅销的。一直到深夜，她才忙完，照片修得很成功，连她自己看着也觉得——这男的太帅了。夜深人静，酒店的走廊上偶尔有人说话的声音。突然间她的手机响起来，声音在寂静的夜里格外刺耳。拿起来一看，一串陌生的号码，大晚上的还推销吗？也太敬业了。她直接拒接。没过多久，手机再次响起来。阮橙扫了一眼号码，还打第二次，以她的经验，应该不是推销了。

"喂——"那边有短暂的沉默。

"是我，宁昀。"声音低沉、陌生。

阮橙一时间不知道该从何说起，她暗吸一口气："哪位？"宁昀听到那个熟悉的声音，沉寂的心竟然有些紧张。结果这一句"哪位"，让他瞬间心情凝重了。

"是我，宁昀。"他加重了语气。那端阮橙故意一般"哦"了一声："不好意思啊，我一看是陌生号码，以为是推销的。"

宁昀轻拧了一下："听简知言说你回国了。"阮橙心想着，下回见到简知言一定要敲打他一下，怎么能随随便便透露她这个未来的"表姐"的隐私？

"是啊，回来了。"

"阮橙——"他叫着她的名字，阮橙听到后再也没有高中时代的亲昵感，心口反而涩涩的。宁昀索性单刀直入："有件事想拜托你。"阮橙一愣，心里突然怦怦直跳。是谁说的，多年不见的老同学再联系不是想表白，就是找你帮忙。

"什么事？"她的声音沉下去。

"我——朋友开了家甜品店，需要拍些照片宣传一下。能不能请你帮个忙？"

阮橙舔了一下嘴角："我收费很贵的。"绝不会看在老同学的面子上给你优惠。

"价格无所谓。"

阮橙也不好意思拒绝老同学："什么时候拍？"

"你明天有时间吗？"

"这么急？明天我有事。"

"你什么时候有时间？"他追问。

"后天！"

"好。你住哪里？我来接你。"

"不用了。你把地址发到我手机上，虽然我对燕市可能没你熟，但是有导航，我应该能找到。"

"嗯。"宁昀低沉地应了一声。

多年不联系，两人之间总有些不自然。阮橙怕自己再说下去情绪低落，她索性快速地结束了这通电话："那就这么说定了，后天见。"宁昀，当初你为什么不告而别呢？是不是我们在你心里什么都不是？话到嘴边，她突然没了勇气去问，怕问了，得到的答案不过是，自作多情。挂了电话，阮橙坐在那儿发了会儿呆，眼角润润的，大概是对着电脑时间太久了，眼睛难受。她揉了揉眼睛，忽地狠狠地捶了下桌子，一脸气愤。当初说好的，以后再见到宁昀，一定头也不回，不理他，怎么自己一点气节都没有了呢？阮橙忍不住给宋兮发了一条信息。

"兮兮，我回来了。我和宁昀联系了。"不过很久，宋兮也没有回复她。

临睡前，阮橙把宁昀的号码存下来了。这些年换了手机，换了号码，原来的早就不用了。

那天晚上，一向失眠的宁昀竟然奇迹般地睡得还不错。第二天到了公司，他的领导孙总还打趣他："今天气色不错，看来昨晚和老同学聚会还不错。"宁昀笑了一下。孙总是亚洲区的老总，今年公司招聘，宁昀是他亲自面试进来的。公司上下都看得出来，孙总很看好宁昀。孙总看着宁昀说："工作重要，个人问题也很重要。"一旁的另一位副总笑道："宁昀一进公司，上下多少人来打听了。孙总你还担心他的个人问题吗？"孙总看了看宁昀，朗声笑起来。是啊，宁昀现在可是公司人气一哥了。

上午是例行会议，会议结束后，宁昀回到办公室，人事部的女同事过来找他。

"宁昀，要建档案，需要两张个人二寸照片，近期的。"

宁昀点点头："好的，明天给你。"女同事又看了他一眼，郁闷地离开了。

"噗——你难道没感受到她对你有意思？"宁昀对面同事周威走过来，"人家明明就想和你多说几句话，你就这样把人给打发了。"宁昀看着电脑屏幕："我对她没有意思。"

"宁昀，你是不是曾经感情受挫？"周威也是"海归"，谈过不少女朋友，自诩经验丰富。

宁昀："工作忙完了？"

周威越发感兴趣了："以你的条件不像没有女朋友。难道……你偷偷在交往大'明星'？"宁昀望着他，微微一笑，懒得搭理他。

上午九点，阮橙去见《新视界》的老板谭飞。谭飞不仅是摄影师，还是画家。《新视界》创办一年，在业内小有名气。谭飞三十多岁，挺有艺术家的气质。阮橙第一次见到他时，在他身上看到了艺术家的影子。谭飞很喜欢阮橙，前两年就劝阮橙回国发展了。

"易寒的照片怎么样了？"

"后期处理得差不多了。"她这次是免费给易寒拍的，双方互利互惠，易寒的照片将作为《新视界》的封面。谭飞一心想把阮橙推出去，打造成中国一流的摄影师。阮橙有天分，这一点谭飞非常清楚。

"房子找好了吗？"谭飞问。

阮橙："打算在国贸附近租套公寓，出行也方便，这两天就让小尹看。"

谭飞喝了一口茶："你男朋友在燕市不是有房子吗？"

阮橙皱了下眉头："他不是我男朋友。"

"啊！不是啊！"谭飞端着茶杯的手一颤，"那么好的条件。"阮橙没答话。谭飞安慰她道："没事没事！我们这一行有不少帅小伙呢。"阮橙回了一句："算了。我们这行忙得要死。"谭飞没憋住笑，摄影这一行确实不容易啊。再看看，人家一个漂亮的小姑娘平时扛着摄像机四处拍景，也不容易。

"阮橙，你要是想回去做蛋糕就早点回去吧。"

"我这刚签了合同，你就让我转行？老谭，你安的什么心！"

"我这不是心疼你们小姑娘嘛。"

阮橙眸色暗了："我不想做蛋糕了。"心里苦涩，做出的蛋糕也不是甜的。她一直觉得有爱才能做出美味的蛋糕。

第二天，宋兮回她信息了："宁昀现在怎么样了？""看着还不错，唐蕊和他在一起。"阮橙亲眼所见。宋兮没有再回，可能忙去了。

晚上，顾易来接阮橙，带她去改善伙食。顾少爷嘴巴挑剔得很，又酷爱中餐，也不知道他在国外这些年是怎么熬过来的。顾易开着跑车，穿街走巷，绕过了京大。阮橙望着学校："小学时来燕市旅游，我爸非要让我站在京大门口拍照。他一直希望我能考上京大。"顾易瞥了她一眼："以你的成绩能考上吗？阮叔就爱做梦。"阮橙嘴角抽了抽："你一个学渣好意思说我？"车子拐弯，驶入另一条大街。"咦——"一家甜品店落入阮橙的眼帘，"P.R甜品，这牌子没听说过。"这些年国内知名的甜品店实在太多了。

"网红开的吧。"顾易瞥了一眼，"没创意。"

"怎么没创意了？"

"这名字抄袭一家网红蛋糕店。"

阮橙笑："说不定是人家情侣开的，P和R是他们的姓氏，多浪漫啊。你看排队的人还挺多的，改天我们来尝尝。"

"现在爱吃的人就喜欢排队。"顾易顿了下，"我还没吃过你做的甜品。"阮橙嘴角的笑意渐渐淡了："我都多少年没做了，手生得很。"顾易哼了一声。

晚上吃小龙虾的人还真不少。

顾易去停车，阮橙去拿号。服务员把单号给她："二百五十八号。"

阮橙："要等多久？"

服务员："大半个小时吧。"

顾易停好车回来了："还有多少桌到我们？"

阮橙："二十桌，至少半小时。"

顾易："走，到外面坐坐，顺便看看燕市的夜色。"

阮橙："打脸怎么这么快呢？刚才还说爱吃的人都在排队。"

两人坐在塑料椅上。顾易拿了两瓶汽水，递了一瓶给她。"汽水？"阮橙问。"难道是啤酒？"顾易没好气地回道。阮橙咬着吸管玩着小程序游戏。无聊的时候她喜欢玩一玩小游戏，内容简单，什么都不用想。顾易也打开手机，他举着手机拍了张照片，阮橙低着头，懒懒的。阮橙听到咔嚓一声："顾易！你又拍我黑照！"

顾易："我没想拍你，你自己出现在我的取景框里。"

他打开朋友圈，发了一段话："小龙虾，甚是想念。"配图是刚才拍的照片。很快就有人评论了：

肥肥斐斐："配图很美！"

路明："想念谁啊！"

他那帮赛车队朋友也集体留言了：

"老大！秀恩爱！"

"秀恩爱+1。"

"秀恩爱+2。"

顾易幼稚地看着评论，突然一个不太眼熟的名字出现了。他的眼角抽了一下，竟然是宁昀……某人的前任"竹马"！竟然给他点赞！昨天聚会刚加的好友。阮橙侧首看了他一眼，顾易神色闪了闪，他现在有种搬起石头砸自己脚的感觉。

正在公司加班的宁昀，打开微信时就看到了顾易的照片。他点开照片，一直注视着。他想过阮橙长大后的模样，留着长发，穿着长裙，干净的皮鞋，梨涡浅笑，气质温雅。绝非现在这样，白T恤、短裤，穿着人字拖。宁昀扯了扯衣领，燕市今年的夏天怎么这么热？他拿起手机，指尖打下了一行字："云南路108号，P.R甜品店。明天九点见。"阮橙的手机跳出了一条短信，她扫了一眼，愣怔了几秒。这让阮橙的心情也有几分不好，好像回到燕市是个错误的决定。她犹豫了一下，回了一条："收到。"简单明了，和老同学之间的公事公办。宁昀看了这两个字，久久不能平静。当天晚上，宁昀的失眠症又犯了，好不容易睡着了，结果他做了个梦。梦里，他看到阮橙挽着一个男生的手朝他一步一步地走来。"嗨，宁昀，好久不见。这是我男朋友，顾易。"她嘴角噙着笑意，满脸都是幸福。他看得清楚，她的男朋友是顾易。清晨五点，宁昀醒了。他的情绪莫名地很坏。

宁昀和阮橙见面那天，正好是宁晗的生日，宁晗的男朋友给他打来电话："宁昀，我准备向你姐求婚了。"他的语气不冷不热："恭喜。"

"正好你回来了，今天有时间吗？过来帮我录像。"宁晗的男朋友李思扬是她学长，现在是大学老师，也是个不太浪漫的男人。

宁昀："抱歉，我没时间。"李思扬有几分无奈，未来小舅子真是软硬不吃，偏偏他在宁晗心里地位很高。

"今天是周六，还要加班吗？你是不是谈恋爱了？"这是宁家人很关心的事。宁昀揉了揉眼睛："工作上的事。"李思扬道："这个年纪也该谈恋爱了。宁昀，女孩子很可爱的，你不要恐惧。"宁昀嘴角抽了抽："我今天没时间过去了。"挂了电话，他换了一身衣服出了门。

九点多，他到了P.R店里。这个时间段，来买甜品的顾客没有下午和晚上的人多，店里的空座还有很多。

"请问有什么需要？"店员看着他，脸上带着亲切的笑容。"Peter在吗？"宁昀问道。店员一听找店长："店长在做蛋糕，需要我去帮您叫他吗？"宁昀点点头："谢谢。我找他有事。"

不一会儿，Peter从后厨出来了，头上还戴着一顶白色的厨师帽，他一脸惊喜："你怎么来了？"

"之前你说要宣传P.R，我找到人拍照了。"

Peter狐疑地看着他："你怎么突然关心起这事了？"

宁昀眸色清浅："宣传方面你可以找本地的微信公众号。"

Peter也是这么想的："你找的什么人？"

"阮橙，她是专业摄影师。"

"阮橙？这名字有点耳熟。"Peter好像在哪听过。宁昀动了动嘴角："她现在给明星拍照。"

Peter想起来了："我说呢，易寒的圈外女友。店里的小姑娘是易寒的粉丝，这两天都在说这事。"宁昀拧了一下眉："你什么时候也信那些八卦了？"Peter嘿嘿一笑："有时候也不是八卦。店里的小姑娘最近迷易寒，我也是听她们说的。"

"她十点到，给她准备一份玫瑰千层。"

"有猫腻儿啊！"

十点整，阮橙来了，带着她的助理小尹。阮橙今天穿着打扮很职业，白色衬衫，黑色的九分阔腿裤，高跟凉鞋。她身高就一米六多点，在顾易身旁就像小鸟一只。宁昀高中就一米八了，她不知道他后来有没有长高。

小尹也知道P.R，不过一直没时间来尝尝。

"P.R甜品店开业半年，口碑很好，我有朋友在朋友圈晒过。"

阮橙沉思了一下："查一下这家店的信息。"

"有问题吗？"

"既然要合作，我想多了解一下这家甜品店。"

小尹想想也是，若是以后阮橙成名，现在她拍过的照片不能有问题。没几分钟，小尹便查到了。"法人是董约，股东潘升。"没有宁昀的名字，看来是她多想了。P.R的位置很好，两面都是玻璃，在外面可以清清楚楚地看清店内的布置。店里装修以简洁的白色为主，白色烤漆餐桌，香芋色椅子，精致典雅。来这里吃甜品，每一个女孩子都有种变身公主的感觉。阮橙有一瞬的恍惚。

小尹察觉到了："Cici，你在紧张吗？"阮橙心跳微微加快了，原来她真的有点紧张："没事，进去吧。"

宁昀看了看手表，等待中他的面部表情紧绷着。玻璃门打开，她缓缓地走了进来。宁昀好像对阮橙有特别感觉一样。他转过头，果然看到了阮橙，他目光如炬。阮橙已经不再是他记忆中的样子，她退去了青涩，现在很漂亮。阮橙从进门的那一刻就看到了站在她前方几米处的男人，视线突然模糊了，她用力地眨眨眼。呵！多年不见的老同学啊！她一眼就认出了他。从紧张到坦然，也就是几秒钟的时间。阮橙一步一步走过去。

Peter小声道："真人比照片好看。"

宁昀的喉结上下滚了滚，比起顾易朋友圈的照片，阮橙变化还是很大的。她穿上了高跟鞋，显得高挑出众，鞋跟轻轻敲打地面。他好奇她什么时候也穿起了高跟鞋。四目相对的一瞬间，两人的大脑深处飞快地闪过什么。走近了，阮橙才发现，宁昀应该长高了，即使她穿着高跟鞋，还是比他矮了一些。

宁昀开口："你来了——"声音微哑，很熟稔的口气，好像他们之间并未多年不见一般。阮橙点点头，标准而不失礼貌地微笑道："宁昀，好久不见了。"Peter看出了一些猫腻儿："阮小姐，你好！我是P.R的店长Peter，宁昀已经和我说了。你先坐一下，尝尝我们店里的招牌蛋糕。"

阮橙："谢谢。"

Peter看了一眼宁昀："帮忙照顾一下客人。"客人？宁昀眉心拧了一下。

阮橙落落大方："小尹，你去吃点东西吧。"小尹心里万分好奇，眼前这位气质、形象俱佳的男士到底是谁啊？她做阮橙助理半年了，也不太了解阮橙的私人生活。

店里的角落摆放着几瓶鲜花，还有漂亮的、生机勃勃的多肉植物。两人面对面地坐在一张圆桌前。阮橙就这样看着他，如果说高中时期的宁昀已经很帅气的话，现在的他更帅了。她直接问道："为什么要找我？"

宁昀坐姿端正："同学聚会，他们说你现在是摄影师。"阮橙挑眉："你可真会挑人。不过，P.R在燕市已经有了名气，应该不愁营业额的。Peter想拓展市场？"

宁昀沉默了一下："是有这样的计划。"阮橙望着他："我一般不为甜品店拍照，你知道的，我家也是做甜品的。"

宁昀："所以你现在想拒绝我？"阮橙用那黑白分明的眸子望着他："你们完全可以找别的摄影师，比起用我，价格也会便宜很多。"

"P.R只用适合自己的摄影师。阮橙，没有人比你更了解甜品。"他的语气定定的，好像非她不可。阮橙撇嘴："我的价位不低。"

"钱不是问题。"

阮橙微微移了移视线，打量着店里："P.R——所以这个店名是店长的英文名缩写？"宁昀愣了一下。这时候Peter端着托盘过来了："阮小姐，欢迎品尝。我们的蛋糕为了保证口感，都是现做现切的。"蛋糕颜色很漂亮，卖相精致，这一点就满足了女孩子的拍照兴趣。

"谢谢。"

"哪里！能请到阮小姐为我们拍照，是我们的荣幸。"

阮橙尝了一小口："味道不错。"蛋糕在嘴里，甜而不腻，还有股淡淡的玫瑰味。宁昀瞧见了她嘴角的弧度，知道她说的实话。

她问："你们什么时候要照片？"

宁昀沉吟："越快越好。"

阮橙点点头："我让小尹和你们拟合同。"

"什么条件你直接说吧。"

"你们把蛋糕准备好，虽然蛋糕用做好的模具拍出来很好看，但是我不拍假的东西。"这一点Peter完全赞成，在他眼里，每一份甜品都是鲜活的。看来这位阮小姐还真是厉害。

阮橙继续说道："基本上半天就能搞定。价格的话，半天收费四万。"Peter嘴巴张大："四……四万？""没问题。"宁昀回道，"不过照片必须让我满意。"Peter看着他："宁昀——"这么贵的价格！宁昀是疯了吗？

阮橙淡淡地说道："当然。"宁昀扬了扬眉毛："我先付一半定金。我们扫码转账吧。"阮橙露出一闪而逝的错愕。

宁昀道："我加一下你的微信。"

加了微信，宁昀当场就把两万块转给她了。Peter见这事根本没有拒绝的余地，索性不说话了。阮橙隐约觉得有些不对劲，可又说不上来哪里不对劲，这时候她的手机响了。"抱歉，我接个电话。"原来是顾少爷的来电。

顾易刚醒："在哪？"

"正在外面工作。"

"什么时候结束？我来接你。"

"不用了，我下午去杂志社。回头再说。"

她挂了电话走过来，宁昀若有所思。阮橙望着他，正色道："今天可能来不及拍了。明天上午我过来。"

"可以。"

"没有别的事，我就先回去了。"

宁昀伸出手："合作愉快。"阮橙愣了一下，伸出手："合作愉快。"说完，她叫上小尹走了。

Peter痛心疾首，哀号着："四万！宁总，四万啊！为什么这么贵？你们不是同学吗？"宁昀悠悠地回道："我们是高一上学期的同学。""我还以为可以免费的，至少打个折吧。"Peter心疼得快要窒息了，"你们的同学情可真不值钱。"宁昀凉凉地扯出一抹笑："确实如此。"Peter震惊，缓了缓语气，问道："宁昀，你老实说，你现在是不是要追你这位老同学？"宁昀沉默了片刻："你才看出来吗？"他对感情的事反应比较慢，过了很久才明白那种朝思暮想的滋味。Peter捂着胸口："你不该给四万，你该砸四十万。不对啊，以你这样的条件，难道追不上阮橙吗？"宁昀在担忧一件事——阮橙和顾易现在到底是什么关系。

回去的路上，小尹按捺不住好奇："Cici，刚才那位到底是什么人？"

"哪位？"

"你明知道的。"

"他啊——"阮橙故意拖长了尾音，"我高一同学。"

"同学？那你怎么收他钱？"小尹知道她不差钱的。

阮橙沉默了一会儿，勾了勾嘴角，因为她不高兴啊。"又不是多亲密的人，工作为什么不收钱？别傻了。"她接这份工作，也是想给自己过去的青春画上一个句号。

十五岁的阮橙和宁昀，当年没有结局，现在该有结局了。

宁昀晚上回了一趟家，宁家气氛愉悦。看来是李思扬向宁晗求婚成功了。

"宁昀，怎么现在才回来？吃过了吗？"宁母关切地看着儿子。

"在外面吃过了。"

宁母给他倒了一杯水："你姐准备八月底订婚。"宁昀笑着："恭喜。"宁晗靠在李思扬肩头："我订婚的时候，你可要带女朋友来。"话音一落，空气瞬间凝滞了。宁父喝了一口茶："你姐说得对，你总不能和工作谈恋爱吧。要是没有遇到合适的女孩子，让你妈你姐帮你留意一下。"宁昀立马回道："不用。"宁父皱了皱眉头："前两天同学聚会怎么样了？"宁昀脸色一沉。

宁母立马转移了话题："今晚别回去了，我帮你收拾房间。"

"我一会儿回去，明天上午还有事。"

宁母面露失望："工作忙，也要照顾好自己，我看你又瘦了。"宁昀坐了半小时就要回去，宁晗、李思扬和他一起出门。

孩子们一走，宁母叹了一口气："下回别在他面前提高中同学的事了。"宁父不明所以："怎么了？"

"或许当年我们不该让他回来的。小昀当年和班上一个女孩子关系还不错。"

宁父想起来了："你说的是阮家的那个小姑娘？"

"是啊。他转学后，两个孩子就再也没有联系了。"

"那姑娘后来去哪念书了？"

"听说去英国了，这么多年了，也该有男朋友了。"这一两年，宁母心里却有几分后悔。宁父沉思了一会儿："当年橙心资金链出了问题，小昀请我出面帮忙，后来我托人去打听，橙心找到了资金，所以我也没有告诉他。""这事以后别提了，小昀若是知道了一定会生气的。"做父母的也不能骗孩子。宁父觉得闹心："再看看吧。"

月夜安宁，到了晚上酷热一扫而光。

宁晗穿着高跟鞋，步履平稳。"你们高中同学聚会，阮橙来了吗？"宁昀眼里一闪而逝的错愕："你怎么知道她？""表姑说的，你以前不是和她一起上学放学的吗？"宁晗假装不在意地说道，"她家开蛋糕店的，我说P.R不是你为她开的吧？"宁昀微微不自然的脸色被夜色遮住了。

李思扬转身："你们在说谁？"宁晗巧笑："不告诉你，咱们回家。"她挽着李思扬的胳膊，转头对宁昀说道，"我有个同学正好也在英国留学，帮你问过了，阮橙一直单身。"宁昀的眸色瞬间变了，如同平静无波的湖面被风卷过，泛起了层层涟漪。

"宁昀，你欠我个人情。回头帮我做件事。"宁昀应了一声。李思扬打趣道："有你这样做姐姐的吗？"宁晗可不管。

第二天是周末，宁昀早早到了店里，Peter正在后厨烤蛋糕。阮橙今天没带助理来，顾易昨晚和她联系之后，今天非要来充当车夫。两人一起到P.R时，宁昀嘴角浅浅的笑容顿时消失殆尽。顾易礼貌地打了声招呼："宁昀，原来这是你的店啊，上次我和阮橙路过看到这家店，还准备过来尝尝这里的甜品。"

宁昀不动声色："甜品还没烤好。"

阮橙："不急。"

宁昀望着她："放心，超时我给你加钱。"阮橙在心里翻了个白眼。财大气粗啊你！阮橙拍了几张照片，找找感觉。

顾易四处打量："还不错吧。你要是喜欢，我们也在燕市开家甜品店。""你一边坐着去。"她拍照的时候不喜欢有人在旁边说话。顾易耸耸肩，走到宁昀那边，两人坐在一角。阮橙站在他们前方不远处，她随即按下快门。其实这时候如果有人一手端着甜品，这样的图片宣传绝对会很吸引人。

顾易看了眼宁昀："P.R这个店名有什么特别的意思吗？"

宁昀："随便起的。"

顾易抿了抿嘴，眼角的余光落在阮橙身上，她正认真翻看照片。"P——Princess（公主），R——Ruan（阮），如果我没猜错的话。"

宁昀眯了眯眼睛："你的英文很好。"

"当然。虽然没有考过六级，但我也在国外混了好几年。"他故意顿了顿，"可惜，阮橙的英语没我好。"

宁昀微微一笑："没关系，我英语很好。"

顾易心口一堵："晚了。我不会给你机会的。"

宁昀："机会是自己争取的。"

顾易心里不以为意。高一到现在多少年了，早就过去了。那边Peter端出了现烤的蛋糕："阮小姐，原味千层好了！你看这是多么完美的作品啊！"真的很漂亮！阮橙小心翼翼地移动蛋糕，生怕破坏了它的美感。相机定焦之后，她按下了快门。蛋糕太美了，拍出来的每一张照片她都很满意。一上午，忙忙碌碌，时间过得很快。阮橙在工作，顾易在一旁悠闲地吃着甜品。

Peter主动和顾易攀谈："顾先生也喜欢吃甜品吗？"

"还好吧。"

"一般男人爱吃甜的比较少，宁昀从来不碰。"

顾易打量着Peter："P.R的幕后老板是宁昀吧，不吃甜品还开什么甜品店啊？"Peter心想：自己什么也没说，怎么就露馅了呢？

阮橙把照片都传到笔记本里，对宁昀道："让Peter来选10张照片。""我来选就好。"宁昀拉过椅子，自然地坐在她旁边。两个人靠得很近，宁昀闻到了她身上淡淡的香味："你用的什么香水？""没有。"阮橙有些不自在。这一幕好像回到了高中，像极了他们一起写作业的场景。"味道很好闻。"阮橙脸上微微一热："估计是洗发水的味道。"橙子味的，她一直固定的洗发水。

宁昀转过头："是橙子味吗？我很喜欢。"

阮橙："你……你快点选照片吧。"

宁昀指尖在笔记本触屏上滑动，翻看了一遍照片，他沉思道："我觉得照片感觉有些不对。""哪里不对？"阮橙表情变了。"玫瑰千层这张，你不觉得奶油有些厚重吗？"阮橙仔细看着："我觉得还好。"宁昀正色道："我们P.R追求每一处细节都要精美。阮小姐，你工作期间带男朋友，现在是想草草打发我们吗？"阮橙一脸震惊地看着他，胸口顿时燃起一团火，刚想解释，抬头却对上宁昀那双眼，她立马改了主意："你可能不太了解我。"

宁昀尾音轻轻一扬："嗯？"

"我的作品从来不接受别人指点。"阮橙语气轻柔，却让人听得明白，"我按照我的想法来，你若有意见，可以，那就不要合作了。"她可不怕两个人合作失败。

宁昀饶有兴趣地看着她："原来这就是阮大摄影师的风格，不好还不容别人提意见。"阮橙挑眉，一字一顿："无理取闹可不是什么好意见。"宁昀的手臂撑在桌面上，指尖轻轻敲了两下桌面："在你眼里，这是无理取闹？"他喃喃低语。阮橙唇角紧抿，难道不是吗？"另外，你之前并没有说过我不能带男朋友过来。"宁昀一口气堵在嗓子眼。

Peter和顾易都注意到两人的动静，连忙过来。Peter还是第一次见到温文尔雅的宁昀情绪失控，他拍拍宁昀的肩头："你们商量好了吗？"宁昀语气僵硬："没有。"Peter向来会察言观色："阮小姐，我去给你做一杯果茶。"阮橙舔了舔唇角："谢谢。"顾易看了看时间："不是半天吗？宁先生，这样可是超时工作了。"宁昀眸光微动，语气冷冽："超时加钱。"他也是万万没想到阮橙工作时间会把顾易带来，这完全打乱了他的计划。顾易实在太碍眼，而且宁昀察觉到，顾易和阮橙之间亲昵的小互动，宁昀很在意。Peter脚下一顿，差点跪了。老板，追女孩子可不是这样做的。怎么会有这么笨的人！

Peter赶紧做了几杯果茶来缓解气氛。"我看看照片。"阮橙挪开了位置。顾易陪着她来到一旁："怎么了？和你那位老同学吵架了？你要不想干就别干了。"阮橙抿了一口果汁："好酸啊！"她皱着脸。顾易拿过她的杯子，喝了一口，牙都要被酸倒了，他叫道："我去，手艺这么差？！你给他家拍照，会不会被坑了？"阮橙心里觉得自己这次怕是早已被宁昀带进坑里了。

Peter从宁昀那边开始套话："你怎么了？身体不舒服？吃醋了？"

宁昀不吭声。

"我看这个顾先生也是个难缠的角色，你若是想追阮小姐，快点吧。"宁昀瞥了顾易一眼，他陪在阮橙左右。这么多年，他一直陪在阮橙身边啊。现在的阮橙再也不是十五岁时的她了。公主脾气真是不小。

短暂的休息之后，Peter来找阮橙重新讨论照片："你拍的照片都很漂亮。以前听说很多甜品照片都是拍的模型，现在看来根本不需要。"阮橙犹豫了一下："你们若是想宣传效果好，我倒是有个主意。"

"什么主意？"

阮橙微微一笑，眼里闪过一丝狡黠："你想想喜欢吃甜品的都是什么人？"

"当然是女生啊！我们店里消费群体以十五岁到三十五岁的年龄段居多，我们做过调查。"Peter像是想到了什么，"P.R开店之初，宁昀做了很多工作，选址、店里的装修他都参与了。"

阮橙大脑轰地一下炸了："这店是他的？""不不不——"Peter连连否认，"我是老板，我请他帮忙。宁昀这个人很讲义气的，对朋友很好。你刚才想说什么主意？"

阮橙转过头："你不觉得让宁昀出镜不就是最好的广告吗？女孩子哪

有不喜欢帅哥的？"

　　Peter笑了："确实是个好主意。我和他提一下。宁昀，过来一下。"
宁昀脸色紧绷："什么事？"

　　"阮橙提议让你做宣传照片的男主角。"曾经Peter想过，但是没敢
说。宁昀望着阮橙："我？"

　　阮橙："我觉得你很适合。若是知道这家甜品店还有这样一位帅哥，
肯定会有很多女性慕名而来。"宁昀的心因为她的话莫名地软了。他低着
头，黑眸里全是她的影子，目光隽永："你想拍我？"是这样，但是为什
么话从他嘴里说出来却又带着几分暧昧了？

　　"你——"你要是不愿意就算了。她的话还没说完，宁昀开口："可
以。不过换个时间吧。"在场所有人都愣住了，谁也没想到简简单单的一
个广告照片，竟然又扭转成这样了。宁昀不疾不徐道："总要让我做个
准备。"

　　阮橙："你什么时候有时间？"

　　宁昀似乎笑了一下："晚上，下班后。"金融业的工作也不是那么轻
松，加班也是常事，尤其他在国际投资集团。阮橙感觉自己又惹了一个麻
烦，现在真是骑虎难下。Peter欢欢喜喜道："阮小姐，那就麻烦你了。你
有什么需要，尽管和我们说。要不这样，你过来时我去接你。"

　　"不用麻烦。"

　　"要的要的。P.R做好了，我们以后要在全国开分店，以后也可以去海
外开店呢。"Peter的目标很大。

　　阮橙开始收拾相机："那我们先回了。""好的，那我们下次再
见。"Peter笑嘻嘻道。

　　顾易已经拎着她的笔记本包，动作真快，服务到家。宁昀看着她和顾
易出了店门。Peter幽怨道："你也不留人家一起吃饭。"宁昀心里明白，
只要顾易在，他根本留不住，不过来日方长。

　　隔了两天，小尹找了一套房子，靠近商场，吃饭出行都很方便。那天，阮橙和小尹一起去看房。中介人员热情得很："姐，你放心好了。这房子绝对没有任何问题，家具都是房东自己添置的，房东现在出国这房子才闲置下来，你租下来绝对不吃亏。"一室一厅，房间装修得很舒服，她比较满意。于是阮橙当场签下了合同，付了半年的房租，真不便宜。"姐，你有什么需要以后就打我的电话，我随叫随到。"阮橙笑笑："微信转账吧。"微信上放着两万多块钱，她一直没处理呢。"行，您怎么方便怎么来。"

　　当天下午，阮橙和小尹去了最近的家具城挑床。她对别的东西没什么要求，床一定要好。睡好了才有精神。在家具城时，阮橙接到了宁昀的电话。"晚上我来接你去店里。"宁昀直接道。阮橙好像也没有拒绝的理由："我在家具城，不用麻烦了，一会儿我打车直接去店里。"

　　"买家具？"

　　"嗯。"

　　"房子找好了？"

　　"是的。"顾易在燕市有自己的房子。阮父知道她来燕市发展也准备给她置办一套房子的，不过，阮橙觉得没那个必要。

　　"房子在哪？"

　　阮橙报了地址后，他轻笑一声："和我住的地方很近。"

　　阮橙不知道该回些什么。

　　"一会儿见。"挂了电话，宁昀的嘴角不自觉地漾开了一抹微笑。阮橙烦躁地挂了电话。

　　小尹八卦地问道："是你那位老同学？"

　　"哦。真是奇怪，他读书时不是这样的。"

　　小尹笑道："现在年纪大了，做事也比较直接。大概他想追你吧。"

　　阮橙嗤笑："他有女朋友，女朋友是我们高中同学，现在也在燕市。"小尹沉思了几秒："不会吧。你会不会搞错了？我觉得宁昀看你的眼神就像看恋人。你工作的时候，他一直在看你，还不让你察觉。"

"怎么可能？"

"你晚上可以试试他。"

"怎么试？"

"靠近他，然后假装——吻他。"

阮橙直摇头："小尹，如果你的同学对你有点感情，也不会转学时，一声招呼也不打，这么多年也不联系。"

"可能当时事出有因。"

阮橙愣住了。

傍晚时分，顾易刚刚结束了训练，他从赛车上走下来，边走边摘了安全帽，脱下厚重的赛车服。"顾少，感觉怎么样？"队长杰森问道。顾易抹了一把额角的汗水："还行。""那你来不？"顾易扯了一抹笑："行。"两人握了握手。

杰森笑道："下个月有场比赛，你准备一下。""我没问题。"顾易意气风发。

"对了，你那小女朋友呢，这次也和你一起回来了？"赛手圈都知道顾易有个"青梅"，他这几年陪着"青梅"在国外努力学习。当初一个学渣现在也拿了个硕士文凭回来。顾父为此高兴不已，毕竟顾易现在是顾家学历最高的。

"回来了。"

"顾少专情，这么多年了。哈哈哈，恭喜恭喜！"

顾易拿起车钥匙："我回去了，明天过来训练。"

"行。"

顾易在回去的路上给阮橙打了个电话，电话没人接。因为晚高峰路上堵车的原因，她提前下了出租车。反正也就一两站的路，走过去也不累。阮橙此时正在路上走着，压根儿没看手机。阮橙到了之后，等了半个多小时，宁昀才到。他穿着白衬衫、黑裤子，很正式，文质彬彬的感觉。几次见面，他的衣着风都是这种简单风格，却气质不减。

"路上有点堵车。"宁昀解释道。阮橙知道他工作很忙，点点头表示理解。甜品店这会儿顾客很多，门外已经开始排队了。"Peter说店里现在客人不少，可能要晚些时候才能拍。"阮橙微微皱眉，表情有些不耐烦。

"附近有家餐厅。"

"我不饿。"

"我饿了，刚下班还没吃饭。阮橙，就当陪我吧。"这样的语气她怎么能拒绝？两人步行过去。暮色正一点点地笼罩着这座城市，街上人来人往，两人一路沉默。宁昀突然开口："顾易呢？"

"他今天有工作。"

宁昀沉默了一下："你们关系很好。"阮橙望着他："他爸和我爸是朋友。"原来如此。

宁昀："你和高一的同学还有联系吗？"

阮橙："有啊。宋兮、路明偶尔也会联系。"

宁昀眯了眯眼睛："宋兮——"阮橙嗤笑："你不会连她都忘了吧。"宁昀眸色微冷："怎么会？"他顿了顿，"阮橙，高一寒假，我去你家找过你。""什么？"阮橙愣住了，目光定在他脸上。

"你不在家，我等了你很久。"阮橙的大脑快速回忆着，她的语气透着悲伤："那天我外婆去世了。"守丧三天。等她回来之后，宋兮过来告诉她，宁昀已经去燕市了。

宁昀："我走后，宋兮有没有和你说什么？"

"说你走了。"宁昀的脸色冷下来："那她有没有给过你什么东西？"

"什么东西？"宁昀嗓子发酸："我让她把一本书转交给你。"阮橙摇摇头："什么书？"宁昀突然明白了，他的语气有些怅然："不重要了。后来我给你发过信息。""我换了手机号。"原来他有联系过她，"你也换手机号了不是吗？"宁昀苦笑："我到燕市肯定要换当地的手机号，你就在陵城换什么手机号？"阮橙垂下脸："我换手机号和你有什么关系！"

宁昀咬牙："你还没有告诉我，你和顾易到底是什么关系？"阮橙脚步一顿："宁昀，你是不是管得太多了？"宁昀微微侧身，她今天穿着休闲鞋，在他面前，足足矮了半个头。"这些年你好像都没怎么长了。"阮橙瞬间挺直了腰杆："我长高了5厘米！"现在也有164厘米了。不过因为骨架小的关系，看上去确实不像那么高。"很高吗？也是，你突破160厘米了。"宁昀嘴角噙着笑意。阮橙不想搭理他："你不是饿了吗？"

宁昀突然抬手拉住她的手，将她往自己这边一拉。阮橙就这样避开了一旁行驶的电动车，鼻子却撞到了宁昀肩头。两人都愣住了。阮橙忍着痛，刚要往后退。宁昀一手却搀着她："阮橙，一个月前，我买好了去英国的机票。"阮橙定在那儿。"我想去找你当面和你说一些事。现在看来，也不是你的错。"宁昀眸子深沉，"是我没有想明白。"阮橙很快恢复，一手推开他，脸色绯红。

"阮橙，你以为我为什么非要找你来拍照？"

"难道不是因为我的名气？"她挑眉。

宁昀眉宇一股笑意，他紧握着她的手："你在国外这些年，有人向你表白吗？"阮橙的身边一直有个顾易，从高中开始，就没有人向她表白，她连封情书都没有收到过。"当然有！"阮橙倔强地回答。宁昀瞅了她一眼："那我现在向你表白。"阮橙只觉得心口怦怦直跳，有什么东西卡在嗓子眼。

"我不是开玩笑。"他正色道，"我是认真的。"

阮橙："你……"这已经完全超出她的意料，"先去吃饭吧。"

到了日料餐厅，两人没去包间，就在大堂的一处位置坐下。这样的环境似乎更适合现在的他们。阮橙还沉浸在刚才那一幕中，在国外待了这么多年，什么样的场面没见过？可是自己还是没能冷静下来。宁昀给她倒了一杯清酒："果子酒，没什么度数。"阮橙看着他的动作："宁昀，当年你为什么那么突然转学？"宁昀笑笑："我家人都在燕市工作，当时照顾我的表姑腿摔伤了，我爸妈担心没人照顾我，让我转到燕市读书。"

"那你为什么不早点告诉我——我们？"

"我怕早点告诉你影响你的期末考试。对了，那次你考得怎么样？"

"记不得了，应该还不错吧。"

宁昀抿了一口酒："你怎么出国了？"这个问题他一直想知道。"我家人很早就希望我出国的，正好，顾易也要出国。索性长辈们就将我们打包一起送出去了。"宁昀指尖摩挲着杯沿，头低着，沉默了一会儿。一双眼睛像蒙上了一层薄纱，看不清楚里面究竟藏了什么。他叹气："你们关系很好。"阮橙点点头。宁昀走了之后，这么多年顾易一直陪着她，她早已习惯了。

"你不是饿了吗？吃吧。吃完赶紧回去拍照。"

"你很急吗？"

阮橙："我下面有别的工作。"

宁昀漫不经心地吃了一块鳗鱼，不再说话。晚餐中，阮橙拿出手机，发现顾易给她打了好几通电话。她赶紧给他发了信息：晚上去P.R拍照，不用管我了。顾易听到手机信息铃响，立马拿起手机，看到她的信息，他的脸色一点一点沉下来。

"先生，您要哪束花？"顾易微微一笑："今天不用了，下次我来多买一些。"店员被他逗得一乐："好的，欢迎下次光临。"顾易出了花店，漫无目的地开着车。

那端，宁昀和阮橙用晚餐，结了账，两人往回走。宁昀顺势拿起阮橙的相机包，很沉。

"不嫌重吗？"

"习惯了。"她回道。

两人出了店，走到大街上。路灯已全部打开，五颜六色的灯光闪烁着。阮橙感慨："燕市比陵城热闹多了。""差不多。"宁昀没觉得，他几乎不逛街。阮橙撇撇嘴："难道你没陪过女生逛过街？"宁昀一愣。阮橙大步往前走了，她才不信。唐蕊和他在燕市这么多年呢。到了甜品店，还有几桌客人在。店员小姐姐说，今天的蛋糕已全部卖光了。阮橙不由得感慨，做高端甜品和一般面包店真的不一样。P.R一块蛋糕的价格是橙心的三倍多，每天来排队买蛋糕的人也不少。

阮橙开口道："好了，你可以准备了。"

"我需要做什么？"

阮橙环顾四周："你端着蛋糕靠在桌边。"宁昀走过去，姿势僵硬。"宁昀，你稍微放松一点，就像平时拍照那样。"宁昀稍微动了一下，姿态依旧僵硬。阮橙走过去："右脚往前一点，腰放松，头稍微低一点。"

"低多少？"他问。阮橙抬手，指尖触到他的下巴："一点——"她微微仰着头，说话的气息扫过他面颊。宁昀僵在那儿，他看着她一张一合的嘴唇，软软的，像布丁一样。他的脸可疑地红了。阮橙专注地帮宁昀调整动作，从下巴到腰……她拍过不少人物照片，可从来没有一个像宁昀这么僵硬的。

"宁昀，你不要这么绷着。"

"我一直都是这样，有镜头恐惧感。"

阮橙一愣，忽然一笑。

"你笑什么？"

"高一我们班跳操你也是。"她上下打量着他，"可惜了——"

"可惜什么？"

"你的身材不比模特差，宽肩、窄臀、大长腿。你知道易寒吗？你们身材差不多。"宁昀的脸瞬间黑了，这种夸赞还不如不说。

阮橙给他拍了几十张照片，总能挑出几张满意的。"等我修好照片，我再把照片发给你。"宁昀应了一声："我送你。"他的车干净得没有一丝杂物，除了副驾驶座上放着几本财经杂志。阮橙系好安全带："云上酒店。"车子稳稳地前进。

"什么时候搬家？"阮橙倚在座椅上，微微放松："过几天。"宁昀没再说什么。夜晚的交通顺畅了很多，他打开了广播，交通台正放着一首他没有听过的歌曲：

I love you

say we're together baby

......

阮橙跑了一天，这会儿倚在那儿，舒服地打起盹来。宁昀侧首看了她一眼，调高了冷气的温度。四十分钟后到了酒店。阮橙侧着脑袋，睡得迷迷糊糊。宁昀没有叫醒她，他倾身过去，轻轻抬手挪了一下阮橙的头，阮橙没有醒来的迹象，他弯了弯嘴角，指尖轻轻抚了抚她的下巴。迟疑了几秒：宁昀终于在她的唇边落下一吻。"阮橙，我很想你。"酥酥麻麻的气息让阮橙不自觉地想挠挠脸，仿佛回到了高中时的午休时光，她也常被顾易捉弄。"顾易，一边去。别闹！"宁昀的神色瞬间暗了。时间一秒一秒地过去，阮橙睡了一大觉，她动了动身子才想起来，自己这是在车上。车里安安静静的，她惊坐起来。

"宁昀——"啪的一声，车里的灯亮了。阮橙侧首看了看外面，已在酒店门口，她舒了口气，你怎么不叫我？"宁昀抿了抿嘴角："我叫了你三次。"阮橙尴尬。"你多久没睡觉了？刚才一路打呼噜。"阮橙静默几秒："不好意思。"说完，她反应过来，"我从来不打呼噜！"宁昀浅浅一笑："十二点了，我送你上去。"阮橙想说不用，可终究没好意思。宁昀一路将她送到客房门口。地毯软软的，走在上面人也轻松了不少。到了门口，阮橙拿出了门卡，她轻轻开口："我到了。"宁昀望了一眼门牌号——1314。他轻轻笑了笑："一生一世。"

阮橙不再看他，夜晚总会让人有些心思不定，意志变得薄弱："你早点回去，路上小心。"她刷了一下门卡，嘀的一声，门开了。她刚迈开了步子，手便被握住了，重重的，根本不容她挣脱。"宁昀——"话音未落。宁昀一手抵在墙上，将她圈在自己怀里。他的脸慢慢地靠近她，近在咫尺，呼吸相闻。"我突然很后悔——"他抱住她，"我不应该转学的。"不然后来哪有顾易什么事。

阮橙一动不动，长长的睫毛上下扑闪了几下。"宁昀，我喘不过气来了。"幸好现在是晚上，没人出没。不然真的会让人误解。她好歹也是小有名气的摄影师。"请你自重！"她的脸一定红了，人生第一次被人"壁咚"。她觉得宁昀变了。宁昀磨牙，心里闷闷的："阮橙——"走廊上传来一串脚步声，有客人回来了。看到两人暧昧的姿势，客人一脸抱歉："打扰了！你们继续。"

宁昀慢慢松开她："照片的话不着急，你早点休息，不要熬夜。"

这让她今晚怎么休息。

第五章　心事

虽然我不懂喜欢，但是我想走向你。

那晚之后，阮橙和宁昀之间的关系好像有了很大的突破，至少阮橙对他在心理上已经放下了芥蒂。

阮橙把修好的照片发给他时，宁昀一反常态地问她："你觉得哪张好？""都好。"阮橙回道。宁昀轻轻一笑："我先去开会，回头再联系你。"怎么感觉像男朋友在和女朋友报备一样，阮橙摇摇头，连忙去忙别的事了。

晚上，宁昀有饭局，合作方对他印象很好，一直和他交谈着，他不可避免地喝了许多酒。饭局结束后，大家一一离开。车自然是不能开了。女同事期待地看着他："宁昀，我送你吧。"宁昀摇摇头："谢谢。有人来接我。"他看了看手表，"快了。"女同事笑问道："谁呀？"这么晚了，谁会来接他？宁昀并不太喜欢麻烦别人。

二十分钟前，宁昀给阮橙打了个电话："我在云上酒店附近，方便来接我吗？我喝多了。"阮橙咂舌："你就没有别的朋友吗？""没有。"他嘟囔了一句，"除了你，没有别人。"阮橙咬牙："没空。"

宁昀喝了很多，坐在包厢里，似乎一点也不着急。服务员问道："先生，需要叫代驾吗？"宁昀勾了勾嘴角，他并没有醉得太厉害。走到大厅，他已经看到了一抹熟悉的身影。阮橙还是来了！她是不放心自己吧？见她正在左右寻觅着，眉宇间透着隐隐的焦急。他忽地一笑。阮橙刚要问前台，眼角的余光瞥到了宁昀。那人倚靠在大厅的罗马柱下，许是醉了的关系，姿态比那天拍照要放开了许多。她大步走过去，宁昀眸色水润润的，一看就是喝多了。阮橙问："你怎么样了？"宁昀虚晃了一下，阮橙赶紧伸手扶住他。尽管他身材匀称，可终归是身高一米八几的男人，还是很沉的。阮橙推了推他："喂，你自己站好。"

宁昀："你不是说不来的吗？"他深深地望着她。阮橙懒得和醉酒的人说话，扶着他走向门口："车钥匙给我。"

宁昀："在口袋里。"他摸了一下，没摸出来。

阮橙："哪个口袋？"她瞄了他一眼，紧了紧手，伸手塞进他裤兜里，他的裤子都是量身款的，不大不小，完美地展现了他的好身材。阮橙只觉得手热乎乎的，眼睛都不敢往别处看。

"你别动来动去！"

宁昀委屈："你摸我！"

阮橙咬牙切齿："我在找车钥匙。行了，我让服务员来找。"

宁昀委屈："我不动了。"

这会儿知道听话了。阮橙终于拿到车钥匙了。把宁昀扶上车，系好安全带。她问道："你家住哪？""天澜园2栋1901。"他熟练地报出了地址。阮橙嘀咕了一句："没醉啊。"宁昀闭上眼没说话了。阮橙开了导航，很快上了高架，一路都很顺畅。

宁昀扯了扯衬衫。"怎么了？"阮橙察觉到他的动静。

宁昀："难受。"

阮橙："要吐吗？"她爸每次酒喝多了，回家就抱着马桶。

宁昀："你开车，不用管我。"

阮橙只好加快速度，心里却想着金融这行业也真不容易。索性到了宁昀的住处，他还算清醒，认得回家的路。阮橙一路把他送回家。"你先坐会儿。"她把他扶到沙发上。阮橙打量着房子的装修，屋里干干净净的，很新，像刚入住的样子。"时间不早了，我先回去了。""阮橙——"宁昀叫了她的名字，声音沙哑，"帮我拿瓶水，就在厨房。"阮橙呼了一口气，这人怎么就这么坦然地指挥她呢？她却还是帮他拿了一瓶矿泉水。宁昀喝了半瓶水，脸色好了很多。阮橙敛了敛神色："我走了。下回还是给你家人打电话吧。"

宁昀："阮橙，你有没有问过宋兮当初为什么没把那本书给你？"阮橙定在那儿。

"你没问！不敢还是不想？"

阮橙只觉得嘴巴干渴。

"我不只送了你一本书，还有一封信。"宁昀一字一顿。客厅的吊灯光线明亮，阮橙清清楚楚地看着他的表情，痛苦、无奈。她涩涩地问道："那封信写了什么？"宁昀忽而一笑，他一步一步朝着她走来："你想知道？"阮橙抿着嘴角，宁昀微微低下头："年少的错过是遗憾，我希望这种遗憾从现在开始能弥补回来。"

"宁昀——"

宁昀捧住她的脸："阮橙，对于感情，我是迟钝了一些。但我也不是那种轻易让别人摸自己口袋的人！"阮橙刚要开口，宁昀已经吻了下来。

后来，阮橙在指导新摄影师拍摄时，说照片有不同的味道，给年轻人拍照要拍出初吻的味道，让人一看就觉得甜。宁昀在看到一段话时，问她："初吻是什么滋味？"阮橙没好气地回道："一股酒味。"

阮橙心都跳到嗓子眼了。他的掌心覆在她的腰间，隔着一层衣衫，阮橙几乎能感到那如烙铁一般的温度。她呼吸不畅，抬手拍了拍他。宁昀移开唇角："笨蛋！要换气啊！"阮橙脸红红的："我没你有经验。"宁昀嗤笑，靠在她耳边，低喃着："我也是第一次。"阮橙眨了眨眼："怎么可能？"宁昀沉着脸："你把我当什么人了？"表情很是委屈。话都说开了，宁昀缠着阮橙："橙橙——"宁昀抱着她，"我想你，真的很想你。"这么肉麻的话，阮橙还有点不适应。以前宁昀的话真的不多，现在怎么话这么多？他问她这几年在国外的事，阮橙发现她每次提到顾易时，宁昀的脸色就不太好，后来再说话时就尽量避开顾易。

"那你呢？这些年你在燕市好不好？"宁昀脸色闪烁了一下："就那样吧。"其实他并不快乐，"不过你回来就不一样了。"两人依偎在一起，宁昀一点困意都没有。阮橙却困得不行了。"我得回去了，明天早上有工作。"她拿起手机一看，都凌晨两点了。"回去也是住酒店，那就住我这里。"阮橙瞪了他一眼。"你睡主卧，我睡客房。"阮橙推开他："不行。"宁昀苦着脸："我们结婚吧。"阮橙哭笑不得："闪婚吗？"宁昀挑眉："我们认识多久了？阮橙，我想和你在一起。"阮橙吐糟："宁先生，你用四万块就追回了一个女朋友，真是便宜你了。"宁昀给她拿了新的洗漱用品："就拿我的衬衫当睡衣吧。"阮橙撩了撩头发："你家有没有皮筋？扎头发的。"宁昀沉默，脸色晦暗不明。"肯定没有。"大男生家里怎么会有皮筋呢？宁昀动了动唇角："你等一下。"

阮橙跟着宁昀进了书房，只见宁昀打开了一个盒子，那盒子一看就是装重要东西的。宁昀慢慢地从里面拿出了一个黑色发圈。宁昀轻轻扯了一下："还能用。"阮橙盯着那个发圈："这是……"如果记忆没有错乱，她记得这个发圈和当初唐蕊用的一模一样。宁昀递给她："时间不早了，赶紧去洗澡。"阮橙瞅着他："这是你前女友留下的？"

宁昀摆出一张臭脸。阮橙嘴角溢出笑意："原来那么早啊，你那么早就对我有企图了？"她仔细想想，"公园一见钟情？"宁昀的脸紧绷着，往外走去。阮橙嘻嘻一笑，算了，这人真能藏。她快速地冲了个澡，又把衣服烘干。等待的时间，她慢慢冷静下来。这几天感觉像是在做梦一样。阔别多年，就在今晚，他们成了男女朋友。

"咚咚"，门被敲了两下。"你好了吗？"宁昀在门外。"快了。"阮橙看了一眼烘干机。等小内裤烘干之后，她赶紧套上。出来的时候，她就穿着宁昀的衬衫。衬衫的长度刚刚遮住了她的臀下位置。宁昀扫了她一眼：“床单我换了干净的，你早点睡。”陌生男女共处一室总是尴尬的，尤其是他们刚刚成了男女朋友。阮橙连连点头，她是困得不行。回了房间，关了灯，她就躺下了。“晚安。”宁昀在客房，怎么也睡不着。20分钟后，他趿着拖鞋来到卧室：“橙橙——”他叫着她的名字。阮橙睡得浅，听见他的声音，很快就醒了，“怎么了？”

“我睡不着。我进来了。”

宁昀走进来，无辜地望着她。阮橙往边上挪了挪，两人什么话都没说。宁昀躺下来，大床轻轻动了动。黑夜中，一切都是静悄悄的。阮橙侧着身，背对着他。宁昀拉了拉被子：“你很困吗？”阮橙“嗯”了一声。宁昀望着她的后脑勺，抬手轻轻抚着她的头发：“发圈是和你们一起逛文具店时看到的。我觉得上面的小橙子很适合你。”

阮橙：“那你当时怎么不送给我？”

宁昀：“准备送给你时，我发现唐蕊也有这样的发圈。”阮橙闷闷道：“我还以为你把发圈送给唐蕊了。”

“我和她又不熟。”

“你们当时关系很好啊，你和唐蕊经常一起探讨题目。很多人都觉得你们在一起了。后来，你和她还在同一所城市读大学，他们都说唐蕊是为了你才来到这里的。”

宁昀气息一变，往前靠着她：“没有的事。我和唐蕊只是同学，这些年也就见过几次面，而且她在大学时就有男朋友了。”阮橙没说话：“同学聚会那晚，我看见她在你车上。”看到那幕时，她的心都麻木了。原来年少时，有些感情要到长大以后才能真正地明白。“那你怎么不想想，我为什么辅导你作业？这么说来，我对你不是更好吗？”宁昀语气变了变。阮橙也郁闷了：“我哪里知道！我没你早熟！”高一时的她以为大家就是关系好，而且她觉得他大概是无聊吧，毕竟父母不在身边，他一个人也没什么朋友。宁昀一点一点靠近她，身体也贴着她，手臂不知道什么时候已经环着她了。阮橙后知后觉："我热！"宁昀不肯松手："我把空调调低一点。"阮橙推了他一下。宁昀无奈："阮橙，这些年你想过我吗？""没有！我天天学习忙得哪有时间！"静默几秒，阮橙突然觉得有什么不对劲，她发现宁昀眼睛红红的，定定地看着她。她不理解，男人是越长大越幼稚吗？以前那个高冷的学霸怎么突然变成这样了？她气喘吁吁，心跳扑通扑通的："你怎么和Yami一样！"宁昀没有丝毫尴尬，眼里溢出幸福的光泽："Yami还好吗？"

"这几年我不在国内，都是我爸妈照顾，听说Yami很淘气的。"

"把Yami接过来吧。"阮橙"嗯"了一声，渐渐睡着了。宁昀一点睡意都没有，自己达成了多年的愿望，自己心心念念的女孩子现在就躺在自己怀里，比任何时刻都要高兴。他轻轻抱着她，心里是那种从来没有过的满足。

第二天早晨，阮橙是被手机来电叫醒的。她慌乱中从床头柜上摸到手机："喂——"

小尹："Cici，你醒了没有？"

"醒了，今天不用来接我，我一会儿去公司。"小尹欲言又止："那好。"挂了电话，她看了看面前的男人，"Cici说一会儿去公司。"顾易的脸色沉得吓人："她在哪里？""Cici没说，要不我再问问她？"小尹有点怕。

顾易："算了！我自己问她。"他一脸烦躁，"还有，不要告诉她我今天来过这里。"小尹呼了一口气："放心，我一定守口如瓶。"不过阮橙这是去哪儿了？一晚上都没回酒店。刚才在电话里，她也没敢问一句，面前这位顾少爷感觉都要把酒店给拆了。

阮橙又翻了翻手机，昨晚加今早，顾易已经给她打了五通电话，再看微信，他也留了几条语音。她赶紧给顾易回电话，心里有些慌，还有些愧疚。顾少爷心情很不爽，任由电话一直响着，就是不接。阮橙放下手机。宁昀长臂一伸，将她环到怀里："才六点多，再睡一会儿。""我得赶紧去洗漱，上午有艺人要到公司来。"阮橙推开他。宁昀没有松开："你也没睡几个小时，再陪我眯十分钟，我送你去公司。"阮橙心里还记挂着顾易，顾少爷最近忙着赛车队的事。她哪有心情睡觉啊？她动了动身子。"别动了。"宁昀声音沙哑。"那就起床吧。"阮橙没心没肺道。阳光透过窗帘洒进来，屋里的光线刚刚好，暧昧的气息浮动着。

阮橙："宁昀，你和以前真的不一样了。"宁昀扯了一抹笑："那你也不一样了。"阮橙扫了一眼："我绝对没变。"

早上的事情令阮橙惊讶过度，好不容易才起床出了门。宁昀送她到公司楼下："今晚我来接你。"阮橙回道："晚上约了程斐和简知言吃饭。"宁昀耸耸肩："不要住酒店了。""不行！今晚我回去肯定要加班。你快去上班吧，别迟到了。"

宁昀正常点到了公司，周威迎上来："听说昨晚饭局结束，有个美女来接你，谁啊？"宁昀抿了下嘴角："我女朋友。"

"这么快？她是做什么的？"

"摄影师。"

"说是很漂亮。你怎么藏得这么深？哈哈，公司这下不知道多少女生要伤心了。"

周威"咦"了一声："我说你今天怎么变样了。"宁昀不解，周威继续说："浑身都透着一股朝气。"宁昀没理他："发布会流程准备好了？"周威赶紧去忙工作了。宁昀有女朋友的事传开以后，这一下也没有人再来向宁昀表示爱意了。

阮橙这一上午特别忙，明星许一泽来了之后，公司的小姑娘兴奋地端茶递水。小尹也不例外："他比电视上还要高，皮肤也很好。"阮橙身边有两位大长腿男士，她对男人的身高早就免疫了，她低着头调节相机模式。

"Cici，你是不是过敏了？"

"嗯？"

小尹指了指脖子："你这里红了。"阮橙连忙抓了一下，她皮肤有时候会这样，脖子上很容易红一块，就像过敏一样。可是她清楚地知道今天这个肯定是宁昀亲的。

"可能是我不小心挠的，不要紧。许一泽妆化得怎么样了？"小尹悄悄吐槽："他的助理要求很多。"当红明星要求多一点也是可以理解的。等许一泽换好服装进入摄影棚，已是一小时之后。阮橙和灯光师早早地等候着。许一泽满怀歉意道："不好意思，让几位老师久等了。"阮橙冲他点点头："可以开始了。"

大家各就各位，阮橙找着感觉拍了几张照片。许一泽才22岁，五官帅气，是当下女孩子喜欢的阳光型男。他拍照很有感觉，也不需要阮橙怎么指导。大约一个小时的时间就拍好了。"好了。"阮橙说道。"辛苦各位老师了。"许一泽双手合十，微微弯了下腰。大家因为他谦逊有礼的姿态对他印象很好。拍完照之后，许一泽的助理订的奶茶也送来了。许一泽和阮橙讨论着照片。

"等我修好图之后发给你的工作室，大概三天左右。"

"不急，麻烦您帮我修得帅一点。"许一泽玩笑道。阮橙也笑了："你的脸已经很完美了，哪里需要修？"许一泽摸摸脸颊："真的吗？我感觉我下巴有点短，鼻梁不够高……"说着，他笑起来。

"Cici老师，加个微信吧，到时候照片出来，我想先看看。"

"好。"阮橙自然没有拒绝，"那请你帮我签个名吧，我表妹是你的粉丝，之前一直在追你的剧。""没问题，我的荣幸。"许一泽唰唰签了几张。

午休时间，宁昀打来电话："吃饭了吗？"阮橙"嗯"了一声，对面都是同事。

"吃的什么？"

"肉。"

宁昀笑出了声，他还记得高中的时候，阮橙挑食。学校食堂的蔬菜，她从来不碰，就爱吃肉，尤其是鸡腿和糖醋排骨，这么多年还没变吗？

"晚上你们结束后，我来接你。"他的口吻很是亲昵。"我回酒店要收拾东西。"今天下午家具店去公寓送床，回去还要请保洁人员打扫卫生，过两天她就可以搬家了。宁昀知道在电话里多说无益："不要挑食，吃一点蔬菜，你额头上长痘痘了。"他的嗓音低沉悦耳。

阮橙："你管得可真多。"

挂了电话，小尹目光探寻地看过来。

阮橙："一个朋友。"小尹紧张："Cici，昨天半夜顾少找过你。"阮橙揉了揉额角："他今天和你联系了吗？"小尹眸光闪烁："没有。不过听说赛车队要比赛了，他要练习。"阮橙点点头。顾易喜欢赛车，在国外的时候，有几次大半夜他开车带她兜风，让她很害怕。那以后，她再也没有看过他开赛车。

小尹离去后，阮橙一直在思考着宁昀对她说的话。那个寒假，宋兮来见她时完全没和她提过宁昀交给她的东西。她一直以为自己和宋兮关系很好。阮橙拿过手机，拨通了宋兮的号码。没过多久，电话通了。"阮橙？找我有事？"宋兮声线温柔，很是好听。阮橙站在窗前，看着窗外鳞次栉比的高楼大厦："宋兮，你是不是有些事一直没告诉我？"她语速缓慢，却字字清晰。宋兮沉默了片刻："什么？"阮橙嗤笑一声，脸上笑容惨淡："我见到宁昀了。我都知道了！你为什么要那么做？"宋兮一手拿着手机，一手紧握成拳。这么多年她隐藏着这个秘密，就像背着一副无形的枷锁，她不再主动联系阮橙。即使阮橙联系她，她也会刻意冷漠。因为一看到阮橙，她就会想到高中时期的自己就像一个卑鄙的小丑。

　　"为什么要那么做？呵呵——因为我嫉妒啊，我嫉妒你不用多努力就能轻轻松松考出好成绩，我嫉妒你和宁昀的关系，我嫉妒你的好运！"阮橙心头一震："你既然不喜欢我，为什么还一直和我做同桌！为什么还要和我做朋友？"两个人整整一年都和老师要求做同桌，即使后来她们分班，阮橙学理，宋兮学文，她们见面还总是嬉笑着，周末还会约着一起去逛街、去书城。宋兮也不明白，明明自己那么嫉妒她，却还是忍不住和阮橙一起玩。

　　阮橙呼了口气："东西还在吗？"宋兮眼神无光："早扔了，我留着又没什么用。"阮橙咬牙，脸上满满的怒意，还有无奈。"你怎么这么可怕！""即使这样，你和宁昀还是走到一起了。"宋兮低喃了一句，"阮橙，你看你的运气始终这么好。走了一个宁昀，又来了个顾易。他们总是心甘情愿地追随你。"

　　阮橙拿不到的东西，她心里还是有几分惋惜的。遗憾终究是遗憾，再也不能恢复如初。阮橙闭上了眼睛。她想，如果当年她收到了宁昀留给她的东西，他们之间是不是就不会错过这么多年呢？她会报考燕市的大学吧。

第六章 纠结

在每一个不回应里，都是你在拒绝我。

　　顾易一上午都在专注地训练，他车技熟练，在国外这些年，也经常练习，参加过不少比赛，还拿过奖。赛车飞驰着，一圈又一圈，最后终于停下来。顾易紧握着方向盘，暴躁地捶了几下。杰森觉得他今天有些不对劲，连忙过去。"怎么了？心情不好？"顾易神色清冷："没有。"

　　"你有！"杰森和他从初中就认识了，顾易什么样的性子他怎么会不知道，"和女朋友吵架了？"

　　顾易抬手望着蔚蓝色的天空。

　　"分手了？"

　　顾易"呵"了一声："从未开始过，谈什么分手？"

　　"不是吧。"杰森拍拍他的肩头，"都这么多年了，你还没有成功？这不是你的风格。"顾易也觉得，他对阮橙怎么变得这么磨叽呢？妈的！就是太顺着她了。"喜欢就抢回来！"杰森开始出主意，"以你的条件追女孩很容易的。"顾易抬了抬下巴，这点他还是有自信的。

　　休息间，顾易给阮父打了个电话。

　　"阮叔，最近好吗？"

　　"好，我和你阿姨好着呢。你和橙橙怎么样了？在燕市还习惯吗？"

　　"橙橙找了房子，我怎么说让她住我那儿，她都不肯。我那套房子房间多着呢。"

阮父笑："她就是那样的性格，有时候执拗得很。"

顾易："阮叔，您和阿姨最近能不能过来一趟？我准备向阮橙表白。"

阮父咳了几声："什么？这么多年你还没向橙橙表白？！"饶是顾易再厚的脸皮，现在也有几分不好意思。顾易摸了摸鼻子："嗯啊，我一直在准备着，想在你们的见证下向橙橙表白。"阮父摇摇头，这孩子太傻了。"好好，那我们准备一下，尽快过去。"

顾易："行。回头我去接您和阿姨。"

阮父："不用，你忙你的。我和橙橙妈也好几年没去燕市了，正好当作去旅游。"

"阮叔，回头我和阮橙好好陪你们逛逛。"

"你好好准备一下！橙橙心软，容易感动。加油！"

"哎！"顾易笑着应道。

傍晚，阮母打完牌回到家，察觉到阮父今天有点儿深沉。"你怎么了？公司又遇到事了？"阮父叹了口气："你说顾易这孩子是不是傻啊？这么多年，他和橙橙都没在一起。"阮母笑了笑："橙橙把他当哥哥。他们关系好，也不见得要做男女朋友啊。"

"顾易喜欢咱们家橙橙。"

"可橙橙对他没有男女之情。"

"橙橙喜欢什么样的男孩子？顾易这样的多好，我们两家知根知底。顾易这孩子长得又好看，两人多般配啊。"

"你这是怎么了？"

"忘了说正事。顾易说要向橙橙表白，请我们去做见证。"阮母寻思了片刻，"不对。这俩孩子之间可能出了什么事儿。"

"怎么了？"

"你答应了？"

"答应了啊。"

"回头我和橙橙通个电话，问清楚再说吧。您做事能不能过过脑子？"

阮父一脸委屈："我想要女婿，容易吗？"

晚上，简知言和程斐请阮橙吃饭。真的谁也没想到，当年一场善意的捐款促成了程斐和简知言的良缘。

"姐，你想吃什么？"

"你们常来，你们点吧。"

简知言："最近怎么样？工作顺利吗？"

"还行吧。"除了宁昀这个意外，一切都在预期内。简知言扯了一抹笑："宁昀有没有和你联系？"阮橙轻轻应了一声："他找我给他朋友的店拍照。"

简知言："这么多年，我们在同一座城市，也没见他找过我几次。你这一回来，他就主动联系我，我看他是醉翁之意不在酒。"

程斐："姐，别理宁昀。这人说走就走，根本没把你放在心上。"简知言抿嘴一笑，某人这时候是不是要疯狂打喷嚏了？阮橙喝了口水缓解尴尬。简知言问道："顾易呢？最近很忙吗？"

"在练车，他下个月有比赛。"

程斐点了几样菜，都是阮橙爱吃的，又特意点了一份布丁。其间，程斐几乎没怎么动筷子。阮橙问道："你不吃？"

程斐苦恼："怕胖。"女为悦己者容。

阮橙看看简知言："喂！你也不管管。"简知言直摇头："我劝了，她不听我的。女孩子太瘦了也不好看。我以男性的眼光很中肯地告诉你们。"

程斐："我又不是为了你们男人活，我也是为了自己看着好看。"阮橙托着腮想，简知言稳重，程斐古灵精怪，两人的性格互补，倒真是天生的一对。

"对了，姐，下周有个经济大会，天盛和恒远，你有没有时间和我一起去看看金融行业内的领军人物？"天盛集团不是宁昀所在的公司吗？也许能遇到他呢。阮橙道："我可以吗？"程斐笑着："有我在，没问题。"

晚饭结束后，简知言去取车，阮橙和程斐在一旁等待。阮橙从包里拿出了许一泽的签名照："今天他过来拍照，我请他签了一张。""哇哦！我的亲姐，你真是太好了！"程斐激动地叫着，开心地挽着她的手，又撒娇了！"我房子差不多了，下周我配把钥匙给你，你搬过来吧。"

程斐："我和我同学住得挺好的，我也住习惯了。不麻烦你了，而且我这人懒，也不收拾房间……"阮橙嘴角上扬："是呀，简知言挺勤快的，把你照顾得很好呢。"程斐跺跺脚："姐——"阮橙轻笑："舅妈让我看着你，怕你被骗！"好在简知言那个人也是知根知底的。

"我又不是小孩子。"

"是呀！你怎么会被骗！你骗别人还差不多！"简知言那个书呆子对程斐怎么样，阮橙可是看在眼里了，"什么时候把简知言带回家？"

"今年过年吧！姐，那你呢？你和顾易呢，什么时候定下来？"

"我和他要是合适早在一起了。他应该不会喜欢我这种类型的。"

"怎么会？"程斐哑然。

说话间，简知言把车开来了，两人把阮橙送回酒店，又一起下车非要看着阮橙进电梯。阮橙冲两人挥挥手，电梯门关上了。程斐立马挽着简知言的胳膊，亲昵地靠着他："男朋友，亲……"简知言的目光突然扫到了前方的车，立马躲开了。程斐一脸蒙，脸色顿时变了。简知言连忙解释道："前面有人！"程斐哪里听得进去解释："以后你别想亲我了！"她觉得很没面子，毕竟这段感情是她一直在主动，恨不得立马再见。简知言无奈，他看到了宁昀的车。车里黑乎乎的，但是他能感觉到车里有人。只是他现在也没有心情去确认了，程斐真的很生气。他赶紧追上去，哄着程斐上了车。

宁昀全程目睹了简知言和程斐吵闹的过程，他摸了摸鼻子，忽地一笑。他进了酒店，因为没有门卡，只得请大堂经理陪他上去。经理敲了几下门，里面传来阮橙的声音："哪位？"

"阮小姐，门外有位男士找您。"

阮橙打开门，就见宁昀和大堂经理站在门外，"你怎么来了？"宁昀没有在她脸上看到惊喜，他对经理道了声"谢谢"。经理微笑道："那我就不打扰二位了。"宁昀走进房间，稍稍看了看。白色的办公桌上放着笔记本、书，还有杯子。"我过来看看你。"阮橙指了指一旁的沙发椅："坐吧。喝点什么？"宁昀摇摇头："不用这么客气。还有没有拖鞋？""鞋柜里有新的。"阮橙给他拿了瓶水。宁昀坐回沙发上，阮橙也回到书桌前，继续修图。灯影下，她专注地工作。气氛安宁又美好。

宁昀看着她，恍惚回到了高一，课间她也是这么专注地看小说，而他坐在最后一排看着她。他的目光移到屏幕上，一位很年轻的男士。"这就是许一泽？"

"是啊。"阮橙头都没回。宁昀起身走过来："看着挺高的。"

"听说身高有185厘米，身材挺好的，还有腹肌，不像'奶油小生'。"宁昀没说话，半晌后才问道："你喜欢有腹肌的男生？"

阮橙："你有吗？"宁昀挑了挑眉："你要不要亲自检查一下？"说着他一手搁在腹部的衬衫扣子上。阮橙顿时没了还击之力："不用不用。你别干扰我工作。"宁昀轻笑着回到沙发上。一旁是双人大床，床上放着她的包，床头还有一个猪头娃娃。大概是在她的范围内，宁昀渐渐有了困意。半小时后，阮橙的手机突然响起来，是阮母发来的视频邀请。阮橙刚准备接受，看到一旁的宁昀，她吓了一跳，赶紧切换成语音模式。

"妈——"

"橙橙，怎么不和我视频啊？"

"我在忙呢。"

"妈妈没打扰你工作吧？"

"没事。你和爸最近好吗？"

"老样子。你爸问问你在那边怎么样了。"

"都挺好的。我在国外待了这么多年都习惯了。"

"有顾易在，我们也放心。顾易真是不错，你们最近还好吧？"

"妈，你怎么突然问这些？"

"没事啊。就是你们俩也老大不小了，个人问题也要抓紧。"阮橙眼角抽了抽，那边宁昀也醒了。

"橙橙，我和你爸都觉得顾易挺不错的，你们也认识好多年了，想问问你是怎么想的。"

"妈，你们误会了。我和顾易没在一起。"阮橙已经感受到一束火热的目光落在自己身上，"妈，我这会儿有点忙，回头再和你联系。"

挂了电话，她轻轻呼出一口气。宁昀来到她的面前。阮橙扯了一抹笑："你睡醒了啊？"宁昀抬手把她脸颊处的头发捋到耳后："你和顾易……"

"别乱想。"她打断了他的话。宁昀微微笑着："阮橙，我记得路明说，你家要招女婿？是真的吗？"阮橙脸上一阵错愕，都什么年代了，还招女婿？不过她转念一想，严肃认真地说道："我爸是有这个打算的。我家开面包店，我现在做摄影工作，家族企业没人继承。"

宁昀黑着脸："你想把我招回去？"阮橙抿了抿嘴角："你愿意？"宁昀黑眸满满的柔光："你可以哄一哄我！"阮橙瞪着他："时间不早了，你赶紧回去。"宁昀抱着她，低喃着："看不到你，我睡不着。你不知道，我这些年都睡不好。"阮橙推推他，怎么像个孩子一样黏人？他的手却不为所动："不知道你爸爸还记不记得我了？"阮橙猛地抬头，头狠狠地顶到了宁昀的下巴，宁昀只觉得下巴一阵疼。

　　"有没有事啊？"阮橙紧张地查看。宁昀艰难地开口："没事。"阮橙轻轻地摸着他的下巴："我去找点冰块给你敷敷。"

　　"橙橙，什么时候带我去见伯父伯母？嗯——"阮橙大脑一片空白："让我想想。"阮橙艰难地拉着他的手："时间很晚了……"宁昀也知道，他不能太着急。他慢慢平静下来："你那边的房子都收拾好了吗？准备什么时候搬？"

　　"周末吧，也没什么东西。"

　　宁昀指尖绕着她的发丝，柔声道："我来帮你。"阮橙点了点头。

　　宁昀一直看着她，突然往前，阮橙以为他要吻自己，一抬手碰倒了桌上的杯子，咖啡顷刻间洒在键盘上，笔记本瞬间就黑屏了。"My God！"她惊呼，一脸的苦色，"完蛋了。"宁昀眼疾手快，连忙拿过纸巾吸水，桌面一片狼藉。"去拿吹风机。"阮橙拿来吹风机，眉头紧皱。笔记本里有太多的资料，要是这次坏了，那么多资料她去哪里找。

　　宁昀："别急。"他用吹风机吹了笔记本大概有半个小时，确定咖啡都吹干了，开始开机。笔记本开机失败。

　　阮橙："算了！明天我去修一下。"宁昀垂着眼睑："抱歉！"

　　"又不是你的错。"

　　宁昀握住她的手："我知道我们之间可能太快了，是我太急了。"阮橙看着他那俊朗的侧脸，抬手轻轻摸摸他的脸颊："好了，我不怪你。"他就像一个犯错的孩子，满脸自责。

　　宁昀平复了一下心情："我带回去修，明天送到你公司。"

　　"这么晚了，不用麻烦了。"阮橙扯了一抹笑。

　　这个晚上，宁昀充分体会到了什么叫"乐极生悲"。把女朋友的笔记本弄坏了，简直是送命题，这个怎么弥补？宁昀一直到十一点多才走。去开车时，他下意识地扫了一眼一旁的跑车。跑车的车窗被摇下来，顾易喊一声："宁昀——"宁昀礼貌地朝他点点头："你好。"

"聊聊！"顾易冷冷地看着他。"有话直说。"宁昀定定地看着他。

顾易推开车门下了车。皎洁的月光下，两个男人面对面地站在那儿，风姿绰绰。顾易凉凉地开口："我一到附中就听到你的名字，所以那天聚会我一眼就认出你了。"宁昀的嘴角抿成一条线。

"路明每次提到你都带着不满，不就是一个普通同学转学吗？当我从阮橙嘴里听到你的名字时，我才明白你的存在对他们来说很重要。"

"当时阮橙肯定很生我的气。"

"呵！"顾易才不会告诉他，"这些年都是我陪在她身边，你凭什么在一走了之以后，再次回到她身边？"宁昀喉结滚动："凭我爱她。"他是个不善于表达感情的人，却没想到有一天会向有过几面之缘的人祖露心声。

"你爱她？那你了解她多少呢？这几年她在国外做了什么？你知道吗？"宁昀垂落的手微微一动。是的，那几年的时光自己都错过了。顾易撇开脸："宁昀，你以为橙橙是你招之即来挥之即去的人？你真的很自私。"

自私？宁昀扯了一抹笑："顾易，我和阮橙在一起的时间是没有你们相处的时间长。可为什么这么多年，你和她毫无进展？"这一句话就戳中了顾易的痛处。

"因为我正视她，我尊重她。"

"因为你知道她心里有我。"宁昀毫不掩藏地反驳着他，"所以你不敢向她表白，你以好朋友的身份陪伴在她左右。"

"你住嘴！"顾易额角的青筋都暴了起来，他一把扯过宁昀衣领，"宁昀，如果不是你，你以为她为什么会放弃做甜品？"

"你说什么？"宁昀表情一变。顾易松开手，慢慢恢复平静。

阮橙去洗了个澡，敷面膜时，手机响了。这次是顾易的电话：
"喂——"顾易声音沙哑，他坐在车内，看着宁昀的车离去。和宁昀挑明之后，他心里突然空荡荡的，"睡了？"

"刚刚忙完。你呢？今天一整天都没你的声音。"

"嗯。要比赛了，比较忙。"他闭上眼睛，一手揉了揉太阳穴。

"改天我带你去赛车场。"

"算了，我害怕。"

"我开车，你怕什么？就算有什么危险的话，我们可以一起做一对亡命鸳鸯。"

阮橙没好气道："你语文没学好，又乱用成语。"顾易笑了一声："阮橙——"

"嗯？还有事？"阮橙疑惑。

"没事，你早点睡吧。搬家那天我过来。"

"不用了。"人已经够多了，况且她真的没什么东西。

"你别推辞。对了，你搬家之后，请我们吃饭吧，把程斐和简知言都叫上。"

"好啊。今晚小斐还问起你了。"大家一起吃饭倒是没问题。

"橙橙——"顾易欲言又止，"没事了，你早点睡吧。"

"你也是。"

隔了两天，阮父和顾父通电话时，兴奋中透露了一下他们即将去燕市的行程。

阮父："顾易和你说了吧？"顾父沉默，嗯啊了一声。阮父以为他是默认了："虽然他到现在才向橙橙表白，慢是慢了点，不过也说明这孩子稳重。这孩子还挺浪漫的。"顾父很快明白了事情的始末："那挺不错，你和弟妹就当出去散散心。橙橙这孩子有出息，我看她上次拍的照片可真好看。"阮父乐呵呵的，又夸了夸顾易。

挂了电话，顾父气得拍桌！"臭小子就会讨好未来老丈人！"顾母正在剪花，手一抖："干什么呢？""你生的好儿子！邀请阮橙爸妈去燕市，早忘了我们俩了！"顾母哼了一声："儿子不都是这样吗！再说燕市你都去过多少次了。"

"不行！我也要去燕市！"

顾母放下剪刀："行啊。我也准备一下。哎呀，小易终于要定下来了，我快做奶奶了。"

顾父："……什么奶奶！他去阮家倒插门，孙子也不叫你奶奶！"

顾母："有什么关系！"

顾父："我们应该要个二胎的。"顾母脸红了，顾父心里想着等见到顾易想要揍他一顿。

顾父："突然不想和老阮结亲家了。"

顾母瞪了他一眼："你就当没有顾易这个儿子。"顾父无奈地念了一句："还是生女儿好啊。"

阮橙的笔记本送到售后维修部，换了零件，资料也找回来了。因为是自己的原因，修理费用两千元由她自己承担。谭飞知道她电脑坏了，担心得不行。对他们来说，相机、电脑、手机都是命，缺一不可。他叮嘱道："你小心一点。"阮橙心里嘀咕，她真的很小心了。

"下个月，我考虑了下，咱们杂志首发仪式还是要举行的。"谭飞说。

阮橙疑惑："您不是不在意这些仪式吗？"

"既然要办，那就好好办吧。"阮橙点点头，把电脑里的照片重新用U盘拷了一份。

"定了七夕那天。"

阮橙沉吟道："您放心，以易寒现在的人气话题度，肯定能带动杂志的销量。"谭飞笑了笑："对了，易寒帮你介绍了活儿。"

"这次是谁？"

"你猜。"

"易寒介绍的人，难道是——秦一璐？"阮橙转了转眼珠子，一脸的狡黠。"我就知道瞒不过你，秦一璐很喜欢你的拍摄风格，她的经纪人已经和我联系了。"谭飞完全可以想象得到，将来阮橙会成为摄影界最耀眼的明星御用摄影师。

"我可以赠送一个名额，免费帮她和她先生拍一组，作为我们杂志封面。"

谭飞打了个响指："聪明。"

阮橙给宁昀发了条微信，告诉他笔记本修好了。过了十多分钟，她收到一笔转款，金额是40520元。阮橙怀疑自己眼花了，看了两遍，才确定金额。她问宁昀："被盗号了？"另一端的宁昀脸沉了，感觉周威提供的主意不是很好。可是周威在旁边仍然说得很激动："女生都喜欢体贴大方的男朋友。你发一个520，她肯定感动。"宁昀指尖快速地打了一行字回复阮橙："拍照片的尾款。"

"那也不用这么多呀。"还增加了520元？他是在表白吗？

"'520'是我的心意。"宁昀打字的时候脸上露出了几分害羞。阮橙看着屏幕，嘴角弯弯地翘起来。恋爱中的人大概都会变得很蠢，会做一些永远不会做的事，说一些甜得腻人的话，傻傻地甜蜜着。错过了这么多年，还好，他们又重新回到了一个新的起点，这样似乎也不错。

转眼到了周末，阮橙从酒店搬到租住的房子。宁昀、顾易、简知言、程斐都来帮忙，帮忙的人很多，几乎不用阮橙出力，她也乐得清闲。时隔多年，程斐和宁昀第一次见面，她对宁昀没有什么好脸色。顾易和宁昀两人一切平静，好像那天晚上什么都没发生过一样。顾易买了一车的多肉，这会儿宁昀在帮他一趟一趟地搬。

程斐帮忙把多肉排好："这些多肉长得真好看，好萌啊。"几十个品种的多肉，顾易真的很上心，出手也很阔绰。

顾易扯了一抹笑："半个月浇一次水就好，反正不需要你太费心。我让花店老板把浇水的时间都写好了，回头我提醒你。"

程斐："姐，保佑你不要再把这批多肉养死了。"阮橙睨了她一眼："那是英国气候不好，多肉原本就生长在热带的。"说着，她拿过一旁的那束红玫瑰。程斐赶紧拿过来："姐，你对玫瑰过敏，还是我来吧。"说话间，她瞄了一眼宁昀，连这个都不知道，哼！宁昀眸色一变："你对玫瑰过敏？"阮橙打了个喷嚏，她揉了揉鼻子："是呀。我这鼻子偏偏对这么漂亮的花过敏，可惜了。"宁昀拿过花："我来吧，先放到门外。"

阮橙："不碍事的。先用瓶子装着，放到客房，挺好看的。"宁昀拧眉，真的是如顾易所说，他对阮橙的了解太少了。

"大家随意坐，我去点一些吃的东西。"说话间，门铃响了。

"姐，你还请了谁啊？"

阮橙微微疑惑："我去看看。"物业还是中介？她真的没请别人。顾易脸上没什么表情："我陪你去看看。"

大门打开，顾父顾母阮父阮母外加两个巨大的行李箱占满了小小的楼梯口。"Surprise（惊喜）！"阮父眉开眼笑，张开双臂，等待着女儿的拥抱。阮橙脸上的表情由惊讶转为惊喜，她愣了几秒上前抱住了爸爸。这次回国匆忙，她已经有十多个月没有见过父母了。原本打算等这段时间忙完手里的工作，她再回去的，没想到父母突然来了。爸爸拍拍她的后背："好了好了，别感动得流眼泪。你顾伯伯和顾伯母都在呢。"阮橙敛了敛神色，朝顾父顾母弯起了嘴角："顾伯伯、顾伯母——""这么久没见，橙橙越来越漂亮了。"顾母眼底都是喜色，和阮橙交换了一个眼神。

阮母笑着："进去说吧。"顾易连忙过来拿行李箱，阮橙刚要帮忙，他开口道："我来就好，你去陪他们。"阮橙侧首看着他，压低声音问道："是你告诉他们的？"顾易扬了扬眉眼："是不是很感动？"阮橙心里确实很高兴，她瞥了他一眼："谢谢啊。"

程斐和宁昀一直在门口："姑姑、姑父、顾伯伯、顾伯母好。"

顾母："这是小斐吧，好久不见，我都认不出来了。小斐长大了呀，我们在车上的时候，你姑姑还和我说你现在做记者了。"

四位长辈喜笑颜开，目光从程斐身上不由得落在了宁昀身上。阮父和阮母也打量着宁昀，两人都觉得宁昀看着有几分面熟，一时却又想不起来。宁昀礼貌又淡定道："伯父伯母，你们好。我是宁昀。"

"你好——"阮父心里嘀咕，这名字好熟悉。

宁昀猜到阮家父母已经记不得他了："我和阮橙是高一同学。"

阮橙和顾易把行李箱放到一旁了。

"爸妈，顾伯伯顾伯母，你们坐吧，房间有点小。我去给你们倒水。""我来。"顾易大步走进厨房，拿了几瓶矿泉水。顾父都不忍直视了，儿子这完全是把自己当阮家女婿了。在家里，顾家父母哪里享受过他端茶倒水啊！四位长辈打量着几位年轻人，各有所思。

阮父喝了口水，突然想到了什么，他看着宁昀："你是橙橙班上的第一名，后来转学走了。"阮母显然也想到了，她下意识地碰碰丈夫，让他不要说太多。阮爸爸哼了一声，臭小子当年说走就走，害得女儿伤心过一阵呢。

客厅内的气氛微微有些波动。阮橙笑嘻嘻地说道："爸妈，这是宁昀。"

阮父点点头："宁昀也在燕市工作吗？"

"伯父伯母，我转学后一直在燕市，现在在天盛国际投资集团工作。"他一本正经地介绍，几位长辈面露赞许之色。

阮母一脸温柔："那真是厉害。"顾易一脸不屑，程斐亦是。阮橙望着他，微微笑着。

阮橙问道："爸妈，你们怎么还把顾伯伯顾伯母叫来？太劳师动众了。"

阮母回道："我们几个原本就计划一起出去旅游的，就把燕市作为第一站了。"

顾父和颜悦色："是啊，不麻烦的，我们老了，你们幸福快乐，我们就高兴。"

顾易不动声色地咳了一声："爸妈，你们来也不带礼物！"阮橙瞪了他一眼。

顾母笑着，从包里拿出一个盒子："橙橙，你过来。"

阮橙皱了皱眉："伯母，你别听顾易开玩笑，您和顾伯伯来看我们，我们就很高兴了。"

"我知道。这份礼物我也准备了好久。"正方形礼盒虽然被保存得很好，但是看着也有些年头了。"二十岁生日对女孩子来说很重要的，当时你在英国，这份礼物我一直没有机会给你。这次你回国正式工作，我把它交给你，希望你一生平安、顺遂。"阮橙心里莫名地有些沉，打开盒子，是一块玉。玉质温润，颜色通透，一看就知道价值不菲。关键是这块玉顾易也有一块。难道这玉是一对？大家齐齐地看着礼盒，只有宁昀眼睛一眨不眨地看着阮橙。

程斐惊叹："好漂亮啊！"

"喜欢吗？"顾妈妈问道。

"太贵重了！"她不能收。

"收好了！我妈宝贝多着呢，你就别和她客气了！"顾易催她收好。阮橙觉得这会儿确实不好当面拒绝，改天还给顾易吧。"谢谢顾伯伯顾伯母。"

中午，顾易订了餐厅。

阮父："这几年小易稳重了不少。"

顾父："一般吧。"

阮父："小易挺好的！男孩子成熟晚，以后都是顾家型的。"

顾父："这点随我。"

程斐冲着阮橙眨眨眼："姐，这形式看着有点儿亲家见面的感觉。"阮橙也感觉到了，那边宁昀面色依旧，猜不透他此刻在想什么。两人也没有单独说话的机会，她心里有几分着急。

出发去吃午餐前，宁昀接了个电话，他因此先离开，阮橙送他下楼。

"宁昀，不好意思，我也不知道他们会突然过来。"

宁昀站在那儿，表情不定。阮橙看着地上的影子交叠在一起。她轻轻拉了拉他的手，宁昀顺势握紧她的手，将她带进怀里。她看不见他的眼睛，那双褐色的眸子浮现出一抹淡淡的无奈。有人说女人容易敏感，男人何尝不是呢？宁昀自然看得出来，阮、顾两家是什么态度。大概在他们眼底早已认定了顾易和阮橙这一对。阮橙挣扎了一下，听到他的一声叹息，便不动了。

"我没事，你上去吧。改天我再来拜访伯父伯母。"宁昀声音沉沉的。阮橙应了一声："好。"看着宁昀的车渐渐远去，直到看不到影子她才上楼。还没走到门口，就听到自家屋里传出的欢声笑语。顾易在门口等着她："我订了黄家小厨，你觉得怎么样？"阮橙点点头："挺好的。"顾易瞅着她："怎么了？你不高兴？"

阮橙在上楼梯时把事情捋一通，总觉得有什么地方不对，她有些闹不明白，几位长辈大张旗鼓地过来，难道只是为了她搬家？

"顾易，是不是出了什么事？"

顾易扬了扬嘴角："应该不是坏事，回头再告诉你。走吧，收拾一下去吃饭。"客厅的人看着窃窃私语的两人，大家会心地一笑。这顿饭，大家的心情都特别好。

饭后，顾易把父母送回了家。路上，顾父板起了脸："你这几年怎么变得这么磨叽？我以为你和橙橙这次回来直接订婚结婚了。"顾易摸了摸鼻子："爸，你急什么？"

"我不急，我是担心你会着急！从高一过来，你们都相处多少年了？以前让你对橙橙上点心，你不听我的，女朋友换了几个……"

"爸，那是多少年以前的事了，你以前不是也谈了几次恋爱吗？"顾父的脸都黑了，要不是在车上，他早就狠狠地踢他两脚了。倒是顾妈妈冷静："小易，上午那个宁昀和橙橙是什么关系啊？"

"他们高一上学期同学，以前帮阮橙辅导过作业。"顾易漫不经心地说道，这事他也是听路明说的。

"哎哟！你看看你！高中时期，你还让橙橙帮你辅导作业！你这是失了先机！"

顾易："爸，我开车呢。"

顾母看了一眼丈夫："你安静点。"

顾父抿了抿嘴："我怕橙橙看不上顾易。"顾易真想下车走人了。

晚上，阮橙和妈妈一起收拾房间。阮母若有似无地和她聊到了宁昀："我一开始都没认出来，他比高中时更好看了，长高了，现在人也成熟了，感觉就像电视剧里的男一号。"阮橙微微低着头："还行吧。"阮母想从女儿脸上捕捉什么，她促狭道："只是还行吗？"阮橙一愣："妈，你想说什么？"阮母拍拍身旁的位置："过来。"阮橙坐过去，妈妈牵着她的手。"我突然想到你高一那个寒假，宁昀离开，你难受了很久。"

"妈，都是过去的事了。"

"没想到过了这么多年，你们还能遇见。"

"是啊。"

"橙橙，你老实告诉妈妈，你这次回燕市是不是也是因为他？"阮橙愣住了。阮母明白了，她轻轻吁了口气。知女者，莫若母。早在认出宁昀的时候，她就在猜想。唉！偏偏在这时候。她忍不住问出口："你们是不是在一起了？"

阮橙眨了眨眼："妈，你怎么什么都知道？"阮妈妈脸色一僵，两个人在一起的速度竟然这么快。

"妈，宁昀挺好的，真的，就是在你们面前话少了一点。他对我也好。"她有些急切，生怕妈妈误会了他，想着多说点宁昀的优点。

"你这才相处多久？"妈妈点了点她的额角，"橙橙，那你想过顾易吗？"阮橙脸上的娇羞立马消失了："妈妈，你们误会我和顾易了，我们没在一起。顾易也不喜欢我这类型。"

"哦？"

阮橙撇撇嘴角："顾易喜欢身材火辣的女生。"在国外时，有一次，她去找顾易，远远地就看到顾易和一个姑娘抱在一起亲吻。虽然那时候她早就对这些免疫了，不过她还是多看了那个女生一眼，身材真的很好。

阮母："你就这么肯定吗？"阮橙没好意思说是她亲眼所见，她点点头。"橙橙，你有时候看人太表面了。妈妈觉得顾易喜欢你，我想你今天也应该察觉到了。"阮橙知道自己想再自欺欺人下去也没用了。

"好好和顾易谈谈。"有些话阮妈妈没多说。顾家对阮家有恩，阮橙和顾易之间的关系如果处理不好，怕是两家长辈以后也无法再正常交往了。

当天晚上，阮橙失眠了。她给宁昀发了信息，等了好久，宁昀都没回信息。阮橙又给他打了个电话，第一次觉得电话被接听前的来电铃声很烦人。大概过了二十多秒，他终于接通了。

"橙橙——"

"宁昀——"她听着他呼吸的声音，心突然扑通扑通加速跳了几下。

"宁昀，谁的电话啊？"

阮橙听到了一个陌生男士说话的声音，问了一句："你在吃饭吗？"

"怎么了？"宁昀问道。

"你还在加班？"阮橙听到他那端似乎有人。

"在外面吃饭，和公司的人。"

"那我不打扰你了。"

"好，等我回去再说。"

"宁昀，谁呀？"

宁昀声音低沉悦耳："我女朋友。"那一刻，阮橙一颗不安的心突然安定了。

"你少喝一点，回去记得买点醒酒药。"

"知道了。"

半夜的时候，阮橙在床上辗转反侧，突然间肚子一阵抽痛，她的好朋友来访。家里的止痛片又没有，阮橙疼得根本无法入睡。百无聊赖之际，她给宁昀发了一条信息：睡了吗？她还没放下手机便收到了他的回复：没有，在想你。阮橙看着那一行字嘴角不自觉地溢出一抹笑意，都说失眠的人在夜晚想法总是特别多，她想起了当年他在教室辅导她写作业的事。后来她一直在疑惑，为什么宁昀愿意辅导她写作业？

阮橙："宁昀，你什么时候喜欢我的？"那端一直没回复。

阮橙："你睡了吗？"

宁昀："很早。"

阮橙："多早？"

宁昀："第一次见到你的时候。"阮橙回复了一个惊讶的表情。

宁昀："早点睡吧。"晚安，橙橙。宁昀闭上眼睛轻声念叨着。

第二天，阮橙打算陪着父母在附近景点逛了逛，顾易一大早就把父母送来会合了。正值夏天，燕市也是旅游旺季，不少家长带着放假的孩子前来旅游，到处都是人，阮橙和顾易兴致缺缺。走了半天，两边的父母请了一个导游，把这两人打发走了。顾易提议道："前面有家咖啡厅，我们进去坐坐。"阮橙点点头："没想到他们精力这么好。"顾易看着她晒红的脸颊，不由得一笑。两人走进咖啡厅，面对面而坐。

阮橙喝了口水才缓过来："燕市比陵城还热。"顾易撇了撇嘴角："当时我让你回陵城，你不听我的。"阮橙眨眨眼："现在也不错呀。你今天不练车？"顾易低下头："今天有点事。"

"什么事啊？"午后的咖啡厅里安静又美好。客人们各自忙着，有的人在聊天，有的人在谈心。咖啡厅里正放着音乐，一首浪漫缠绵的英文歌曲。阮橙慵懒地靠在沙发上："他们昨天商量了准备从燕市转机去俄米斯罗……"

顾易突然打断她："阮橙——"他的话音和往常似乎有些不一样。阮橙一愣："怎么了？"

顾易："有些话，这么多年，我一直没有告诉你。"阮橙心里突然一紧，她紧张地握着杯子。

"我喜欢你。"顾易终于说出来了，他的脸上带着浅浅的笑意，"高中时，你每次来找我要作业，我心想这个课代表怎么这么烦。可是每次你过来，我都很开心。后来，阮叔让你给我补课，我勉强答应，你不知道我心里有多高兴。可我那时候并不明白，那种感觉就是喜欢你。"

阮橙涩涩的，在冷气下，她的掌心都渗出了汗珠。她恍惚地看着眼前的人，好像回到了很多年前，那时候他们都还穿着校服，那时候，他是那么桀骜不驯。现在的他就如自己父亲说的成熟了。

"顾易，我一直以为你对我只是——同学情。"她有些难以启齿，"我觉得你并不喜欢我。"

"那是误会。以前我爱玩，大概也是女孩子喜欢的类型，所以总会有女孩子来找我。你看到的那次，也是我拒绝那个女生，她冲上来吻我，当时我正准备推开她，你却来了。我一直想解释，可你……"她还记得自己和他说这个女朋友身材挺好的。那时候的他还回答说他的女朋友肯定漂亮。阮橙声音颤抖，她咽了口口水，心里满满的愧疚。"对不起，顾易。"她不知道，这些年，她真的不知道。回到燕市后，她稍微有些感觉。可是和宁昀重逢之后，她根本无暇去想这些事。

顾易定定地看着她："因为宁昀吗？"他的语气不咸不淡，好像在说一个无关紧要的人。他知道每个人都有每个人的执念，感情勉强不来。阮橙点点头，没有逃避："我喜欢他。"

"我知道。橙橙，不要说了。"顾易的那双眸子盛满了无奈。那个骄傲的顾易也会有这样悲伤的表情吗？"对不起——"她似乎只有这三个字可以说了。她想到了顾伯伯顾伯母，他们对她那么好。顾家对阮家的照拂，若是没有顾家，阮家那年不知道会变成什么样！她哪里能出国读书？父母哪里能有现在的安乐生活呢？她的眼眶渐渐热了。

顾易见她红了眼圈，他轻轻吁了口气："怎么样？要不要考虑我？我绝不比宁昀差。"他以玩笑的口吻说出来，嘴角还扬起一抹笑意。阮橙一时之间分不清楚他到底是真是假。顾易哼了一声："我怎么会喜欢你这个笨蛋？"

"谁是笨蛋？到底是谁高中每门功课都不及格？"多年相伴，顾易比谁都要了解她。她容易心软，容易负疚。他们还能这样说话已经不错了。

"以后宁昀若是欺负你，我帮你揍他！"

她想说，不会的，可终究没有说出口。两人坐了很久，直到阮父打来电话，告知她，他们几个晚上不回来了。阮橙大概明白了，长辈们这是在给他们两人相处的时间和空间。

顾易道："这事你不用烦恼，我会和我爸妈说清楚的。"阮橙咬了咬唇角："那块玉改天我拿给你。"

"送你了你就收着，你若是自己不戴，以后留给你的孩子吧。"

阮橙瞪着他："我问你，你为什么把他们都叫到燕市来？"顾易摸了摸鼻子："本来只叫了阮叔和阿姨，没想到我爸妈知道消息后也来了。我爸妈不去俄米斯罗了，我给他们订了去巴厘岛的机票。"

两人一起从咖啡厅出来，阮橙要去见宁昀。

"我不送你了，我要去赛车场。阮橙，我比赛那天，你有空吗？"阮橙郑重地点点头。

"说好了！你还没看过我比赛的样子。"顾易挥挥手，不再去看她，转身走向对面。他怕多看一眼，他会不舍得放手。

阮橙再见到宁昀时，尽管她藏得很好，可宁昀还是感觉到她的情绪似乎不太好。"怎么了？"

"没事。"阮橙回道。宁昀轻轻地摸摸她的脑袋，捧着她的脸："阮橙，不能告诉我吗？"阮橙皱了皱眉。

"是顾家？"

阮橙呼出一口气："这次可能真的要伤他们的心了。"宁昀面色突然一紧："顾易向你表白了？"阮橙应了一声。宁昀明白了，幸好是他先遇见阮橙，不然自己可能真的会错过阮橙。

"别多想。"阮橙叹了口气，"我们两家关系一直很好，可能在父母眼里，我和顾易理所应当在一起吧。高一那会儿，我爸投资失败，当时没有资金，要不是顾伯伯帮忙，现在估计早就没了'橙心'。所以顾家是阮家的恩人。"当年她爸让她给顾易补课，她不愿意，可是她还是乖巧地答应了。当年的顾易还喜欢捉弄她，她都忍了。现在想来，那是他不懂表达自己的情感，故意引她注意吧。

宁昀的脸色瞬间大变："你说什么？"阮橙吓了一跳："就是顾易他爸借了钱给我们家周转。"宁昀脸上冷静，内心却早已掀起了惊涛骇浪。那种被欺骗的感觉压得他喘不过气来。阮橙见他脸色僵硬："你怎么了？身体不舒服？"宁昀摇摇头："那时候我不该走的。"阮橙沉默了一下："这个事情哪是你能决定的。"

他们都是孩子，父母、家庭的事，他们还没有能力参与进去。宁昀抿了抿唇，将她拥在怀里，紧紧的。那种被人算计的愤怒与不甘心，让他甚至觉得自己不该出生在那个家，从一开始，或许就是错误。

"宁昀，你怎么了？"阮橙被他紧紧抱着，他在害怕什么？宁昀缓缓松开她，嘴角扬起一抹笑意："我只是觉得我的运气很好。"阮橙紧绷的心也放松了下来。

"你爸妈准备在燕市待几天？"

"后天的飞机，他们要去俄米斯罗旅游。"

"明天晚上我去见伯父伯母。"

阮橙的脸不可避免地红了一下："会不会太快了？"他们重逢不过短短数日。

"哪里快？"宁昀凝视着她，"我订好餐厅再发给你。"阮橙捧着他的下巴："宁昀，你现在和高中时候的差别好大啊。你以前都不怎么说话的，还以为你这个人很闷呢。"

宁昀："现在不觉得我闷了？"阮橙笑着："对了，你的照片我都修好了。你看着玻璃窗外那张很好看，要是作为广告推广照片一定会火的。"

"不用了。"

"嗯？"

宁昀挑眉，垂眸看着她："我不想招惹别的女生。"阮橙眸子转了转："你从一开始就是故意引我上钩？如果我没猜错的话，P.R是不是也有你的一份？"

宁昀的黑眸里带着隐隐的笑意："不是很笨。"她突然殷切地看着他，有些羞涩："你是为我开的吗？"宁昀避开她的探究，多年深埋于心底的心思，他从来没有表现过。

"P.R到底是什么意思？是两个名字的缩写？"她盯着他，迫不及待地想知道答案。宁昀的表情微微有些不自然："你亲我一下，我就告诉你。"

阮橙目瞪口呆："你怎么这样啊？"宁昀的脸也是热热的。

阮橙："你低下头。"宁昀垂下头，她踮起脚尖，落下一吻。

"好了，你可以说了。"

"不是这样。"

"什么？"

宁昀精神奕奕："You are my princess（你是我的公主）。"

"嗯？"阮橙疑惑，好似没有听清楚。

他的指尖缠着她的发丝："Princess.Ruan（阮公主）。"阮橙心跳一顿，不可思议地望着他："你！"

"你不在我身边，我就想着开一家甜品店。"宁昀的目光从她的脸上慢慢移开。

"你好像一直都不是很开心。"

"以后不会了。"宁昀心想，有阮橙在自己身边，一切都会不一样的。

顾易喊了俱乐部的几个人出来喝酒，一开始好好的，大家有说有聊的，慢慢地，他一杯又一杯地灌着自己。杰森慢慢发现不对劲了，夺走了他的杯子："你怎么了？借酒浇愁？"

顾易："给我！"

杰森："这是遇见多大的事情了？你需要这样吗？"

顾易一声吼："你给我！"大家都愣住了。

"顾易怎么了？你遇到什么事就说出来。"

顾易拿起面前的酒瓶直接往嘴里灌，喝光了。

"队长——怎么办？"

杰森头痛："先看着他！让他喝吧，喝醉了就好了。"

"我没醉！"顾易嘟囔着。

"对对对，你没醉。"大家面面相觑。这时候不知谁的手机铃声响了，大家各自看看都不是自己的。

"顾易，你手机响了。"顾易摸出手机，接通电话。

顾母期待的声音："儿子，怎么样？有没有向橙橙告白？"顾父一脸期待地竖起耳朵。顾易哼了一声："我才不喜欢她！"顾母心里咯噔一下："你喝酒了？"

顾易："我和阮橙没事。"

顾母："你在哪儿呢？"

顾易："我在外面。回头再和你说。"

顾母："小易，你没事吧？"

顾父急切道："怎么回事？"

顾母："俩孩子吵架了吧？"

顾父："顾易这狗脾气又犯了。"

顾母却忧心忡忡："我给橙橙打个电话。"

阮橙一看是顾母的电话，眼角抽了抽。

顾母："橙橙，你现在和小易在一起吗？"

阮橙："没，他有事先走了。"

顾母沉默了一下："我刚给他打了电话，感觉他在喝酒，再问他，他就挂了。橙橙，小易脾气不好，要是他欺负你，你和我说，我让你顾伯伯去揍他！"

阮橙心里充满了内疚："伯母，没有的事。"

顾母："那你帮我劝劝他，小易听你的话。"

阮橙应了一声："我会的。"

一旁的宁昀注意到她的表情，问道："顾易怎么了？"

"我也不清楚。"阮橙摇摇头，她赶紧拨了顾易的电话，好半天电话都没人接，她心里的不安慢慢涌上来。

那端顾易喝得早就瘫在沙发上了，手机一直在响，他就是不动。杰森看不下去了，拿过他的手机。一看号码，他笑了："顾易，你媳妇来电了。"

"谁？"顾易抬了一下眼皮，"我没媳妇。"

"橙。"这是来电显示，多亲昵的称呼啊。

"快接啊。"

顾易颤着手接通了："喂，你找我？"

"顾易，你在哪里？"阮橙紧张地问道。"你管我啊！"顾易醉醺醺的声音传来。

"顾易！你多大的人了！还让父母担心！"她吼着，"你到底在哪里？"

"不用你担心！"

杰森连忙夺过电话："喂，阮橙啊，我是顾易队友，他今晚喝醉了，你别介意啊。我们在上海路18号的大排档。"

"不好意思，麻烦您了。"阮橙呼了一口气，"我马上过来接他。"

"没事。"杰森把手机塞到他口袋里，"你们都回去吧，我在这儿守着，一会儿顾易女朋友过来接他。"

"行！我们在可能也不太好，队长你帮着劝劝他们，别因为吵架影响顾易比赛的心情。"

"知道了。"杰森看着醉成一摊烂泥的顾易，恨不得踹他两脚，这个人哪里是请他们喝酒啊，分明是为了自己买醉。

阮橙拿过包："顾易喝醉了，我去看一下。"宁昀拉住她："我陪你去。"阮橙犹豫了一下，最后还是同意了。半小时后，他们到了上海路。杰森眼巴巴地等来阮橙，结果看到阮橙身边还有个男人，顿时明白了。原来某人是被人横刀夺爱了！他心疼地看了一眼顾易，二话没说就把人交给了阮橙。杰森心里祈祷着，顾易，你还是把心思放在赛车上吧。顾易浑身酒气，估摸着连人都认不出来了。

阮橙心里又是心疼又是恼他："顾易！"顾易眯着眼："橙橙？"他咂咂嘴，一把将她拉到怀里，"我在做梦吗？你怎么来了？橙橙，我对你是认真的。这么多年，你怎么会对我没有一点感觉呢？那个宁昀早就走了！"宁昀掰开顾易的手，把阮橙拉开。

阮橙尴尬地说："他喝醉了。"

宁昀："你去开车，我扶着他。"

阮橙瞅了他一眼："唉。"顾易整个身体的重量都在宁昀身上："怎么又变成男的了？"他蹭到宁昀的脖子处，嗅嗅味道，"橙橙，你怎么换男人用的香水了？"宁昀强忍着，他真想把这人给扔出去，阮橙哭笑不得。上了车，顾易坐在后座，宁昀离他远远的。不一会儿，顾易又靠过来："橙橙，咱们回英国吧。燕市这儿天天堵车，还老有雾霾。回英国吧，我们结婚，以后生两个孩子。老大随你姓阮，叫阮小顾。老二随我姓，叫顾小阮。""橙橙，好不好？"撒娇的顾易真的让人承受不了。阮橙紧握着方向盘，呼吸都乱了。

宁昀沉声道："专心开车！"阮橙默然不语。

顾易靠在宁昀的肩头，又蹭了蹭："你怎么这么硬啊！"宁昀抬手把他推一边去，顾易的头咚地一下撞到车窗上。阮橙抿着唇："哎，宁昀，你看着他点儿啊。"顾易捂着脑袋："过分！会不会开车！拐弯不能慢点儿啊。"

阮橙一声吼："你给我安静点儿！坐好！"顾易弱弱地不动了，宁昀弯了弯嘴角。

过了一会儿，顾易突然呕了一声。宁昀身体紧绷："阮橙，开快点。"

顾易："停车，我要吐。"

阮橙："这还在高架桥上，怎么停？顾易你忍忍。宁昀，有没有塑料袋？"

宁昀："没有。"

顾易一手抚着胃部，他难受地弯下腰。宁昀意识到他已经忍不住了，随手抽出自己搁在后座的西装外套。

顾易吐了很久。

阮橙打开四个车窗，车里的味道挥之不去，气味真的让人几乎窒息。宁昀的脸都黑了。顾易有气无力地倚在椅子上，声音沙哑："有没有水？"宁昀呼了口气："车上没有水。"阮橙也是无力："还有十分钟就到了。"顾易嘟囔了几句，渐渐睡着了。一切又恢复了安静。

宁昀动动嘴角："他以前也会这样？"阮橙愣了一下："没有。他很少喝醉。"在她印象里，这是她第一次看到顾易喝醉。宁昀转过头看着沉睡着的顾易，眉头紧皱。

很快到了顾易住的小区，小区里灯光灿烂。宁昀一下车，就把那件外套扔到了垃圾桶里。阮橙赶紧去小区便利店买了几瓶矿泉水："你先洗洗手。"宁昀接过来："不碍事。"她拧开瓶盖，叫醒顾易，"先漱漱嘴巴，臭死了！"顾易眯着眼，像个孩子一样单纯："臭？"他咕咚咕咚地喝了半瓶水，意识慢慢恢复。他抬手揉了揉眼睛："你怎么来了？"人清醒了，再看到她，心里突然一阵疼。

阮橙没好气道："你不能喝就少喝一点。"

顾易："我没喝多。"阮橙叹了口气："我送你上楼。"

顾易一把握住她的手："不用了。"他转开脸，看向不远处的宁昀，他扯了一抹凉凉的笑意，"他也来了啊。"

阮橙刚想解释，顾易已经松开了她的手，他勉强走下来，脚步虚浮无力。走到宁昀身旁，顾易神色沉重："好好对她！"话说完他就走了，留下阮橙和宁昀，看着他的背影，一个面带担忧，一个目光沉沉。顾易走到楼道口，突然停下来："那个抱歉了，把你的车弄脏了。回头清洗费，我转给你。"

"不用。"宁昀回道。顾易撇嘴："我不想欠你的。"

阮橙没忍住，开口叫住了他："顾易！"

顾易脚步一顿。

"以后别喝这么多，顾伯伯顾伯母很担心呢。"

顾易脑子晕乎乎的，可他还是记得一件事。

"阮橙，我还欠你一件事。现在我可以兑现承诺了。"顾易一字一顿地说完，阮橙如被雷击一般站在原地。顾易忽然掉头，扯了一抹笑，终究什么话也没再说，随后走进了楼道。宁昀声音沙哑，问道："他答应你什么事了？"阮橙神色为难，嘀咕道："他答应给我做人体模特。"那是顾易和阮橙看足球赛打的赌，英国队对战法国队，最后不懂足球的阮橙赌赢了，她让顾易给她做人体模特，顾易当时一脸不情愿。

月光下，宁昀的脸色忽明忽暗："我不准！"阮橙挽着他的手臂："哎！这是艺术！雕塑、画画、摄影都有。"宁昀绷着下巴："反正我不同意。"阮橙翻了个大白眼："现在都什么年代了！是为了艺术啊！"宁昀转身上了车，阮橙随后上车，两人坐在前面，车上的味道真是让人呼吸不畅。

"你真想拍吗？"宁昀突然问道。阮橙正在扣安全带："是啊。"她随意应付着。

"我来！你尽快拒绝顾易。我的身形和他差不多。"宁昀眼神炽热地盯着她。阮橙心里震动，她瓮声回道："行。"

顾父顾母等了一晚上，听到门外的动静，立马开了门。顾易还在费劲地找钥匙呢，暗红色大门突然从里面打开了。他爸妈站在门口，他吓了一跳。

"爸妈——"

顾父板着脸："你到底干什么去了？电话不接！"

"没事，和车队的朋友喝了点酒。"

顾母一脸担忧："上午不是还好好的吗？你和橙橙怎么啦？"

顾易走进屋里，看着白晃晃的灯，他的大脑有一瞬间的空白。阮橙啊，他喜欢的姑娘啊。

"没什么啊。"

"你给我站好！"顾父厉声吼道，"多大的人了，还这么吊儿郎当的！"

顾易一手扶在柜子上："爸，你别吼，对身体不好。"

顾父摇摇头："顾易，你跟我们说清楚，你和阮橙到底怎么回事？"

顾易那双眸子暗沉："我发现我不喜欢她了，审美疲劳。"

顾父捂着胸口："我怎么生了你这样的儿子！"

"爸，放心，以后我给你找个更好的儿媳妇。"

顾母拉着丈夫："你冷静点。小易，你先去洗澡，我们明天再谈。"顾易点了下头。

顾父深深地叹了口气："真是要把我气死了。"

顾母哽咽："小易心里难受，你别说他了。"

顾父一愣："你说什么呢？"

顾母："他骗你的，他那么喜欢橙橙，怎么会说不喜欢就不喜欢呢？"

顾父："怎么回事？"

顾母吁了口气："是橙橙有喜欢的人了。应该就是那天见到的那个男生吧。"

顾父哼了一声："那又怎么样？去把橙橙抢回来，喝酒有用吗？"

顾母不禁摇摇头："这事你就别管了，让他们自己解决。"

这次他们都来了，顾易真的很尴尬。他洗完澡，刚躺到床上，妈妈就端了杯水进来了。

"头还疼吗？"

"好多了。"顾易懒懒地说道。

顾母轻轻摸了摸他的头发："怎么不擦干？"说着她拿过毛巾帮他擦头发。

"妈，不用了，一会儿就干了。"

"不擦干容易头疼。"

"我又不是女人。"

妈妈笑着说："我当年倒是想生个女儿，谁让你跑得那么快！"顾易"喊"了一声："你怎么说这个？"

"小易，爸爸妈妈支持你的任何决定，只要你开心就好。"妈妈声音轻柔。

顾易扯了扯嘴角："妈，我心里有数。你儿子这么帅，肯定会有女朋友的。您早点睡吧。"顾母听到顾易能这么说就放心地出去了。

可是，这么久的感情哪里是说放下就放下的？晚上看到宁昀和阮橙在一起，他还是心疼了。顾易暂时也不想留在这儿，他想了想，明天和队里说一声，去上海练习，准备比赛吧。

第二天，阮父再约顾父一起出去逛逛，顾父扯了一个理由拒绝了。阮父细想总觉得有些不对劲，不过顾父既然没说，他也就没再多问。早晨阮橙去公司前，他随口问了一句："昨晚谁送你回来的？"阮橙沉默了数秒："爸爸妈妈，有件事和你们说一下。我有男朋友了，你们也认识，就是宁昀。"阮父的脸色瞬间变了："怎么是他？"

阮橙："爸——"阮父心中百转千回，却知道这时候不能在女儿面前表现什么。阮母早有心理准备："那趁着我们在这里，抽个时间见一见吧。"阮父似乎有些反对："这太快了吧？橙橙这才回来多久？"阮橙也听明白了父母的意思："宁昀也想借这次机会，请你们吃个饭。"阮父沉默。

阮母："行。你们定好时间告诉我们。"阮橙抱抱妈妈："谢谢妈妈，那我去上班了。"

第二天，宁昀趁着中午休息时间订了一家私人餐馆。公司之前在那里吃过饭，环境和菜色各方面都属于高档水平。只是他现在并不太确定阮父的态度。毕竟顾易一直才是阮家心中的乘龙快婿。宁昀是一个很沉得住气的人，他心里气恼父母的作为，但是现在他根本不想去找父母对峙。还有什么意义？他和阮橙错过了这么多年，也不能重来。晚上，下班后，阮橙去接父母。阮父脸上一点笑容都没有。下午，妻子一直在做他的思想工作。他这心里总觉得对不起顾家，尤其是顾易，多好的孩子啊！到了餐馆，宁昀已经在门口等待多时了。

"伯父、伯母——"宁昀落落大方，礼貌又周到，让人挑不出毛病。阮母含笑看着他："兜兜转转还是你啊。"一句话就化解了彼此的尴尬。阮橙坐在宁昀旁边，她今天穿着白色连衣裙，简洁大方，没有了职业女性干练的感觉，让人觉得很可爱。阮父一直绷着脸，不苟言笑。

阮父："你高一不是同橙橙关系挺好的？怎么说跑就跑！"

宁昀："伯父，以后不会跑了。"

阮橙："爸，那是误会。"

阮父撇嘴："你还差点害死我们家Yami！"宁昀表情也是尴尬："抱歉！这几年我也学了不少养狗的知识，平时有时间，我也参加救助流浪狗的活动。"阮橙侧首看着他，眼底满满的柔光。阮父咳了一声："我家是打算招上门女婿的。"阮母、阮橙都知道这是阮父故意找碴呢。阮橙伸出手，轻轻拉了一下他的手，却被他握住了。宁昀脸上一直保持着浅浅的微笑："我知道。"

"你知道？"阮父惊讶。

　　"高中时班上同学开过玩笑，说阮家要招上门女婿。"

　　阮橙瞪着他："你们真无聊。"

　　宁昀不紧不慢："两个人在一起生活，孩子跟谁姓，住在哪方家里，我觉得这都不是问题。家人幸福才是最重要的。"阮父心里舒坦了两分。"我和阮橙的孩子，第一个姓阮，叫阮宁，如果阮橙愿意生二胎，就叫宁阮。"宁昀一字一顿，语气真诚。说得真好听！这明明是抄袭顾易的创意。阮橙眨眨眼，怎么都想着生二胎了？想得可真远，她答应嫁给他了吗？阮父不着痕迹地吁了口气："想得可真远！你们这才相处多久？婚姻是一辈子的事。"阮母笑着打圆场："好啦，吃饭吧。这条鱼不错，挺新鲜的。"

　　这顿饭吃得还算开心。阮父自然不会在这时候做恶人，顾家那里改天他会去登门道歉。即使不能做儿女亲家，这么多年的情谊也不能割断的。

　　"宁昀啊，你们还年轻，也不要着急结婚，过一两年再说吧。"宁昀眉心轻轻一皱："我和阮橙会商量的。"阮父露出一抹笑意："行了，我们回去了。"宁昀开车将他们送回去，阮父阮母先上楼了。阮父走时还丢下一句："橙橙早点上来，楼下全是大蚊子。"阮橙尴尬不已。

　　宁昀终于呼了一口气，这个晚餐的过程，让他觉得比当初去天盛面试还要紧张。阮橙嬉笑："你好像每次见到我爸都很紧张。"大概是高一那个晚上，阮父看他的眼神吧，他一直记忆犹新。

　　"我爸爸真的挺可爱的。"宁昀"嗯"了一声。

　　"宁昀，你真的要住到我们家啊？你爸妈同意吗？"好像她很少听到他提起他的父母。

　　"我的事我自己做主。"

　　阮橙仰着头，她咯咯一笑："我爸同你开玩笑的，都什么年代了。还有宁阮这个名字，我不喜欢。"宁昀眼底含笑："我好好想想。"

　　月色朦胧，月牙一会儿躲进了云层里。

阮橙："我上去了啊。"宁昀点点头，嘴角噙着笑意："阮橙，拍照的事，我随时都可以。"阮橙脚下差点一个趔趄，好歹她也是留过学的艺术家，不能被吓倒！她清清嗓子："嗯！你好好锻炼身体。"

那天晚上，阮父一直难以入睡，他心里还记挂着顾家，总觉得愧对顾家。第二天，两家人在机场相遇，简单的寒暄后便分别了，这一次的方向也是彻底变了。阮父酝酿了片刻："大哥，这事我很抱歉。"欢欢喜喜地过来，结果失望而归，是谁也不愿意看到的。

顾父摆摆手："是小易和橙橙没有缘分。"

"是橙橙没有福气。"

两位父亲都沉沉地叹了口气。阮橙和顾易看着他们过了安检后，各自推着行李走进候机厅。阮橙和顾易相视一眼，他说道："走吧，还是和以前一样，我送你。"

阮橙："那就麻烦你了。"顾易嘴巴一涩，有些不习惯她和他这般客气。

"你之前不是说要买车吗？"

"一直没时间去看。"以前他肯定会积极陪她去看车，不过现在她不需要他了。

顾易叫住她："阮橙——"阮橙回头望着他，顾易双眸闪烁："明天我就去上海了，下个月比赛我再回来。"阮橙脸上闪过一抹错愕。顾易坐在那儿，侧脸俊美："你别想太多，去那边只是为了更好地训练。等我回来再联系吧。"

阮橙点点头："加油。"顾易漆黑的眸子直直地看着她："知道。我走了。"跑车很快消失在街头。

阮橙轻轻叹了口气。人生路上总有人慢慢地离开，或潇洒，或无奈。

晚上，阮橙和宁昀一起去看电影。他长得好看，买票时，周围的几个小女生都在偷偷打量他。阮橙想到了高中，隔壁班的女生也来偷偷看他。她打趣道："宁昀同学，你的魅力不减当年啊。"宁昀犹然不知。

"哎，你看前面那三个女生都在看你呢，估摸着还在讨论你。"阮橙顿了顿，"就像我们读书时，班上的女生都喜欢讨论你，还收藏你的照片。"

宁昀扯了扯嘴角："照片？那你有我的照片吗？"阮橙耸耸肩："我那时候没喜欢你。"宁昀哼了一声。阮橙指尖戳戳他的脸："我现在不是有你的照片吗？比你那时候还帅！"宁昀知道她在哄他，可偏偏他就吃这一套，问她："要不要买点爆米花？"阮橙笑道："算了，我又不是小女生。"宁昀沉默了一下："那去买点喝的。"

检票的时候，前面一对情侣，男生一直牵着女生的手，两人咬着耳朵。阮橙和宁昀并排而站，没有一点亲昵感。阮橙忽地一笑："宁昀，你说我们像不像高中做操排队？"宁昀也笑了，一只手搭在她的肩头："不像。"他低下头，"你是嫌我不够主动吗？"

阮橙："公共场合，请适可而止。"后面的人都看着呢。

宁昀勾着笑："没人认识你。"

阮橙："不一定。"

检票入座，两人在最后一排中间位置，两边都是空座。两个人现在开始一起经历许许多多的第一次，第一次约会看电影。这部电影是喜剧，影院内笑声不断。阮橙也跟着笑，饶是宁昀性格内敛，也弯起了嘴角。半小时后，宁昀的手机突然振动。幸好在入场前，他把铃音关了。他看了一眼屏幕，挂了电话，又把振动给关了。

阮橙问道："如果是工作上的事，我们不看了。"

宁昀："没事。"他突然握住她的手，她一愣，借着屏幕的光亮她侧首看着宁昀，这个人一本正经地看着前方呢。她轻轻挣脱，他丝毫没有松手的意思。

散场后，宁昀还舍不得松开她的手。阮橙笑着道："松开吧，我要去洗手间！"宁昀一脸赧然。阮橙去洗手间的间隙，宁昀回拨了一个电话。

"刚才给你打了那么多电话，怎么一直不接？"宁晗气急败坏地问道。

"有什么事？"宁昀语气平淡。

宁晗有种一拳打在棉花上的感觉："这些天你都没影了。爸和阿姨问起你，还有他们给你介绍的那个女孩子，做投行的，和你一个圈，你们应该会有共同话题的。"

"我没兴趣。"

"他们也是为你好。"

"我有女朋友。"

"有女朋友？"宁晗明显不信，"那你倒是带回来给他们瞧瞧啊。"

宁昀心里顿时燃起一团火："暂时没这个必要。"

"哟！你这脾气挺大的。"宁晗哼了一声，"我说你还不知足吗？你想做什么都让你去做了。家里的公司也不要你管！我现在在公司加班加点，为的是谁？这以后还不是给你？"

"我不会要。"

"呵！宁昀，爸和阿姨欠你了？难道你妈对我好，就这么让你耿耿于怀？"宁晗也是口不择言了。宁昀气得直接挂了电话，他介怀的并不是这些。

"气死我了！我弟弟怎么这么讨厌？"她把手机重重地拍在桌上，这幸好有手机套，不然这手机哪撑得住。李思扬劝慰道："别生气了。针尖对麦芒，谁都不好受。"

"是他蛮不讲理。我们都很关心他！"

"好好好！改天我帮你说说他！敢欺负我老婆！胆大包天！"

宁晗忽地笑了。到底是她亲弟弟，她怎么可能真生他的气？她还是把女孩的信息发给了宁昀。阮橙从洗手间出来看到宁昀在打电话，等她走近，宁昀看到她，随即匆匆挂了电话。

"怎么了？有急事？"

"没事。走吧，回去了。"

他不愿意说，阮橙也没有再问。宁昀把她送回家中，他坐在沙发上，面色阴郁。阮橙走过去，拿了一瓶水给他。他慢慢抬眼，嘴角微动："你还记得我妈吗？"阮橙点点头，他的妈妈年轻又漂亮，她印象很深。

"当时大家还以为那是你姐姐呢。"

宁昀忽而一笑："当年她和我爸相爱，我爷爷奶奶都不太同意，我爸事业有成，而我妈的年纪比我爸小了近十岁。"

"年龄不是问题。现在的夫妻年纪相差几十岁的都有。"

宁昀摇摇头："他们刚结婚，我妈就怀了我。"阮橙沉默，打量着宁昀。原来他是觉得自己出生太早，所以他才不开心吗？宁昀舔了舔嘴角："我还有个姐姐，我父亲和他前任妻子的女儿。我妈和我姐姐的关系很好，好到别人都认为她们是亲母女。"他的眸子像蒙上了一层雾霭。最让他无法原谅的是，他们为了让他回燕市，竟然欺骗他。阮橙将以前的事都联想在一起，所以他才会一个人留在陵城读书，他的身上为什么有种孤独感。她握紧了他的手，轻轻靠在他怀里。

"宁昀，以后我会陪着你的。"什么安慰的话都不需要，两个人静静地依偎着。

"橙橙，我今晚不回去了。"

第二天早上，手机响了，宁昀随手拿过来，接通了。"喂——"还未清醒的他，声音沙哑，听在耳朵里一阵酥麻。那端是个女生不确定的声音："Cici——"宁昀瞬间醒了："抱歉！稍后我让她给你回电。"

"好的，麻烦了！"小尹咬着唇，内心扑通扑通地跳着，"好像不是顾少爷的声音啊！"小尹一脸的期待。

宁昀吻了吻阮橙的脸颊："七点了！"阮橙嘟囔："再让我睡五分

钟，五分钟就好。"宁昀笑了笑，原来大摄影师也有不为人知的一面：爱赖床！

十五分钟后，他洗漱好，回卧室叫她。阮橙瞄了一眼时钟："我的天！我今天要去见秦一璐！你怎么不早点叫我？"她顿时手忙脚乱。

宁昀一脸无辜："我一会儿送你过去。"

一大早，阮橙又是化妆，又是弄发型，很快就换成了一副明艳照人的模样。宁昀在一旁看着，亲眼看到了女孩子的另一面。阮橙又在衣橱里挑衣服，她随意拿了一件V领衬衫换上，配着黑色的阔腿裤，干净利落。

宁昀："这周陪你去买车？"

阮橙："行啊。"她随后说了一句，"顾易向我推荐了一款。"话落，两人皆是一愣。

宁昀沉默了两秒："那车也不错。不过你不是说我这款车很好开吗？"

阮橙似乎闻到了醋味："嗯嗯，不过你那辆车有点贵。"

宁昀沉思了一下："如果预算不够我来付。"

"呵——宁先生，真是财大气粗！"阮橙开玩笑道。宁昀伸手将她圈进怀里："好不好？"要不是刚涂了口红，她真想亲他一口，怎么这么可爱？宁昀也盯着她的嘴唇，也想亲她，可是她化了妆。

"口红里都有化学添加剂，吃进肚子里对身体不好，还是少涂为好。"阮橙嘴角抽搐："你可能不太了解，现在的女孩子就喜欢男朋友送口红。"宁昀勾起了嘴角，眼神是那么温柔："看来是我这个男朋友失职了。既不知道女朋友对花粉过敏，也不知道女朋友喜欢口红。"阮橙摸了摸他的脑袋："乖！"

宁昀："你什么时间能休假？我陪你去扫货啊。"阮橙简直目瞪口呆："我刚回国，目前还没有假期。"

宁昀失笑："那能否抽出两天时间陪我去呢？我近期要去香港出差。"阮橙无奈地耸肩。公司现在根本不可能让她休假的，下半年还有好多活等着她呢。

"那我什么时候才能做你的模特？"他压着声音沉沉地问道。阮橙的心都酥了："过段时间。哎，上班要迟到了！"她羞怯地逃跑了，宁昀扯了扯嘴角，脸上满是狡黠的笑容。

到了公司楼下，阮橙拎着包赶紧下车："我走了。"

"等一下——"宁昀叫住她。"怎么了？"阮橙看了看时间，离约定时间还有一刻钟。

"你过来些。"宁昀循循善诱。阮橙靠近了："还有什么事啊？"话音软软的，似带着一些撒娇意味，但是阮橙自己不知道。宁昀伸出手，倏地扣住她的脖子，同时靠过去，在她唇上落下一吻。

"唔——"轻轻触碰一下，很快便松开了。宁昀扬着笑意："你想要多少支口红都可以。"阮橙睨了他一眼："你这人……"话音未落，她远远地就看到前方来了一辆商务车，车上下来了三个人，是秦一璐。秦一璐也看到了宁昀和阮橙亲吻，她朝着阮橙点点头。

宁昀摸了摸鼻子："你快上去吧，别迟到了。"

秦一璐在等阮橙走过来："阮老师，你好，我是秦一璐。"

阮橙朝她弯起一抹笑容，虽然职业，却也真诚："你好，晋太太。"秦一璐去年拿了金马影后，一个月后和晋仲北举行婚礼，那场婚礼简单低调，两人通过工作室发了照片，却轰动全城。秦一璐不由得一笑："叫我一璐吧，感觉叫我太太，我好像老了好多。"要是晋仲北听到这话，估计脸也要黑了。

"那你叫我Cici吧。"

"好的。你叫Cici，是因为橙子富含维生素C吗？"阮橙笑着点头。两人一见如故。其实，秦一璐和阮橙年龄相仿。秦一璐在圈内绝对算早婚了，她一边化妆，一边和阮橙聊天。

"你和你男朋友准备什么时候结婚？"

阮橙："没讨论过这个问题。"

"我觉得女生不用急着结婚，可以晚几年的，不然一结婚，就得考虑生孩子的事了。"

阮橙听出了她的画外音："你和你先生准备要孩子了？"

秦一璐叹了口气："我倒想晚几年再要，可是我先生等不及了。他说他年纪大了。"

"噗——"化妆间的几个人都笑了。

"晋大神哪里老了？年初你们去看澳网公开赛，我也在的，晋大神看着就像二十大几岁，一点也不老。"小尹维护着男神。秦一璐抿着嘴角，老公的粉丝可真多，不能随便吐槽老公了。

化妆师问道："Cici，你看妆容怎么样？"阮橙细细一看："可以了。"

她要给秦一璐拍的是旗袍，怀旧风。秦一璐换上了旗袍，身材玲珑有致，和她以往的风格完全不同。她站在镜子前，拢了拢头发。

"没想到我还能穿旗袍。"

阮橙正替她理着裙摆："白色素雅，看着宁静又妩媚。"

秦一璐笑："我一直觉得'妩媚'这个词不适合我。"

阮橙道："我想是你结婚了，气质在慢慢地变化。"褪去了少女感，有了女人的韵味。

上午拍摄结束，阮橙和秦一璐都非常满意，两人合作得异常愉快。

阮橙："这张照片，你的眼睛稍微往左下角看，可能效果会更好。"

秦一璐点点头："拍得真好。我很好奇，你们这些摄影师以后结婚照怎么办？"

阮橙失笑："随便拍拍吧。"

这时候公司小妹捧着一束花进来："阮小姐——"阮橙一愣："我的？"她接过来一看，原来是草莓，又大又饱满，刚才她还以为这是玫瑰呢。她打开贺卡，上面写着一行字：工作愉快！——宁昀。

阮橙让小尹帮忙把草莓洗了，大家一起吃。秦一璐吃了一口草莓："真甜！这是充满爱意的草莓。早上我都看到了！"阮橙心想，晋仲北喜欢秦一璐不是没有原因的，秦一璐真的很可爱。

等拍摄结束，送走了秦一璐，她才给宁昀发了一条信息：我很喜欢！

两个热恋中的男女，每一天每一分每一秒都想在一起。渐渐地，阮橙的住处，宁昀的东西越来越多，从一套换洗衣服变成四五套换洗衣物。宁昀在不知不觉间已经完完全全融入了阮橙的生活。

转眼到了八月，《新视界》正式上市，销量比预期的还要高。如谭飞预料的一样，阮橙的名字在业界打响了。当天，阮橙和易寒的名字齐齐出现在热搜榜上。这不仅仅是《新视界》的开始，也是阮橙事业的开始。《新视界》的官方微博发布阮橙为易寒拍的六张海边照 @演员易寒 @阮橙RuanCheng。

谭飞看着下面报上来的销售数字，开心得像个孩子。"阮橙，你真的太棒了。他们都说这次封面照拍得好极了。"他收到了好多信息，都在打探阮橙的消息。

"那也是易寒本身底子好。"

谭飞拍着手："你要不要做一个专访？"

阮橙沉吟道："算了。我也没什么成绩。"

谭飞："随你。给你放两天假，你也放松一下。"

阮橙起身："谢了。"

离开公司后，她给宁昀打了个电话："我先回家了，晚上想吃什么？"宁昀最近公司事情也很多，忙得不可开交："去超市买点食材。"

"你做？"阮橙笑问道。"我做。"宁昀定定地回道。半小时后，两人在超市会合。宁昀推着购物车，阮橙挑拣着东西，一会儿购物车里便装得满满当当的。

阮橙："都齐了吧？"

宁昀："家里好像没有碗。"两人赶紧绕回去，厨具区摆放着各种各样的碗碟，精致又漂亮。阮橙各挑了几样，转眼就看到宁昀对小朋友的玩具似乎很感兴趣。

阮橙："宁昀，那个现在还不需要。"

宁昀微微一笑："希望很快会需要。"

到家已经七点多了。夜色早已笼罩了整座城市，高楼大厦里的灯都亮了，万家灯火，如今他们也有了一方属于自己的小天地。宁昀做了糖醋小排，阮橙做了西红柿龙利鱼，外加一份青菜汤，简简单单的。宁昀心里却异常的满足，这是他一直所想要的。阮橙喜欢吃糖醋小排，吃了一大半。

"你怎么做得这么好吃？都快赶上附中食堂大厨的手艺了。"宁昀挑眉，她以前在学校就爱吃这菜，有时候吃不到，还听过她抱怨学校食堂。后来，他一个人住，单单学了这道菜。

"随便做的。"

"随便？"阮橙哼了一声。宁昀夹了一筷子西红柿："橙橙，下回炒西红柿，先用开水煮几分钟，然后把西红柿的皮去掉，炒出来的口感会更好。"阮橙腹诽，真是挑剔。不过，她脸上却是满满的幸福。

晚上，两人各自窝在一角工作。宁昀很快处理完了工作，他倒了一杯水端过去。

"谢谢。"阮橙报之一笑。

"好了吗？"

"差不多了，色调处理得差不多了。"

"这是谁？"照片里是一个外国男人，一头鬈发，五官深邃，双眼含情。

"我大学同学，意大利人，很浪漫，而且人很热心。当初他自荐做我们的模特……"

"嗯？"宁昀尾音上扬，"橙橙，我想起了一件事。"阮橙自知羊入虎口："很晚了。"

"不是说艺术家喜欢在夜里创作吗？这样会更有灵感。"宁昀缓缓地说道。"谁说的？"阮橙对上他的眼睛，心脏怦怦地跳着。宁昀抓住了她的手，掌心一片火热。四目对视着，两人的眼底都是彼此的身影。宁昀的声音微哑："需要我做什么？"阮橙知道拗不过他："我们去——去书房吧。"其实，她心里也隐隐地有些期待，因为她知道宁昀的身材也很好。阮橙深吸一口气，尽量让自己保持冷静："我去拿相机。"

"我等你。"宁昀这话说得真是暧昧，她连忙跑开了。

阮橙请人重新整理了一下书房，她在一面白墙上贴了墙画，都是她这几年拍的风景照。另一边有一个深色的实木书柜，书柜里摆放了一些书，不太多，不过也有自己的格调。

她进来时，宁昀已经脱了上衣。室内光线明亮，她的目光从他的肩头落到腹部，腹部结实，他有腹肌，不夸张，却足以诱惑她了。他的手搁在腰带上，动作莫名地有些性感。"橙橙，过来帮我。"一瞬间一股躁动的分子肆意地活跃在房间里。阮橙恶狠狠道："我不会！"

"我教你！"他拉她过来。

"宁昀！我不拍了！"

可是宁昀不同意，他这回是为了艺术而献身。当然，他也是为了加速他和阮橙之间的关系。确实，他等得太久了。

"你——"阮橙终于清醒了一些，"你站到书橱前面吧。"

宁昀没说话，赤着脚走过去。书房里铺着黄灰相间的地毯，走在上面一点声响都没有。夜色深沉，晕黄的灯光笼罩着每一个角落，让今夜多了几分旖旎。他随意地站在那儿，可终究不是专业模特，姿态虽然端正，却太僵硬，笨拙得有些可爱。或许他本身心里还有不可告人的紧张。阮橙努力克制着自己的思绪，让自己保持着专业摄影师的操守，不能多想！

宁昀谦虚地问道："如何？"阮橙无奈地走了过去："右腿往前一步，胯向左，你的人也要向左。"

宁昀看了看她，摆出了动作："这样？"阮橙指尖碰到了他的腰部，宁昀明显瑟缩了一下。阮橙笑了一下："别紧张，腰再向左转10度。好了，放轻松，保持住！"她回到前方，举起相机，真是完美。

"换个动作。"她说。宁昀一脸无辜，他望着阮橙，等着阮橙亲自指导。阮橙把相机放在桌上，走了过去。她认真思量着，这么难得的模特，她肯定不能浪费这次的机会。宁昀望着她，她的表情专注认真，额角不知道是不是热的，竟冒出了些微小汗珠。

宁昀："很热？"

阮橙："还好。"

因为怕屋里开空调气温太低他无法放松，所以书房的空调并没有开。宁昀大步走到窗前，长臂拉开了窗户。风吹进来了，没有带走她的燥热，却给她带来了一个主意。

"宁昀，你就站在那儿。"她的声音里透着几分激动。

"嗯？"宁昀定在那儿。

阮橙嘻嘻一笑，梨涡若隐若现。她拉开了半边窗帘："放心啊，外面的人看不到。"风吹动着她的发丝，她撩了撩头发，"宁昀，我想拍你的正面。"角度不再是刚才那样的侧面。宁昀扯了一抹笑意，调了调姿势："这样吗？"他尾音上扬，带着说不出的诱惑。阮橙弯着嘴角："嗯，就是这样，你越来越有专业模特的感觉了。"宁昀当然知道她这是在给他喂甜枣呢，可他要的不是这个。他伸手拉住她……

许久之后，书房内一片狼藉。阮橙无法直视他，落荒而逃，留下宁昀一个人收拾。等他回了房间，她已经睡下了。房间里留了一盏台灯，光线出奇地温馨。宁昀躺下来，抬手搂住她，他贴近她的身体。

"阮老师——"宁昀低喊着。阮橙已经缓过来了："宁昀,你太坏了!"她抬手捶了一下他胸口。宁昀捉住她的手:"更坏的我都没有做。""你小心啊!以后你要是敢欺负我,就把你这组照片公之于众。"她威胁道。

宁昀笑道:"我怎么欺负你?"宁昀轻轻摩挲着她的长发,脸埋在她发间,他喜欢她头发的味道,淡淡的,让人心安。"我想等更名正言顺一点。"宁昀说完,阮橙轻哼了一声算是回应。

"快睡吧。"宁昀说道。话落,他赶紧侧过头,打了个喷嚏。

阮橙:"不会是感冒了吧?"

"没有。"宁昀肯定道。

一夜之后,第二天早晨起床,宁昀真的感冒了。阮橙忍着笑意:"小区出门右边就有一家药店,一会儿上班路上你记得去买感冒药。"宁昀脸色不好,不是因为感冒,他只是觉得很没面子。怎么也没想到自己会感冒。阮橙揉揉他的脸:"哎呀,抱歉啊!不知道你身体这么……不好啊。"

"阮橙!"宁昀直直地看着她,"你是想现在验证一下我的身体到底好不好?"阮橙咂舌:"乖!你生病了,要好好养着。"宁昀咬牙切齿:"你等着!"阮橙给他倒了一杯温水:"怎么会感冒呢?是不是你们公司的空调温度太低了?""可能吧。"他回道。

当天中午,阮橙和宁昀通电话时,发现他的感冒又加重了。"你有没有吃药啊?"宁昀支吾道:"很快就好了。"阮橙叹了口气,她挂了电话后便去药店买了药,亲自送过去。宁昀的公司位于燕市最繁华的地段,不打卡根本进不去。她在楼下给他打了个电话:"宁昀,我在你们楼下大厅。"宁昀一阵错愕。"来给你送药了。"阮橙看着脚下干净的地砖,自己竟然有点儿紧张。

静默了数秒,他沉吟道:"等我十分钟。"

“嗯。”

周威见他挂了电话，表情微怔：“怎么了？”

宁昀吸了一口气：“没事。我出去一下。”

周威道：“你要真不舒服，和老大说一声，去医院打针好得快。”

“不用。”

十分钟后，宁昀下来，他一眼就看到了阮橙。她穿着浅黄色的连衣裙，像朵花，优雅地站在那儿。

“橙橙——”

阮橙回头，朝他微微一笑。明明早上才见过，怎么在这里看到他竟有种别样的感觉？她扫了一眼他的领口，两颗纽扣解了，露出他漂亮的锁骨，她赶紧移开视线。

“你怎么样了？有没有不舒服的地方？”

宁昀眼眸里满是柔光：“没事。”

阮橙左右看看，伸手探探他的额头：“没发烧啊！我买了感冒药，一次吃两颗。”

“嗯。”

“晚上有饭局吗？”阮橙问道。

他应了一声：“我会早点回来。”

“那别喝酒，吃了药不能喝酒。你记着啊！”她喋喋不休地嘱咐。

宁昀深深地看着她，他的姑娘善良又温暖。

“那我先回去了！正好去看看小斐。”

“好。”他看着她，自己这么多年缺失的安全感，她都给自己了。在她没有反应过来时，他轻轻在她嘴角吻了一下。他笑着，笑容温暖。

阮橙眨了眨眼睛：“记得吃药呀。”“不会忘的。”他的声音闷闷的。

高中、大学的生活里，生病的时候他都是自己扛过来，父母从来不知道，也没有为他买过药。或许是他太坚强了，母亲以为他不需要吧。其实，男人也有他柔软、不为人知的一面。只是这一面除了父母，也就是在他深爱的那个女人面前才能展露了。那晚，宁晗问他的话，他没有忘。母亲对宁晗好，他从来也不介意。自始至终，他在意的是母亲对他的态度。不过，现在都不重要了。

在外一贯走高冷风的宁昀，就这样拎着药房的袋子等电梯、进电梯，接受着大家的悄悄打量。等他到了楼层，几个同事看到他。

"宁昀，生病了？去楼下买药的啊？怎么不早说啊？我这有药啊。"同事黄姐说道。宁昀礼貌道："谢谢。我女朋友送的。"

众人心想：这年头"狗粮"让人猝不及防啊。

宁昀回到办公室，倒了杯温水，打开袋子，竟发现里面还有一盒薄荷糖。他拿着糖盒，不自觉地笑笑。醒脑提神，她真是善解人意啊。怎么办？他好像越来越爱她了。他痛痛快快吃了药，不知道是不是心理作用，好像舒服了很多。

周威揶揄道："精神好点了吗？看来治疗感冒的灵药是女朋友啊。"宁昀似笑非笑，他慢慢地吐出两个字："确实。"

周威："你变了！"

窗外，阳光炽烈。宁昀低着头，编辑了一条信息：公主，我吃药了。

阮橙也有好些天没有见到程斐了，程斐这段时间忙得很。

"你把租的房子退了？"阮橙问道。程斐哑然："姐，我是大人了，和男朋友住一起安全。"阮橙略微沉吟："那你也不能和舅妈说，你住在我这里。"

"谁让我妈相信你比我还多？姐，现在都什么年代了。你要是有男朋友肯定会理解我的。姐，你和顾易真的没希望了？"

阮橙睨了她一眼，端起面前的咖啡抿了一小口，嘴里有些发苦。

"唉，我终于明白了，有些感情命中注定的。"对你再好的人也不及你喜欢的人。这些年，程斐看着顾易和阮橙的相伴，她以为他们这次回来会结婚，结果没想到却是这样的结局。

阮橙的信息铃声响了一下，她拿起来一看：公主，我吃药了。她不自觉地勾了勾嘴角，回复了一个表情。

"姐，我看到你脸上写满了幸福。我猜猜，这是我未来姐夫发的信息？"

阮橙知道她喜欢贫嘴。

"你们要好好谢谢知言，是他把你的号码给宁昀的。"

"知道了。以后简知言来迎亲，我站他那边。"阮橙郑重其事。

程斐羞红了脸，赶紧从包里拿出一张出席卡："你有兴趣去看一下，我看了下，有我未来姐夫的公司。"阮橙收好卡片："我去的时候联系你。"程斐眨眨眼："到时候帮我拍几张帅哥的特写吧。"原来这才是她的醉翁之意啊。

阮橙："价钱呢？"

程斐："我小时候帮你那么多年还不够吗？"

阮橙："简知言倒是把你带得越来越精明能干了。"

程斐赧然："我这事业刚刚起步，需要亲友团的支持呢。"

两个人吃完饭，刚到楼上电影院买好电影票，阮橙就接到了宁昀的电话："你们好了吗？"

"小斐想看电影，让我陪她。怎么了？你回家了吗？"

"早点回来。"宁昀压着声音，"我想你了。"阮橙像咬了一口棉花糖一般，心里甜甜的、软软的："知道了。我早点回来。"

程斐一直望着她，眼里都是八卦："是姐夫吗？"阮橙想了想："电影下次再看吧。"家里有位病患，她实在不放心。

"你不爱我了。"程斐咬牙，"好啦，我懂你的。"

阮橙弯着嘴角："下次陪你。"

晚上，阮橙回到家时，家里静悄悄的。客厅只开了一盏落地灯，光线笼罩着一角。宁昀靠在沙发上，闭着眼睛沉睡着。由于感冒，他今天的呼吸气息比平常重了几分。阮橙轻轻换了拖鞋走过去，见他眉心微微皱着，似乎不太舒服的样子。她伸出手想抚平他的眉头，又怕吵醒他。她刚要缩回手，却突然被他握住了。

"哎，把你吵醒了？"

宁昀没说话，眼神蒙胧，静静地看着她："你一靠近我，我就闻到你身上的味道。怎么这么早就回来了？"他的眼里闪着狡黠。阮橙摸着他的下巴，这人真是明知故问。"好些了没有？"宁昀抱着他，脸埋在她的胸口，蹭了又蹭："不好。"阮橙低下头，眉眼翘起来："你怎么和Yami一样了？"

宁昀一愣，她说自己像狗！阮橙轻轻摸到他的额角，确定他没发烧。"我去给你熬姜汤。"宁昀还是不肯松手，阮橙轻叹了一口气，又摸摸他的脸，他慢慢松开了手。过了一会儿，她熬好了姜汤，屋内都有一股姜味。"快喝了吧，这个效果很好，以前……"以前顾易生病，他也不肯吃药，她都逼着他喝姜汤。宁昀捕捉到她的话语："以前你给谁煮过？"

阮橙扫了他一眼："顾易！"宁昀毫不掩饰地轻哼了一声。

"赶紧喝了，不然汤都凉了。"

宁昀看着她："你喂我！"阮橙有些不敢相信自己的耳朵，这人怎么和孩子一样？喝汤不就是端着碗，几口就喝完了？宁昀就这样看着她。阮橙哭笑不得，她起身。

"你去哪？"宁昀声音莫名地一紧，连忙抓住她的手。

"我不走！去拿调羹！"阮橙眼底都是笑意。

宁昀顿时尴尬了："那你快点。"这人真是别扭得可爱。屋内安静得只有汤勺和碗碰撞的声响。阮橙一勺一勺地喂他，他乖乖巧巧地配合着。

她的脑子里只有一个词——恃宠而骄！喝完了姜汤，阮橙去洗碗，他跟在她身边。

"你去躺着。"

"我好多了。"

阮橙发现宁昀内心似乎很没有安全感，生病的他格外黏人。

"橙橙，我第一次觉得生病真好。"

"胡说八道。"阮橙瞪了他一眼，把碗放好。

宁昀抱着她，眼前浮起小时候的片段：

他和宁晗一起生病，宁晗怎么都不肯吃药，哭着闹着，父亲怎么哄都不管用。母亲对他说道："宁昀，先吃药，你吃了姐姐就不怕了。"宁昀听话地一口吞了药片。母亲抱着宁晗："晗晗乖，你看弟弟吃了。吃完药，阿姨拿颗糖给你好不好？"妈妈没有问过他药苦不苦，心里都是宁晗。

阮橙拍拍他的手："宁昀，你怎么这么黏人啊！"宁昀沉声道："谁让你在大学就出国，一走就是这么多年。"阮橙懒得和病人计较。

"橙橙，等我感冒好了，周末我们去厦城吧。"年少时的约定，已经成了他的执念！这么多年，他一直在等着。他甚至以为这件事可能都无法实现了。

阮橙转过身："你还记得？"她的声音里带着几分欣喜。宁昀这回倒是诚实："我一直等着你包吃包住呢。"

阮橙盈盈笑道："难道现在不是吗？你不是住在我家吗？"四目相对，他的眸色越来越深："希望感冒快点好。我想吻你了，每天都想。"

大概是那碗姜汤效果好，第二天早晨，宁昀的感冒就彻底好了。

他洗了个澡换上衬衫西裤："橙橙，我那颗袖扣呢？"他扣着扣子，姿态优雅。阮橙从她的梳妆台上找到袖扣，走过去："抬手——"她帮他戴上。

"真好看呀！"她赞叹。宁昀也笑了，眼里闪着得意。以前被大家评为校草的时候，他都没感觉，可是从阮橙嘴里听到夸奖自己的话，他就会感觉特别甜，还有一种骄傲的感觉。阮橙话锋一转："我说袖扣呢！"

宁昀当天心情异常地好，偏偏中午接到了母亲的电话。

"宁昀，你好久没回家了，最近很忙吗？"宁母说话小心翼翼。

"公司有些事。"他一开口，咳了两下。

"怎么了？咳嗽了？有没有吃药？"宁母似乎很担心他。

"没事，已经好了。"

"那就好。宁昀，我那天遇到你爸朋友，他女儿和你是同行。你姐和你说了吧？人家女孩子看了你的照片，她很喜欢。"宁昀喉结滚动，话语没有一丝温度："妈，我的事不用你们操心。"

"宁昀，妈妈也是为你好！"

"为我好，那就不要再管我的事！妈，我不是小孩子了。你以前没操心过我的事，以后也没这个必要。"

宁母咬牙，眼圈都红了。"我是你妈！你怎么能这么和我说话？"她激动地吼了一声。挂了电话，宁昀并没太在意。

过了两天，乌庄经济大会如期进行。天盛老总带着宁昀过去。出席这次大会的都是国内顶尖的金融从业者，和去年一样吸引了众多媒体的关注。当天，各大网站都刊登了照片，新闻很多。而《今日新闻》上出现了一张带有宁昀的合照，很多网友抓到了照片的重点。

"白衬衫小哥哥是谁？"

"此次大会颜值担当！"

"千金求小哥哥信息！"

《今日新闻》的这条新闻瞬间火了，浏览量噌噌地上涨。程斐盯着电脑，嘴角扬起了大大的弧度。未来姐夫，以后我一定全力支持你！主任给她打来电话，亲自表扬了她："程斐，这次不错！抓住了新闻的敏感点！"

程斐："还是主任指点得好。"

"不错不错！"

程斐高兴坏了，没多久她便接到了阮橙的电话，一看到名字，程斐慌了一下。电话刚接通，阮橙的声音传来："程斐，你是不是故意的？"

"我不是顾易的，我是简知言的！"

阮橙简直无言以对："为什么拍宁昀？那么多帅哥啊！"

"我怎么知道？照片是偶然拍下的！"

"你就编吧！我马上过来！"阮橙看着网上的新闻，《今日新闻》这条微博已经有上万条评论了。她稍稍浏览了一下，热评都是在讨论宁昀情况的！这个程斐一定是故意的！这个世界，哪有什么秘密？很快，宁昀的信息就被公开了。他毕业的学校，还有他在学校获奖的照片，参加运动会的照片。阮橙一一看过，原来她男朋友拿过这么多奖啊！她拨通了宁昀的电话，过了十几秒，电话通了："宁先生，恭喜你，你要做网红了！"宁昀无奈地一笑，他刚刚也看到新闻了。"公司本来想找《今日新闻》把照片撤了，后来老板又改了主意。"

阮橙轻笑道："照片拍得不怎么样！"

"是！没你拍得好！你在哪？"

"路上。"在去找你的路上。

宁昀："我明晚回来。"

"嗯。"阮橙抿嘴一笑，"一切顺利，小哥哥！""小哥哥"这个称呼，宁昀倒是喜欢，没想到甜言蜜语真会让人上瘾。他和阮橙的生日，一个在二月，一个在八月，整整相差六个月，所以她确实可以叫他"小哥哥"。不过，他更期待，她能当面这么叫他。

宁昀闲散地靠在沙发上，心情舒畅。包间的门打开了，又有人走进来。帅哥们肆意地谈天说地，全然没有那种紧迫感。拍照的拍照、喝酒的喝酒，就像是一场普普通通的聚会。这时候一个女孩子走到宁昀身旁，她停下脚步，宁昀抬眼。女孩子朝着他扯了一抹笑容，这一笑，那张脸瞬间更加地明艳动人。两人刚才在酒店大厅已经见过一面了。女孩子伸出手，手指纤细柔软："你好，我是恒远投资的陈莎。"宁昀站起身："你好，宁昀。""我知道你。"陈莎递了一张自己的名片，她微微笑着。

宁昀拿在手里，礼貌性地看了一眼。陈莎是恒远的副总，年纪轻轻已经做了两个上亿的项目。今年她的主要工作就是要帮助公司完成一家非上市公司融资，而这次她的目标锁定了天盛集团。在此次乌庄大会之前，其实两人早已看过对方的照片，对对方也有所了解。陈莎大概有170厘米的身高，身形高挑，留着过肩的长发，用黑色发圈简单地一束，显得干练又清新。她和宁昀聊得很投入。

不远处的一桌，陈莎的父亲将两人的一举一动看在眼底："莎莎这孩子事业心太重，到哪都是忙工作。"其余几个老总笑道："老陈，咱们圈优秀的单身男性多着呢，放心好了，说不定几次会议就成就了一段姻缘呢。"

"老孙，小宁什么情况啊？"

孙总呵呵一笑："我们天盛集团第一美男，追他的人可不少。"

陈总："追我女儿的小伙子也排着一条街呢。"

宁昀和陈莎进行简短的交流之后，发现两人很多观念竟然都一致。这两年市场上"共享"概念风靡，不过两人却不太看好，所谓盛极必衰。几家小公司宣告倒闭之后，一些大公司融资高达二十亿美元，现在也支撑不下去了。宁昀不急不躁地发表自己的看法，陈莎不时地点头表示赞同。晚上的饭局结束后，陈莎对宁昀更加欣赏了。"宁昀，我看到这次的新闻报道了。"她挑了挑眉，"你拉高了本次帅哥的颜值平均水平。"宁昀一愣。陈莎这人喜欢直来直去，喜欢就是喜欢，她也不会隐藏。"我回去休息了。明天见！"宁昀点了下头。

大家各自回去，宁昀陪着孙总。孙总拍拍他的肩头："怎么样？和陈莎聊得如何？"

"还好。很多想法一致。"

孙总笑笑："陈莎的能力确实不容小觑。比她爸胃口还大！"宁昀没应话，他可不好编排孙总。

阮橙在酒店大堂坐了将近一小时，终于把帅哥们盼回来了，她远远地就看到宁昀和他的领导边走边聊，谁也没有发现她。过了十分钟，大家都回了房。阮橙拎着包，走进电梯，来到宁昀住的房间门口。她恶作剧的心蠢蠢欲动，抬手敲了敲门。"先生，需要服务吗？"她故意用又娇又媚的嗓音说话。里面没有动静，她又敲了几下门："先生——"宁昀拧着眉，走过来开了门，开门的一瞬，他的脸色又黑又沉的，山雨欲来的感觉，只是看到她的一瞬又变了。

"先生，需要服务吗？"阮橙倚在门框上，挑着眉看着他。"你真是——"他好气又好笑。

这时候隔壁的门也打开了，大概是听见了这边的动静。隔壁的男士扫了扫宁昀，又看看阮橙，嘴角噙着笑意。阮橙立马站好，顿时一阵尴尬。宁昀的脸色也没好到哪里去，他也懒得解释了！他伸手握住她的手："进来！"

门一关上，他转身就把她抵在门上，她手上的包落在了地上。"宁昀——我先去洗澡。"一路奔波，身上满是汗和灰尘，她自己都嫌弃自己。

宁昀："好。"

五星级酒店，东西一应俱全。宁昀给她放水，阮橙赤脚站在地上，小脚丫子紧张地动来动去。水声哗哗的，一会儿，浴室里便弥漫着热气。阮橙小声嘀咕："好了，我自己来。你先出去。"宁昀回头瞅了她一眼，见她脸红得像涂了胭脂一样。他听话地出去了。阮橙轻轻关上门，顺手啪嗒一声还反锁上了。

宁昀开了一瓶红酒，先醒着。房间有一个露台，对面就是青山，寂静安宁。夜色下，今晚的一切都是这么诱人。阮橙洗完澡，忽然发现内衣没拿进来。她特别窘迫："宁昀——"宁昀大步走来，见她裹着浴巾，缩在门口。阮橙声音微哑："麻烦你帮我把包拿过来。"宁昀自然猜到了一切，洗澡忘了拿换洗衣服也是正常现象。他索性帮她拿好："给——"宁昀把内裤和睡衣都递给她，阮橙的脸热热的。她换好衣服，在外面擦头发。那端，宁昀不知道什么时候已经进去快速地冲了个澡。

空气中似有淡淡的柠檬味飘浮着。阮橙只觉得口干舌燥，下意识地舔了舔唇角。宁昀倒了两杯红酒，一杯端给了她。阮橙抿了一小口，唇齿留香。"你们这会开得可真享受……不对！"她感觉小腹一股熟悉的酸胀感，她拉住他的手："糟糕，我肚子疼！"

阮橙窘迫地给前台打了电话，五分钟后，酒店的工作人员送来了一包卫生棉，还有一盒红糖。宁昀接过道谢。等一切处理好，阮橙已经羞愧得无法直视他了，宁昀坐在一旁的沙发上，一言不发。阮橙知道他大概很难受："宁昀，很晚了，睡觉吧。"宁昀挑眉看着她，目光灼灼。

阮橙思考了片刻："我也不知道这回怎么会提前了两天。本来是算好的……"宁昀轻叹了一口气："没事，来日方长！这么多年我都等过来了。"这语气听着真是凄惨啊。阮橙笑了一声："就是嘛！"

宁昀睨了她一眼："怎么突然过来了？"阮橙瞅着他："那篇新闻报道是小斐写的。"宁昀忽地一笑："难怪白天我看到她，她连招呼都没和我打就匆匆跑了。这明显就是心虚。"

"所以，你这趟回来是为我报仇？"宁昀开玩笑道，阮橙弯着嘴角："我来帮她拍几张照片。"宁昀心想：看来她并不是来看自己的，好难过。

一夜好眠。第二天早上，两人是被宁昀的手机铃声吵醒的。阮橙推推他："你的手机——"宁昀长臂一伸，拿过来，看也没看，手指一滑，接通了电话。"喂——"清晨的他，刚刚睡醒时声音又酥又麻。那端沉默了一下，好几秒才找回思绪："是我，陈莎。我似乎打扰到你睡觉了？"八点了，他还没起床。

"抱歉，睡过了。"

"九点才开会，也不着急。只是刚才有几位记者一直在大厅等你。"

"我知道了。谢谢。"

"那一会儿见。"

阮橙似乎听到了女人的声音，她随口问道："谁啊？"宁昀放下手机，意味深长地看着她，眼里闪着几分笑意："吃醋了？"阮橙脸一红："我就随便问问。"女生一大早主动给他打电话，这态度还不明显吗？

"是恒远的副总陈莎，昨天我们碰过面。"

"知道了。我当然相信你。起床了！小斐让我今天帮她拍几张照片。"

宁昀敛了敛神色："肚子还疼不疼了？"

阮橙："还好，拍几张照片应该不会太累。"

他脸色微沉。

"放心好了，我以前跟着摄影协会的人跑深山老林都没问题。"不过那时候好几次都是顾易跟着她的。宁昀轻轻吁了口气："如果累的话就不要逞强。等开完会，我陪你在这里多住一天。"他上午有会，不能陪着她。

阮橙莞尔："好啊。"

上午的会议，来了不少海内外的记者。阮橙找到了程斐，程斐脸上带着讨好的笑意："姐，我姐夫呢？"阮橙知道她这是在避开话题："他有事。""姐，你的脸色不太好，昨晚没休息好吗？"她促狭地看着阮橙。

阮橙抬手敲了一下她的额头："你只会胡思乱想。"

"你们昨晚住的大床房。"

阮橙瞪着她。

"姐，一会儿辛苦你了，帮我拍陈莎。"

"陈莎？"

"恒远的少东家，去年九月，陈莎入选《财富》全球最具影响力商界女性。"阮橙点点头，若有所思："很厉害。"

"当然了！她出身好，平台好。"阮橙还是第一次听到程斐的感慨，想来这一年来，她东奔西跑，也慢慢长大了。"不过，我姐夫将来肯定比陈莎还要厉害。"程斐定定地说道。阮橙倒没说什么，他们现在这样就很好。

九点整，会议正式开始。阮橙平时并不太关注财经界，不过台上的几位帅哥，她都知道。一个小时的会议时间，一点也不沉闷，倒是让她这个外行人受益匪浅。散会后，程斐主动去找陈莎。"陈总，我是《今日新闻》的记者程斐，能不能采访您？五分钟就好。"陈莎望着她，想起了什么："昨天那条新闻是你发的？"

"是的。"程斐坦然道。陈莎看了看表："好。"程斐一连问了三个问题，陈莎回答缜密，确实能力很强。

"陈总，谢谢您的回答。我还有一个问题。"陈莎点点头表示同意。"据说您现在还是单身，不知道像您这样的成功女性对未来的另一半有什么样的要求？"陈莎微微一笑，眼底一闪而逝的温柔："我觉得最重要的是志趣相投。"

阮橙在不远处，拿着相机，已经拍好了照片。陈莎注意到了阮橙，问道："她是你们报社的？"程斐点点头："是的。"

陈莎若有所思，那部相机，她今早看到宁昀拿着的。

"如果照片拍好，麻烦你发到我的邮箱，谢谢。"她拿出一张名片递给程斐。

"没问题。"

"我先走了。"她礼貌性地一笑，大步离场。程斐心里满是激动，这次她的运气真的太好了，竟然还单独采访了陈莎。她激动地和阮橙分享着此刻的心情。阮橙把玩着相机，一上午她拍了不少照片，其中也有几张宁昀的。

"等会儿我把照片导给你。"

程斐忙不迭地点头："我先去改稿子。"

阮橙去了酒店的休息处，把照片传到手机上，这些照片拍的角度都很好，也不用她再修了。弄完之后，她便在这儿休息。到了午餐时间，宁昀才得空，给她打了个电话。

"在哪儿呢？"

"一楼大厅。"阮橙声音困倦。

"到二楼来吃饭？"他询问道。

"不了。我想回去睡觉。"

"那我帮你打包带回来，这边餐厅的食物还不错。"

"好。"

装修高雅的餐厅，宁昀不知道从哪儿弄来了一个餐盒，他认真地挑选着菜，考虑到阮橙的特殊时期，辛辣的菜他都没要。另外，他特意又拿了一份慕斯蛋糕。陈莎笑问道："怎么不在这里用餐？"宁昀没有隐瞒："我女朋友过来了，我陪她一起吃。"

"你女朋友？"陈莎的声音里透出几分惊讶。宁昀礼貌地回道："很抱歉。我父母并不太了解我的情况，希望你不要介意。"幸好陈莎维持住了表情："长辈的好意总是无法拒绝，我也是当作多认识一个朋友。"宁昀点头："我先回去了。"

陈莎是家里要介绍给他认识的女孩子，他没想到这次开会会遇到。

既然遇到了，他自然不会让她误会。陈莎望着他的背影，不自觉地叹了口气。没想到，她还是第一次没有行动就失败了。也不知道他的女朋友到底是何方神圣。

宁昀回到房间，阮橙躺在沙发上，似乎很累的样子。"怎么不去床上睡？"阮橙嘀咕一句："怕把床单弄脏。"她这回准备不充分，睡在白色大床上，心里总是没有安全感。宁昀坐在她身旁："肚子痛？"阮橙低声"嗯"了一声。宁昀的手突然覆到她的小腹上，阮橙一愣。"我帮你揉揉。"他说。他的力道很轻，手掌带着暖意，揉了一会儿，她好像真的不太疼了。

过了一会儿，阮橙要喝红糖水，宁昀为她倒了一杯。

"这个有效果？"

"大家都这样，喝了会舒服一点。"

宁昀沉思了一下："红糖的原料是甘蔗，红糖95%以上的成分为蔗糖。"他认真道，"怎么会有这么神奇的效果？"宁学霸上线了。

宁昀："先吃点东西。"

阮橙："你吃过了吗？"

"没有。"他顿了一下，"想和你一起吃饭。"阮橙的心蓦地怦怦一跳，又被撩到了。

炒芦蒿、爆炒猪肝、糖醋仔排……还有入口即化的慕斯蛋糕，都是她喜欢的。宁昀给她夹了一筷子猪肝："补血的。"阮橙哭笑不得："嗯。"

当天，乌庄会议的相关报道各大网站还在报道，热度显然没有昨天那么高。不过"白衬衫小哥哥"的新闻依旧有不少网友在刷。偏巧，这时候一个网红大V——木子发了一组P.R甜品照片。"长安路一家甜品店，玫瑰千层、草莓慕斯……味道真的超赞。关键店里还有一位像韩剧里走出来的男主角。悄悄奉上一组照片。（摄影师：阮橙）"

网友花花胡："我的天！白衬衫小哥哥在此！"

网友欧式炭烧："英语一级的我求问P.R什么意思？"

网友原来是美女啊："周末要去打卡！求偶遇小哥哥。"

网友帅帅的Peter："听说P.R背后有一个很童话的故事，老板为了他暗恋的女孩开了这家店。那个女孩出国了，老板一直在国内苦苦等待……"

很快，帅帅的Peter的评论就被顶上了热评。阮橙是在得到小尹的提示后去看了这条微博，她真是哭笑不得，随后和宁昀说了这事。宁昀脸色忽明忽暗。

阮橙："这个'帅帅的Peter'就是Peter吧？"宁昀"嗯"了一声。

阮橙："你也别生气啊。他这也是为了P.R的发展。"

宁昀："没生气。只是觉得怪不好意思的。Peter这个人就是大嘴巴。"阮橙眨眨眼："其实，这种营销很有带动力的。"

当天，P.R的甜品顾客比往常增加了一倍，甜品很快就销售一空。乌庄会议结束之后，宁昀借此机会小红了一把。私底下，也有人联系他看能不能合作，拍个广告、上卫视的综艺节目，连著名的答题节目的编导都来找他了。不过他都礼貌地回绝了。甚至远在陵城的阮父都打来电话，悄悄地问阮橙："宁昀这是准备换工作吗？我觉得还是不要去娱乐圈发展，宁昀长得这么好看，肯定招女孩子的喜欢。你防不胜防！万一他控制不住自己怎么办？"阮橙此时正开着语音外放，宁昀在一旁脸都僵了。他清了清嗓子："叔叔，我不会的。"

"宁昀啊，我开玩笑呢。等放假你和橙橙一块回来。"

"好的，叔叔，国庆我和橙橙一起回去。"挂了电话，宁昀一脸委屈，那双漆黑的眼睛专注地看着她，眼里全是她的影子："我不会被别人诱惑，我会对你忠心的。"毕竟当年你用一块小蛋糕就把我俘获了。

"阮橙，我想结婚了。"

阮橙结巴了："什么时候？"

　　"你同意了？"宁昀眨眨眼，心里有了数。他刚要说话，阮橙的手机响了。

　　阮橙看到来电，是顾易打来的。阮橙对宁昀笑笑："我接个电话啊——"顾易轻快的声音传来："橙橙，我回来了。下周五比赛，你有时间过来吗？"他那边似乎很嘈杂，很多人在说话。明明只有大半个月没见，却好像隔了很久似的。

　　"我一定过去。"

　　"好啊。"顾易清清嗓子，"你最近还好吧？"

　　"挺好的。"

　　"那就好。回头我把门票送给你。"

　　"好。"

　　"橙橙——"顾易叫着她的名字，语气平静如常。阮橙愣了一下。

　　"生日快乐！今年我没时间陪你了，礼物回头补。"

　　对啊，她的生日就在后天，她自己都忘了。阮橙鼻子微酸："没关系的，我又不是小孩子。"

　　"那正好，今年我省钱了。"他语气轻松，"先不说了，等回去再聊。"

　　挂了电话，阮橙轻轻叹了口气。宁昀问道："怎么了？"

　　"只是觉得时间过得真快，一转眼就要九月了。"

　　"顾易回来了？"

　　"嗯，超级跑车锦标赛九月初比赛，没几天了。"

　　宁昀抿着嘴角，犹豫了一下："后天你有没有时间？"阮橙忽地一笑："要帮我庆祝生日？"

　　宁昀"嗯"了一声："下班后我去接你，一起吃饭吧。"阮橙笑笑："好啊。"

　　宁昀想了想，还是问了一句："你以前怎么过的？在英国的时候。"

　　阮橙想了想："和同学，还有顾易一起。"

宁昀明明知道答案，但还是想听她亲自说，大概自己是有被虐倾向吧。"以后我陪你。"他语气坚定。

"好——"阮橙笑着。

顾易挂了电话，沉默了片刻。他把玩着手机，翻到手机里的照片。这是她毕业时，他帮她照的。她手里抱着一个小熊的玩偶，对着镜头甜甜地笑着。他的那几位朋友喊他，他才回神。"这回一定要拿第一，一雪前耻。"顾易笑笑，举着啤酒瓶："放心好了。"他现在已经慢慢放下对阮橙的感情了，索性以后就做朋友吧。

阮橙生日当天，公司官博还发了生日祝福，现在她显然已是公司的台柱子了。当然，她也有二十来万粉丝。当天，易寒还专门发了一条微博："生日快乐！@阮橙Ruan Cheng"小尹激动地在办公室里嗷叫："易寒给你发生日祝福了！我的天哪！不是被盗号了吧？"上一次她帮易寒拍的那组照片，两家国内一线服装品牌找来了。易寒顺利拿下了某国民男装的代言。阮橙也惊到了，毕竟她和易寒的交情不算深。不一会儿，阮橙的微博热闹起来了，易寒的一些粉丝纷纷留言：

"一璐和北神都结婚一年多了，寒哥什么时候找女朋友啊？"

"寒哥温柔、稳重！"

"寒哥将来一定是个好爸爸、好老公。"

……

阮橙和小尹看着评论哭笑不得。

阮橙："这年头粉丝真是太不容易了。"小尹笑得肚子疼："易寒的粉丝早期都希望他和秦一璐在一起的，毕竟他俩演过情侣。可是这两人根本不来电，粉丝受了很大的伤害。"

阮橙："可是为什么要把我和易寒凑成一对？"

小尹认真一想："就像家长催婚吧。"由于易寒的这条微博，阮橙也被更多人认识了。虽然没到热搜的程度，但是很多年轻人也算认识了这位新晋摄影师。阮橙长得漂亮不说，还有才华，又是名校研究生，俨然一个美女学霸形象了。阮橙早期的微博也发过一些她个人留学期间的生活、学习状态，粉丝们刷完她的微博，突然之间就粉上了她。

晚上，宁昀和阮橙一起去吃的西餐。没有蛋糕，没有礼物。阮橙微微诧异，这一点不像宁昀的风格。吃完饭，宁昀牵着她的手："走走吧。"八月底的燕市，晚风微凉，不冷不热，散步自有一种惬意。这一走，就走到了P.R.。阮橙打量了一下，店里已经没有客人，餐桌也被收拾得干干净净。"看来今天又早早地卖光了。Peter的营销手段真的不错，蹭上了热度。"宁昀应了一声，他扫了一眼后厨。

阮橙问道："Peter今天不在吗？"

宁昀："我去后厨看下。"

阮橙："好。"

宁昀大步来到后厨，阮橙看着安静的店里。忽然之间，店里的灯全都灭了。"停电了？"她嘀咕一声，"宁昀，是不是跳闸了？"幸好，室外的光线打进来，店里还有些光亮。阮橙没有得到回复，她又喊了一声："宁昀——"

就在这时候，有人带头唱起了生日歌。

祝你生日快乐，

祝你生日快乐，

……

阮橙心头一紧，她眨了眨眼，看着前方。宁昀推着蛋糕，一步一步地走到她面前。烛光晃动着，那张清隽的面庞上满满的幸福。"Happy Birthday! My Princess!（生日快乐！我的公主！）"女人总是敏感的，阮橙一进来就隐隐觉得他准备了什么。她还是被感动了，眼眶润润的："谢谢！"

"哇！亲一个！……亲一个！"

阮橙索性大方地吻了一下他的唇角。"哇——啊——"店里一片热闹。这时候终于开了灯，明亮的光线下，阮橙直直地看着宁昀。宁昀笑着："许愿！吹蜡烛！"阮橙看着那两根蜡烛，25岁！她的眼角莫名地抽了一下！这人就不会买18吗？不想了！她闭上眼虔诚地许下了愿望。

"好了！"

宁昀伸手，牵住她的左手。阮橙见他接下来的动作，突然意识到了什么。宁昀单膝跪在了地上："橙橙，我们结婚吧。"他摊开了手掌，掌心是一枚钻戒，在灯光下，那颗钻石熠熠生辉。阮橙紧张了，她的声音都有些颤抖："我刚刚还在想你会不会在蛋糕里藏什么，我一会儿吃蛋糕时是不是要注意了。"宁昀微微笑着："那你答应了吗？"阮橙红着眼，她伸出手。宁昀终于把戒指戴在她左手无名指上，两人相拥着。

阮橙靠在他耳边："宁昀，到了九月，我们相识九年了。"宁昀眼底闪烁着："不是九年。"

"嗯？"

"以后我再告诉你。我们回家吧。"

阮橙看着满地的狼藉："不好吧？"

宁昀："Peter，这里交给你了！"

Peter摆摆手："去吧去吧！"

这一路，宁昀都有些急切，进了电梯之后，他的手指刮了刮她的掌心。一到家，宁昀就吻住了她。一吻结束，阮橙便抓住空隙催促他："先去洗澡。"宁昀狡黠一下："你先去洗，我帮你拿衣服。"

阮橙要洗头发，洗澡的时间一贯比较长。等她洗好，宁昀才进来。她没敢继续待在卫生间里，只好拿着吹风机出去吹头发。感觉没有三分钟，宁昀就出来了。他在腰间围着一条白色毛巾，走到她身后，他拿过吹风机："我来。"阮橙听话地任由他服务了。她拿过手机，转移注意力，刷着微博。她后来去回复了易寒的微博，结果这一回复，易寒的微博评论也炸了。这一天下来，她的微博已经积压了一千多条评论，两千多个赞。宁昀也看到了："咦，你最近涨了好多粉丝？"

"今天易寒艾特我了，涨了好几万粉丝。"阮橙回道。"你们关系很好。"他的语气似乎没有什么情绪。"他人挺好的。"宁昀哼了一声，这一声却被吹风机的声音掩盖住了。

阮橙看着梳妆镜，见宁昀神情严肃，她笑道："我怎么没发现你这人这么爱吃醋啊！"

宁昀挑眉："你根本不懂男人！"

阮橙嗤笑，她的上半身都靠在他身上："我又不是小孩子，怎么就不懂？"宁昀放下吹风机，抬手拖着她，给了她一个公主抱："睡觉！"

夜色温柔，室内缠绵。不一会儿，她就进入了梦乡。宁昀却丝毫没有睡意，只是静静地看着她。今天晚上，他好像获得了出生以来最好的礼物，让他低调的兴奋细胞都沸腾了。阮橙累狠了，睡得深沉。宁昀的手一直没闲着，一会儿摸摸她的脸，一会儿摸摸她的手。半夜阮橙被渴醒了，刚要转身，却惊醒了宁昀。宁昀本就睡眠浅："怎么了？""喝水。"阮橙一说话，才发现喉咙干得难受。"嗯，我去倒水。"宁昀翻身下床。

500毫升的杯子，阮橙足足喝了四分之一，终于活过来了。宁昀问："还要不要了？我再去倒一点。"阮橙舔舔嘴角："好了。"宁昀放下水杯，坐在床沿。房间里只开了一盏床头灯，光线不算明亮。安静的环境里，阮橙慢慢地感到羞涩，手指不知所措地绞着睡裙。宁昀拿眼瞧着她："还疼不疼了？"阮橙大脑轰的一声，支支吾吾道："还好。"宁昀慢慢靠近她："真的不疼了吗？"

……

结果，第二天早上，两人都睡过去了。阮橙看着罪魁祸首："你明知道我今天要去摄影棚！"宁昀正在扣衬衫扣子，瞥了一眼她的衣服："换件衬衫吧。"阮橙低头一看，她脖子处的痕迹清晰可见："宁昀，你属狗的吗？"宁昀这会儿却是一脸无辜："第一次我不懂。"阮橙没好气地睨了他一眼。

早晨，两人各自开车去了公司。宁昀一到公司，大家就围了上来。"宁昀，藏得够深的啊！"

宁昀神色不变："怎么了？"

周威打开手机："P.R浪漫求婚，白衬衫小哥哥和摄影师阮橙！这不是你吗？"宁昀拿过手机快速扫了一眼，原来是昨晚有网友路过，正好拍下了宁昀跪地求婚的照片。阮橙只露出了一个侧颜，嘴角微微上扬，也足以让人看出来，她很漂亮。俊男美女的组合，一下子，阮橙和白衬衫小哥哥恋情引来了众多少女的关注。宁昀登上了微博，他一直都关注着阮橙的微博，只是很少用这个软件。没想到易寒昨天还给阮橙发了一条生日祝福微博。宁昀倒不是那种喜欢争风吃醋的人，他不是公众人物，自然也不会发微博表白爱意。

只是，他求婚的消息宁家很快也知道了。这事还是宁母的朋友告知的她，宁母一头雾水："什么？"

"你还不知道啊？现在的年轻人就是浪漫。"

宁母挂了电话就去网上搜索，看完了相关的微博。原来是阮橙啊。这么多年，儿子都没有忘记阮橙。突然之间，她感到了一种无力感。她靠在沙发上，大脑里不断闪过这些年的光影。宁昀刚生下来，六斤多重，小小的一点点大，她都不敢抱。一眨眼，他就长大了，帅气、懂事、聪明得根本不必她费心。许久之后，宁母给宁昀拨通了电话："我看到网上的信息了。"宁昀眉头紧拧，没说话。

"有时间带阮橙到家里来玩。"宁母明显放低姿态。

"过段时间吧。"

"我会和你爸爸说的。"

"好。"

"小昀——"

"还有事？"

"没什么。你什么时候回家？妈妈给你做你爱吃的。"

宁昀沉默了一下："有时间就回来。"宁母也知道，他也只是嘴上说说。

过了两天，顾易约阮橙见面。阮橙在公司附近的一家餐厅等他。阮橙看着他："你好像瘦了。""天天都在训练。"顾易不甚在意地说道，"他向你求婚了？"那天戴上戒指，她就没取下来过。"是啊。"

"准备什么时候结婚？"

"还不知道呢。"

顾易轻哼一声："别让他太容易娶到你，太容易了不懂得珍惜。"阮橙低头喝着水，顾易拿出一张门票："不是我小气，门票太紧张了。"阮橙噙着笑意："知道了。"两个人相处这么久，她怎么会不了解他呢？其实，这人有时候很幼稚。

"就剩一张了。别的都被他们要走了。"顾易不自然地瞥开眼。

"我一定会去的。"

顾易凝视着她："行了，那我走了。"

"不吃饭了吗？"阮橙看了看表，已经十二点了。

顾易摇摇头："他们在等我。"

"那你路上小心。"

顾易先走了，临走前，还不忘埋单，甚至还为阮橙点了一个杧果千层蛋糕。这是最后一次为她点蛋糕，他这么对自己说。

第七章　意外

解不开的心结就系成蝴蝶结吧。

晚上，阮橙在书房修照片。宁昀回来得晚，一到家，就去找她。阮橙觉得自己像是养了一只巨型的宠物。

"这周末有没有空？"他坐在她旁边。

"周末要去看顾易的比赛。怎么了？"

宁昀："算了，没事。到时候我和你一起去看比赛。"

阮橙面露犹豫。宁昀问道："怎么了？"阮橙举起手指："顾易就给了我一张票。"宁昀脸色登时一变："你这位同学可真是小气。"阮橙哭笑不得。

宁昀转身："我先去洗澡。"过了一会儿，就听到他在洗手间叫她："橙橙，你过来帮我看看——"

"看什么？"

"我后背好像长了一个痘。"

阮橙合上电脑，来到洗手间，推开门。淋浴喷头的水哗哗的，宁昀裸着站在那儿，玻璃门也没关。

"哪里啊？"她站在不远处。宁昀抬手迅速把她拉进来，阮橙从头湿到底。"宁昀！你这人！唔——"她无话可说。洗完澡，阮橙浑身红红的，像只煮熟的大虾，累得直接睡着了。宁昀轻轻吻了吻她的额角，也躺下睡了。

顾易比赛那天，宁昀一个人在家里。"看完比赛早点回来，我们一起去吃饭。"

"去哪？"

宁昀沉默了一下："橙橙，和我父母吃一顿饭。"即使他和父母关系不够亲近，但是表面该维持的礼貌，他都知道。他也不希望将来阮橙心里有疙瘩。

"好，比赛结束，我早点回来。"

那天的天气出奇地好，晴空万里，这样的天气让人的心情也跟着好了很多。

"加油啊！顾易！顾易……"

阮橙发现来了很多人，并且，顾易还有粉丝。顾易送她的是VIP区的位置，她刚坐下来，手机就响了。"喂，顾易，你在哪？"

顾易轻笑着："我在准备呢。你来了吧？"

"来了。"她左顾右盼，没见到他的人。

顾易："比赛结束后等我，上次说要给你的生日礼物，我都忘了。"

"好。那你加油！"

"放心！"他云淡风轻道。

不一会儿，参赛选手已经各就各位了。阮橙看到了顾易和他的车，她紧张地呼着气。旁边的女孩子侧首："你也喜欢顾易？"阮橙笑笑。女孩子耸耸肩："我来看顾易的，他很帅！"阮橙微微一笑，不再多说。

比赛正式开始，跑车飞速前行。真的难以想象，太刺激了。阮橙一直盯着顾易的车，她把手握得紧紧的，心脏扑通扑通跳着。场下的尖叫声不断，一圈又一圈。"啊——"场下一阵惊呼，就在一个弯道，一辆跑车突然失控翻了，后面的几辆车速度太快，根本来不及减速。阮橙只觉得浑身的力气都被抽光了。顾易的车也在其中。她大声喊着："顾易——顾易——"在强大的冲击力下，有人连头盔都被摔掉了。五辆车连环相撞，比赛被迫中止。受伤的人被紧急送往附近的医院救治。阮橙在慌乱中找到了杰森，她认得他是顾易的队友。

"顾易怎么样了？"

杰森摇摇头："还不知道。先去医院。"

"我也去。"阮橙双腿发软，"他不能出事。"他要是出事了，顾伯伯顾伯母怎么办？杰森抓了抓头发："谁都不想比赛出事。"赛车比赛原本就充满了太多的不确定，危险刺激。

到了医院，顾易已经被送进抢救室了。阮橙和杰森在走廊上焦急地等待着。直到手机铃声响了，杰森提醒她："你的手机响了。"

阮橙从包里翻出手机："宁昀——"

宁昀问道："你在哪里？"

阮橙头痛欲裂："我在医院。顾易在比赛中出了车祸。"宁昀没有说话。

"抱歉，我现在不能过去了。"

宁昀："没事的。他怎么样了？"

"还在手术。"阮橙语气无力。

"我一会儿过来。"宁昀沉声道。

"嗯。"

"别担心！顾易不会有事的。"

宁昀放下手机，看向父母。偌大的包厢，里面静悄悄的，圆桌上已经摆满了菜。"阮橙有些事，今天不能过来了。"宁父的脸色有些不太好看，他们为了今晚准备了半天，见面礼都是精心挑选的，结果大家都等了一个小时了，这倒好，人都没来！

宁母有些担忧："阮橙是遇到什么事了吗？"宁昀起身："她的朋友受伤了，在医院，我过去一下。"宁父气得狠狠地拍了一下桌子："你看看你这什么态度？"宁昀望了父亲一眼。

宁晗："爸，您别生气。肯定是出事了。"宁母也附和道："是啊！下次再约时间吧。""见什么见？我看是没这个必要了！"宁父心里也是堵得慌，怎么就是阮橙呢？宁昀的眸子瞬间暗了下去，他一字一句慢悠悠地说道："您是怕见到她勾起你过去骗我的事吗？"

宁父站起身，目光与他平视着，怔怔地看着他，脸色发白："你——你就这么和你爸说话？"宁昀语气寡淡："那我该说什么？！"他握着拳头，骨节泛白，"当年你们为了让我回来，就那么骗我！在你们眼里我到底是什么？既然这样，当初大可以不把我生下来。"

"小昀——"宁母失声地叫着他的名字。

"我们是你的父母，难道眼睁睁地把你一个人丢在陵城吗？"宁父吼道。

"那你也不该骗我！"

"是！我是没有帮阮家，那也是因为我去打听了，阮家已经有别人的帮助了。"宁父语气激动，"你转学造成了你和阮家那丫头分开，但是你能保证，以后你们会一直在一起吗？宁昀，你太年轻了！"

宁晗拉着宁昀："好了，别说了。你先去看阮橙，这里交给我。"盛怒之下说出的话伤人也伤己，最后难受的还是自己。提到阮橙，宁昀慢慢冷静下来，转身大步离开了。宁父无力地坐下，他一手捂着心口，喘着气。

宁晗安慰道："爸，您先别生气。小昀什么样的脾气你还不知道吗？"

"我就是太纵容他了。"

"爸，小昀不是小孩子了，争吵是没有用的。何况，您当年的做法确实有点过分了。"

宁父瞪着她："你也想气死我？"

"小昀很喜欢他那位同学，不然这么多年他也不会一直单身了。爸，当年您确实不该让小昀转学的。"

"我也是为他好！"宁父抿着嘴角，"他那位高中女同学到底有什么魅力？"

"是摄影师，挺有才华的。关键是您儿子喜欢啊。"

宁父哼了一声。

宁晗把宁父的情绪安抚好，又把他们送回家，她和李思扬才离开。原本一场令人喜悦的家庭聚会，结果就这么不欢而散。宁晗叹了口气："真是折腾人！嫌我们工作不够忙吗？"李思扬倒是说道："伯父确实做得不对。"宁晗不说话了。

"你不觉得宁昀一直像游离在你们家之外吗？"

"他上小学之后，话就越来越少了。有时候我觉得宁昀挺可怜的。"这可能就是重组家庭的无奈吧。宁晗沉默了片刻："希望他和阮橙能好好的。家里这边随便吧。"反正这么多年都圆不回来了，随着事业的发展，子女总要离开父母的。

宁昀赶到医院时，顾易还在手术室。阮橙在走廊上焦急地等待着，她担心得掌心都冒着虚汗。等他走近，阮橙压根儿没有发现他。倒是杰森先看到他了："宁先生！"阮橙抬首望着他："你来了啊！"

宁昀点点头："顾易怎么样了？"阮橙拧了一下眉，脸上满是担忧："医生说胸骨断了两根，肺部受伤……"宁昀握紧她的手："他会没事的。"

又过了一个小时，阮橙的手机响了，她一看是顾易的妈妈打来的。"橙橙，顾易比赛出事了！他的手机一直打不通。"顾母的声音中满是恐惧，还有压抑的哭泣声。

"伯母，我现在在医院呢。"

"橙橙，小易怎么样了？有没有事？"

"他还在手术。"

顾母的情绪已经崩溃了，顾父拿过电话："橙橙，我们马上赶过来。你帮我们好好守着小易。小易他喜欢你，你在他身边，他会坚持住的。"

"顾伯伯，我会照顾好他的。"

"橙橙，那就拜托你了。"

阮橙心里涩涩的，嗓子也难受得发干。时间一分一秒地过去了，终于，手术室的门打开了。顾易躺在床上，睡得深沉。"顾易——"阮橙大步走过去，双腿像踩在棉花上。

宁昀问道："医生，他怎么样了？"

"手术很成功，不过他的头部也受到撞击，现在大脑里有一个两厘米的肿块，要等他醒来，我们再观察。"杰森脸上一喜："没事就好。医生，真的谢谢你们了！谢谢！"他双手合十，"菩萨保佑。"

医生道："先送病房。"这时候，护士过来，把顾易身上的东西都交给了阮橙。阮橙轻轻呼了一口气，看着袋子里的东西。顾易那块从不离身的玉佩已经碎了，只剩下半块。阮橙拿起那根红绳，她的目光微微一沉。红绳有几分眼熟。如果没记错的话，这是她以前编着玩的。当时学校风靡的编绳活动，她也参与了。别的女生都在给喜欢的男生编，她编了一根就没兴趣了。金刚结的编法，她编得不太好。她一直以为这根绳子掉了，却没想到在顾易这里。他是什么时候拿走的？

"怎么了？"宁昀问道。阮橙把袋子收好："没事。我先给顾伯伯回个电话。"

杰森这大半天都在医院，不过电话左一个右一个一直未断。阮橙看在眼里："杰森，这里有我，你有事先回去吧。"杰森抓抓头，俱乐部确实还有事等着他回去处理。"顾易这里就拜托你了。"阮橙应了一声："今天谢谢你了。""和我还客气什么？顾易没事就好。"杰森犹豫了一下，也顾不得宁昀在场，"阮橙，顾易送你的礼物还在赛场，我想他是想亲手交给你的。不过他现在这个情况，估计也不能交给你了。我这两天替他把东西拿过来。"阮橙一愣："谢谢。"

宁昀脸上的神色不变，不过内心远不如外表这般平静。杰森一走，病房里变得安静了许多。阮橙和宁昀坐在一旁的椅子上，两人今天都没怎么好好说话。阮橙看了看表，已经十点多了，折腾了这么久，她全身的骨头都酸了。

宁昀侧首："你先睡一会儿。"阮橙摇摇头："你明天还要上班，你先回去吧。"

宁昀目光沉沉："你一个人能搞定吗？算了，回去我也睡不着，我陪你。"阮橙轻轻将头靠在他肩头："谢谢。"

宁昀眉心一紧："和我还需要说谢谢？"阮橙轻笑一声："宁昀，你真好。你要是不在，我都不知道该怎么撑下来。"这一天，她受到的惊吓实在太大了。她一闭上眼睛，就是赛车碰撞的惨烈场面。她不敢想象，顾易要是出事了，以后会怎么样。

"不要多想。"

半夜，顾易发起高烧。阮橙去叫了护士，护士说这是正常的，让她拿热水给他擦擦身体。

阮橙："那就简单地给他擦擦吧。"宁昀眸光扫向她，叹了口气，严肃道："我来！"

阮橙："他现在是病人，在医院没有男女的分别。"

"那是在医生眼里。你把自己当医生了？"宁昀反驳道，"你是想自己帮他吗？"

最后这个工作只得宁昀去做了。顾易这会儿睡得深沉，根本没有意识。宁昀解开他的上衣，轻轻擦着他的脖子、手臂，一点也不敷衍了事。他还是第一次照顾人，还是个男人，真的别扭得很。阮橙端着水站在一旁，目不斜视。虽然，她不知道看过多少次顾易裸着上半身的样子。

顾易突然哼了一声，阮橙惊喜地探过头："顾易醒了？"宁昀抬手推开他。"顾易！顾易！"她叫着顾易的名字。顾易的眼皮动了动，只是没有醒。

阮橙："我去叫医生。"医生来看了之后，顾易也没有醒，医生安慰道："没这么快醒，家属不要太紧张了。"阮橙尴尬，总不能说自己不是顾易的家属。

医生走后，她拉了拉宁昀的手："你饿不饿？"宁昀不咸不淡地反问道："你呢？"阮橙摇摇头："一点胃口都没有。"宁昀无声地叹息了一声："我下去透透气，顺便买点粥。""好。"阮橙目光闪烁了一下。她没有问他，晚上她没有过去，他的父母会不会有什么想法。

宁昀去买粥的间隙，顾父顾母来了，连着阮父阮母也来了。

"爸妈，你们怎么也来了？"

阮父没好气地回道："出了这么大的事，我们能不来吗？顾易怎么样了？"

阮橙把手术情况和他们说了一遍。顾母又哭了一场，幸好阮母在，一直劝慰着她："没事的，燕市的医生医术好，不会有事的。"顾父的气色也不好，好像一下子老了很多："橙橙，这次谢谢你了。"

"顾伯伯，您客气了。"她舔舔干涩的嘴角。

过了一会儿，宁昀回来，他把粥交给阮橙。"吃一点。"病房里的气氛一下子又变了，有些奇异。阮橙说道："宁昀陪了我一下午。"顾父看着他："我替小易谢谢你。"大家心里都清清楚楚三个孩子间的关系，可是，这也没办法。儿子的情敌照顾他，不知道儿子醒过来会不会觉得颜面无存啊。

宁昀礼貌地开口："那我先回去了。"他看着阮橙，似在期待着什么。阮橙知道自己这时候不能走："我送你下去。"两个人走到楼下停车场，夜里静悄悄的，这时候也没什么人了。阮橙拉拉他的手："回去早点休息。"宁昀没有勉强她："你明天怎么办？"

"明天我和谭老师请假，让他派别人去，或者推迟这次的工作。"

宁昀点点头："好，明天我来接你。"阮橙应了一声。

"我先回去了。"他转过身，阮橙突然从他身后抱住他，她的十指紧紧扣着："宁昀，我家和顾家的关系太复杂了，我们家欠顾家很多很多，不管什么原因，这时候我得留下来。""我知道。"宁昀柔声道。如果当初他没转学，后面哪有顾易什么事啊。那股难言的惆怅一直充斥在他的心里。他们就保持着这个姿势站了好久。他的背温暖宽厚，她的脸贴着他，内心感受着安定的力量。

"你不要生气啊。"

"不会。"他只是嫉妒，嫉妒顾易。皎洁的月光下，两人的身影倒映在地上拉得长长的。"阮橙，趁着伯父伯母这次来燕市，我们结婚吧。""结婚？"阮橙的语气中有几分不确定，她慢慢松开了手。宁昀也转过身来："我们这个年纪结婚也刚刚好。"他平静地说道，眼底浮着淡淡的温柔。

阮橙心里却明白，这时候并不是两人结婚的好时间。"我今天没有过去，伯父伯母是不是生气了？"他一直没有说，可阮橙明白，第一次见家长，她却没出现。即使事出有因，长辈们也会不开心的。宁昀一定承受了很大的压力。

"不用担心他们。"

阮橙没有什么别的心思："结婚的事能不能再等等？"宁昀问道："要等到什么时候？"

阮橙噎住了："现在顾易这样，我爸妈也不会有心情的。"宁昀眸子也冷静下来："我知道。那你呢？如果顾易有什么事，你会怎么样？"阮橙怔住了。

　　宁昀勾了勾嘴角："好了，别想了。你先上去吧。"阮橙看着他离去的背影，莫名地有几分内疚。

　　顾易是在第二天上午醒来的，人还昏昏沉沉的。阮橙第一个发现他醒了。"顾易——顾易——"她连着叫了好几遍他的名字。顾家父母紧张地站在床边："小易——"顾易舔舔嘴角，刚要动，被阮橙按住了："别乱动。"他身上还带着镇痛泵。"小易，你怎么样？"顾妈妈声音沙哑。"嗯，没事。"顾易的声音有气无力。顾妈妈的眼泪哗哗地落下来："菩萨保佑。"顾易刚想伸手就扯到了伤口，他疼得咬牙。

　　阮橙："你就别乱动了，要什么和我们说。"顾易眨眨眼，沉默了好久，他才开口："你是谁？"大家都愣住了。

　　顾爸爸指着自己："小易，认识我不？"

　　"顾天阳。"

　　"对对。"顾爸爸兴奋不已，还好还好，儿子认识自己呢。众人一一让他认认，他都认识，只除了阮橙。

　　阮橙望着他："顾易，我是阮橙，我们是同学，从上高一的时候就是同学了……"顾易慢悠悠地"哦"了一声，也没什么表示，闭上眼睛，也不知道是不是睡着了。众人心思各异。

　　顾父："一会儿问问医生，这是什么情况？"

　　顾母："是不是那个——选择性失忆？"

　　顾父："可能是以前太喜欢橙橙了，知道现在没可能了，他这是自动把橙橙屏蔽了。"

　　顾母点点头："我们去问问医生，橙橙你帮忙看着小易。"

　　阮橙才不相信他是什么失忆："你就别装了。"顾易扯了一抹笑："你怎么发现的？"

　　"这时候你还有心情恶作剧！你没看到大家都紧张死了吗？"

　　"我不是没死吗？"

"你别乱说。"

顾易望着她，发现她的眼角肿肿的："你哭了？"

"废话！你昨天都那样了？我们能不急吗？"

顾易："我不想让你难过的。"

"那你以后能不能保护好自己，别再这样了！真的被你吓死了。"

"好！以后不会了。我这样一时半会儿也不能比赛了。哎，我这手怎么一点知觉都没有？"

"骨折了！你就好好歇着。"她拿过棉签，蘸着水，润着他的唇角。顾易看着自己身上又是纱布又是石膏，真是惨不忍睹。他沉默了一会儿："你一直在这里？"

"不然呢？"

顾易沉默了一会儿："你回去休息吧！看你都快成熊猫了！"阮橙瞪了他一眼，他醒来她就放心了。"那我走了。过两天再来看你。"阮橙和顾父顾母告别，带着爸爸妈妈也离开了。

她一走，顾易也沉默了。顾父看在眼里："既然舍不得人走，为什么赶人家走啊？"顾易抿着嘴角，没说话。顾母用力地掐了老公一下："他受着伤呢，你能别往他伤口上撒盐吗？"顾易差点气得吐血。阮橙累了一夜，到家之后，倒在床上没一会儿就睡着了。等她醒来，已经是下午了。小尹给她发了几条语音，把工作的计划都告诉了她。她坐在餐桌前，一边吃着饭，一边回复小尹。阮父在一旁，板着脸："好好吃饭，你看你最近都瘦了。"阮母也道："是啊，工作的事先放一放。"阮橙发完最后一条信息，放下手机。

阮父和阮母又开始说顾易了，话里话外，都是让阮橙多去看看他。"爸妈，我知道的。"她郑重地表示。

阮母说道："晚上叫宁昀一起吃饭吧。"

"好，我给他发信息。"

不过，宁昀这天晚上确实没空，他要加班。

阮父有些失望："你们怎么都那么忙啊？"

阮母："年轻人都这样，他们的事业刚起步，加班也是正常的。"阮父心里微微叹息。阮父阮母来了之后，宁昀便回了自己家。这天晚上，阮橙过来给他送东西。这两天两个人忙得见不着面，两人难得享受了一段二人时光。

宁昀问道："顾易怎么样了？"

阮橙："我爸妈说恢复得还不错，只是大脑里的那个肿块还没有消下去。"宁昀没再说话。

阮橙瞅了他一眼："怎么了？"宁昀握着她的手："没事。"他微微一笑。灯影下，他的表情忽明忽暗。"伯父伯母什么时候回去？"阮橙摸着他的手："他们说要过段时间。"至少等顾易恢复好出院后。两家关系亲厚，顾家父母每天都在医院，妈妈便帮忙煲汤送到医院，也能帮帮忙。

宁昀没再说什么："我饿了，出去吃饭吧。"两个人在餐厅吃到一半，阮橙接到阮父打来的电话，阮父声音里透着几分着急，让她赶紧到医院来一趟。宁昀看着她："我送你过去。"

"宁昀，抱歉。"她不知道该说什么。宁昀起身："先去医院。"

到了医院，宁昀坐在车上："我不上去了。"阮橙侧身亲了他一下："嗯，等我一下。"阮橙一到病房就感觉到气氛不对。

顾易冲她微微一笑："你怎么来了？"顾母拉着阮橙的手，神色悲伤："橙橙，小易脑子里的那个肿块……"

"妈，行了，这事和阮橙没关系。"顾易烦躁地开口，"叔叔阿姨这段时间照顾我这么久，不用再留在这儿了，早点回陵城休息。阮橙，你也是。"顾母咬着唇："小易——"阮橙暗暗吸了口气："伯父伯母，我和顾易聊一下。"顾父点点头。大家一一出去，病房里只剩下他们两人。

阮橙望着他，他瘦了很多，脸色憔悴。她心里大概也猜到了什么：

"到底怎么回事？"顾易瞅着她，云淡风轻道："就是那个肿块呗，检查之后，医院发现的，不是车祸撞出来的，原来就有。"

阮橙心里震动，她哽咽着问道："那要怎么办？"顾易转过脸，看向窗外："医院建议我尽快去A国做手术。"

阮橙探出手想去安慰他，手却没有伸出去，她慢慢缩回手："手术的成功率呢？"顾易轻笑："一半一半吧，做不好，我就成植物人了。"

阮橙僵在那儿，许久她才找回声音："不做呢？"

"肿块压迫神经，很快我会看不见……"顾易轻轻说道。

"你别管了。"顾易喉结滚动。

"你让我怎么能不管不问？"阮橙揉了揉酸胀的眼睛。

"我爸当初帮你家，我们家也得到了最大的利润。你们家从来不欠我们家什么。"顾易知道当初阮橙耐着性子帮他辅导，也是因为顾家帮了阮家。

"你以为我妈妈天天煲汤，我爸爸天天守在这里，是因为顾伯伯当初的解难吗？顾易你说这话就不怕伤了我爸妈的心？"

顾易沉默了片刻："手术我会去做的。我只是怕我爸妈承受不了。"阮橙定下心来："我陪你去。"顾易的眼里露出惊喜之色，也只是一瞬间便消失了。他垂着眼帘，他不敢看她，终究这回没有拒绝她，他怕了，也贪心了。"橙橙——"

"不用说什么谢谢，你好起来，以后慢慢报答我。"她开着玩笑，一如当年，他们一起出国。一下飞机，周围全是陌生的外国面孔。

他揽着她的肩头："别怕！我会照顾好你的。"阮橙敛起神色："顾易，你要好好的。"

两人谈好后，阮橙去开门。顾父一直贴在门上听着里面的动静。门一开，他差点摔倒。顾母连忙拉住他。顾父看着阮橙，轻轻拍拍她的肩头。他知道只有阮橙过来，儿子才能冷静下来。

顾易早上看到检查报告一直没说话，对医生的建议，也是应付了事。现在他能积极面对这个问题，顾父心里也踏实了。顾父已经托人联系了A国那边的医生，准备等顾易身体养好，就让他过去做手术。

顾易懒懒地道："不用这么急，让我再养养。"顾父没好气地吼道："你不知道你现在的情况有多危险吗？以前就让你别开车，这回命都快没了！你以后再敢开车，我打断你的腿！"

阮橙劝道："顾伯伯，医生说顾易现在还需要静养。"顾爸爸气得重重地哼了一声。

顾易却对阮橙咧着嘴露出一抹大大的笑容。阮橙看了看表，顾易说道："你有事的话就先回去吧。"她已经第三次看表了。"那我先回去了。"宁昀还在等她。

妈妈陪她到了走廊，抬手轻轻理了理她的头发："橙橙，好好和宁昀谈一谈。"

"妈，我知道。"阮橙点点头。

"我和你爸自己回去，你不用管我们了。"

阮橙舒了口气，轻轻抱了下妈妈："我先回去了。"

阮橙边走边给宁昀打电话："我下来了。""不着急。"宁昀听着她急促的呼吸声，他皱起了眉，"小心看着路。"阮橙急匆匆地回到车上，她看了眼时间，已经过了四十分钟。狭窄的空间里，两人各自沉默。宁昀没有问她刚才的事。阮橙却主动开口："顾易大脑里的肿块需要去A国做手术。"宁昀的手搁在方向盘上，有一下没一下地动着，他沉默不语，像在思索着什么，许久他才应了一声："你想做什么？"

阮橙哑然，没想到他这么了解她。

"你会不会陪他去？"宁昀压制住心中那股子难言的情绪，问出了这个问题。阮橙抿了抿嘴角："我陪他去。"说完她停顿了一下，"顾伯伯顾伯母年纪大了，他们承受不了。"车里的光线昏暗，宁昀表情不明，他都没有说话。半晌，他慢慢转过头，目光定定地看着阮橙，她面带倦容，这些日子为了顾易的事她确实很累。

"如果我不希望你去呢？"宁昀一字一句道。阮橙紧张地叫了一声他的名字："宁昀——"

"你是我女朋友，顾易他不是别人，他喜欢你。也许我的要求有些不近人情，阮橙，我不希望你去。"宁昀也会不安的。

阮橙艰难地抿抿唇角："宁昀，我和顾易之间如果有什么，早在我们在英国时就在一起了。"她的眼睛红了，"顾易现在的情况很不好。"今天早上他们就拿到报告了，为什么到了晚上才打电话通知她呢，就是因为顾易不想她知道，顾家也不想让阮橙还情。

可是阮橙做不到不管不顾，且不说当初她爸爸投资失败，求了多少人，大家推托不说，还有人等着阮家倒下，要看阮家的笑话。顾叔叔二话没说，借了阮家一大笔钱。这份情，阮家无以为报。再者，顾易这么多年和阮橙的情谊，在阮橙心里，他不是别人，他就如同她的哥哥一般。她不是铁石心肠的人。

"医生说只有一半的成功率，手术不成功，他可能会死，或者可能会变成植物人。"阮橙的声音颤颤的。其实很多事，她都想过。顾伯伯顾伯母看她的眼神，那种隐隐的祈求又含着内疚。可是为了儿子能活下去，他们也只能硬着头皮。阮橙自然不会让他们来求自己。

宁昀轻呵了一声："你考虑到所有人的心情，只除了我。"

"我以为你会理解我。"

宁昀抿着唇角，已经没有再谈下去的心情了。她既然已经决定就不会改变了。"阮橙，我和你在一起多久了？八个月，中间还要除去假期的时间。"

"是的。"阮橙回道。宁昀抬手摸着她的发丝，而顾易和她呢，高一下学期一直到现在。这么多年，又是多少天？即使他后来居上，他和她还是错过了很多年。他问道："定下去A国的日子了吗？"

"还在和A国医院那边联系，一切等顾易身体恢复好。"宁昀松开手："好。阮橙，我不会阻拦你。我们分开吧。"阮橙震惊地看着他，她的嘴角动了又动，却始终找不回自己的声音。宁昀轻轻勾了勾嘴角："我妈当年为了她所想要的家庭选择了宁晗。我生命中两个重要的女人，一个是她，一个是你。这一次，让我先选择吧。"阮橙握紧了拳头，泪水慢慢蓄满了眼眶，心脏突然疼了。她完全没想到她和宁昀会走到这一步。"好。不过不是分开，是分手。"这两个字也没什么说不出口的。

既然谁也不能退让，那就分手吧。

宁昀启动车子："我先送你回去。""好。"她机械地回道。

一路沉默，到了她家楼下。阮橙手滑，第一次竟然没有解开安全带，宁昀侧身帮她解开了。阮橙沉默了几秒："你现在有没有时间？把你的东西拿走吧。"宁昀愣了一下："不要了。你都扔了吧。"

"好。"阮橙转身下了车。宁昀看着她的背影，她垂着头，一步一步走进去了。他紧紧地抿着嘴角，脚下一个动作，车子掉头离去。阮橙和宁昀分手的消息，她谁也没说。不过阮父阮母还是发现了。阮母私下问了阮橙，阮橙以两人性格不合搪塞过去了。阮母见她情绪低落，也不好再问。

那段时间，阮橙一心扑在工作上。每隔几天她都会抽空去医院看看顾易。在顾易恢复得差不多时，阮父阮母先行回了陵城。

顾易笑嘻嘻地说道："叔叔阿姨，你们放心好了，我会照顾好橙橙的。"

阮橙瞪了他一眼："是我照顾你吧。"

顾易摸摸头。

第八章　挽回

我们的浪漫是倒数快要见面的日子。

等A国那边确定下来，阮橙便开始收拾行李。她向谭飞请了一个长假，谭飞也答应了。谭飞拍拍她的肩头："早去早回，把事情都解决了，回来安心工作。"阮橙扯了一抹笑。这段时间，她拍的照片都大失水准。这也是谭飞给她放长假的原因吧。

离开的前一天，程斐来她家找她。

"姐，你真的和宁昀分手了啊？"

"还有假分手吗？"

程斐皱着眉："你们就不能再好好谈谈？"阮橙呼了一口气，把箱子的拉链都拉好。"每天都有那么多情侣分手，我们也不是特例。"

"可是你们明明彼此都爱着对方啊。"

阮橙弯了弯嘴角："帮我把箱子推到门口。"程斐知道她不愿多聊这个话题："姐，宁昀不想你去A国，那也是在乎你。你想啊，谁会愿意自己的女朋友陪着别的男人啊！等顾易手术后，你回来和他好声好气地聊一聊。"阮橙望着前方的柜子，那晚之后，她和他再也没有联系过。好几次，阮橙拿起手机，翻开他的微信头像，但是她始终都没有那份勇气。她始终不会改变陪顾易去A国的决定。

阮橙抬手捏了捏她的脸蛋："知道了。简知言怎么会受得了你这小话痨的？"

"我们这是互补。"

阮橙笑了笑，想到程斐和简知言这么多年的相伴，她这个做姐姐的心里也高兴。程斐为了简知言留在燕市，其实她也很辛苦，如果回了陵城，程斐找一份轻松的工作肯定没问题。简知言心里明明白白，对她更是疼惜。

"姐，你这次去A国要多久？"

阮橙抬眸："怎么这么问？"

"我感觉你会去很久。"

阮橙吁了口气："还没定下来。那个帮我把那包东西扔了。"她指了指鞋柜边的袋子。程斐走过去："什么东西啊？"她仔细一看，都是些男性用品。一猜就知道是宁昀的东西。

"真扔啊？"

"扔！"

程斐拎着东西下楼，刚到楼下，她就看到宁昀的车。她大步走过去。宁昀打开车窗："你姐在楼上？"

"你来挽回了？"程斐挑眉问道。宁昀扫了一眼她手中的袋子，程斐下意识地紧紧抱在怀里："垃圾。"

"他们定下什么时候去A国了？"

"还有三天。"

宁昀沉默。

"你要不要上去坐坐，和我姐姐聊聊？"

"不了。"宁昀眸色暗淡，"别告诉她我来过。我还有事，先回去了。"

程斐重重地叹了口气。她姐这是桃花运好呢还是不好？两个这么优秀的男士，真是可惜了。

晚上，程斐回到家，把这事告诉了简知言："你说我姐和宁昀这到底是怎么回事？"

简知言："当局者迷。宁昀骄傲，自然不能接受女朋友去照顾别的男人。而且宁昀内心非常缺乏安全感。这么多年，我还是第一次见他这么不淡定。"

"那该怎么办？两人明明相爱，总不能就这样分吧。"简知言摇摇头："等吧。"

"等到什么时候啊？我姐马上就陪顾易走了。我就怕——怕顾易的手术，万一出了什么事，我姐可怎么办？"简知言起身把她揽在怀里："这事应该是宁昀担心的。他比谁都急。我在想，宁昀也在等。"

程斐："他们可真累。"

与此同时，宁昀接到通知，公司将派他去香港，为期一年。老总亲自找他谈了一下，让他好好考虑一下。

"当然，你也可以把家属带过去。"

宁昀拿过委派函回到办公室，他坐在座位上，久久未动。周威扫了一眼委派函："你不想去？"宁昀没说话。"不是吧？只去一年，回来之后，你的职位直接飞升两级，多少人羡慕呢。"周威激动地说道。宁昀应了一声："我知道。"

"这么好的机会我真是求之不得呢。"宁昀的工作能力强，这一点同事们都心知肚明。"你是担心你女朋友？其实一年很快就过去了，也不见得要她过去陪你。到时候你就辛苦些，放假回来看她就是了。"他现在是不可能再拿着委派函让阮橙和他一起走了。宁昀当天决定去香港，随即开始办手续。

顾易去A国的当天，燕市下起了滂沱大雨，天灰蒙蒙的。一行人到机场时，衣服都沾了潮气。顾父推着坐在轮椅上的顾易。阮橙看了看时间："顾伯伯，我去买点喝的。"顾父点点头，回头问顾易："你怎么样？有没有哪里不舒服？"顾易望着阮橙离去的方向摇摇头。顾父拍拍他的肩：

"橙橙这孩子真是不错啊。"顾易哼了一声："你要是早点把我转到陵城附中就好了。"顾父叹了口气："那是谁成绩那么差，平日让你用功点你听了吗？"顾易幽幽道："那也是遗传问题。"顾父心口一阵钝痛，他怎么生了这个倒霉孩子？

阮橙来到二楼，眼前人来人往，她机械地往前走着。有那么一瞬，她好像看到了宁昀，只是一眨眼，人又不见了。"我是不是眼花了？"她喃喃低语，又眨了眨眼，走进了旁边的咖啡店。店里的小哥哥礼貌地问道："请问您需要什么口味？"阮橙仰着头看着那些品种，大脑却好像停止了工作。

"请问您需要什么口味？"

阮橙轻轻"啊"了一声："我要——"

"一杯卡布，一杯美式。"一个熟悉的男声在她耳边响起。阮橙怔怔地转过头来，看到了他。原来刚才不是她眼花。

"请问是支付宝还是微信？"

宁昀打开手机："支付宝。"

"好的。请您稍等。"

阮橙望着他："你怎么在这里？"这么多天不见，他瘦了不少，眼下的青色可见。宁昀面无表情，哑声道："我要去香港了。"阮橙沉默了一下，呵，她想太多了。还以为他是来送她的。她咬了一下唇角："真是太巧了。"

宁昀看着她："我要去香港工作了。"阮橙感觉又受到一击，她慢慢转过头，看着前方："不好意思，我还要两杯卡布。"她拿出手机，付了钱。一瞬间，她的脸上恢复了冷静："你要去多久？"宁昀一眨不眨地看着她："一年。"

阮橙很快明白了："那恭喜你了。外派回来一般都会升职的。"听到她的话，宁昀的脸色却有些难看："谢谢。"

"您的咖啡好了。需要打包带走吗？"小哥哥的声音真是动听啊。阮橙微笑道："是的。"她接过袋子，冲着宁昀一笑："那我先过去了。"已是分手的人了，她也会装作云淡风轻。一转身，她脸上的笑容就沉了下去。他要去一年，要去一年啊。阮橙咬着牙，走了一段路，她突然停下来。宁昀站在她身后不远处。阮橙回头，愤愤道："宁昀！你过分！我再也不想见到你了。"当年他也是说走就走，现在倒好，来机场亲自通知她。周围的旅客目瞪口呆地望着她，阮橙骂完，转身跑了。

阮橙找了一处空位置，随意地坐了下来。这么多年，她第一次这么失态。宁昀紧跟着跑过去，只是跑的时候，他撞到了人，手里的咖啡洒在他衬衫上，一片狼藉。一眨眼，她就不见了踪影。阮橙低着头，看着地面，心里百转千回。她深深地呼了一口气，慢慢冷静下来。转念一想，就知道这里面不对劲。他要去香港，还特意到机场来通知她吗？越想越不对。阮橙站起身子，看向四周，人潮不断。前方100米处，那人定定地站在那儿，眉眼噙着若有若无的笑意。笑什么！宁昀加快脚步来到她面前："在找我？嗯？"阮橙微微仰着头，瞪着他，抿着嘴角就是不说话。宁昀轻轻抬手，擦擦她眼角残留的泪痕。"生气了？"阮橙啪地一下拍开他的手。宁昀弯起了嘴角，修长的手指紧紧地握着她的手："我真的要去香港。顾易手术结束，你过来好不好？"

阮橙："宁先生，我们不是分手了吗？"宁昀笑了一下："我从来没有承认过。"有时候适当的厚脸皮才会有生存的机会。

阮橙哼了一声："你这人逗我好玩吗？"她的嗓音慢慢带了哭音。"对不起。"他张开双臂紧紧地抱住她。

"宁昀，你真的太讨厌了。"宁昀轻轻吻了吻她的额头，他没有想过分手。可是这些天，两个高傲的人都不肯先开口，时间拖得越久，开口也变得越来越难了。

"宁昀，八个月是很短，但是一辈子很长。"这是她想告诉他的，她会陪着他一辈子的。宁昀身子一僵："我知道。"

阮橙摸摸他胸口："咖啡洒了？"宁昀"嗯"了一声。

"活该！"她嘟囔了一声，指尖轻轻摸摸他的胸口，"有没有烫到？""没事。"宁昀握着她的手。

"几点的飞机？"她问道。宁昀微微尴尬："下午四点。"现在是早上八点，一切不言而喻。

两人好不容易说了十多分钟的话，阮橙的手机响了，是顾易打来的。

"怎么这么久还没回来啊？"顾易的语气依旧那样吊儿郎当，"不是迷路了吧？"

"我一会儿就回来。"

顾易沉默了一下："时间还早，你要是想逛就逛逛吧。"挂了电话，他目光幽幽地看着远处，玻璃墙外，飞往A国的那架飞机已经在备机了。顾父拍拍他的手："还有一点时间，慢慢想想。"

阮橙望着宁昀："我得走了。"宁昀撇撇嘴角："他好了以后，你赶紧回来。每天都要和我联系。"阮橙挥挥手："知道了。"

宁昀站在那儿，看着她的背影。阮橙走了一段路，又回首，不舍地看着他："宁昀——"宁昀等待着她的话，阮橙露出了那对梨涡："宁昀，我觉得当年那个辅导我写作业的男生特别帅！"说完，她转身走了。宁昀的眉宇间满是喜悦，他摸摸鼻子。阮橙回来之后，顾易也察觉到了她的变化。

顾易什么也没问："还有四十分钟登机。"阮橙看了看登机口："不急。"她把咖啡递给他。顾易捧着咖啡，掌心一暖。"阮橙，谢谢你。"阮橙喝了一口咖啡："说什么呢！"顾易笑着，抬手揉了揉她的头发，故意把她的头发弄乱，"我当年怎么会喜欢你？个子这么矮！身材还一般般！"

"顾易！"

顾易抬手做防护状："开玩笑呢。你和宁昀吵架了？"阮橙"哦"了一声："没事了。"

顾易："他要是欺负你，等我好了，我帮你揍他！"阮橙眨眨眼："好啊。不过，他不会欺负我的。"

顾易也扯了一抹笑："阮橙，你回去吧。""嗯？"阮橙似乎没听清。

"你又不是医生，去了也帮不上忙。送我到这里就好了，你回去吧。"

"你在闹什么？"

"那个，我不想让你看到我那个惨样行了吧？"

阮橙重重地把咖啡放在一旁，正色道："你什么时候这么矫情了？我不陪你去，医生说的那些话顾伯伯能听得懂吗？我不是帮你，是帮伯父伯母，他们年纪一大把，我舍不得他们受苦。你到底有没有良心啊！你是要让我们为你寝食难安吗？"

"好好，我知道了。"顾易嘴角带着笑意，笑容坦荡，"橙橙，即使你不喜欢我，我也没什么遗憾了。我要是有什么事，以后你有时间去看看我爸妈。"

"你自己不会去看啊！"阮橙哽着声音，"顾易，你的事你自己去做，别老指挥我。"顾易点点头："好。那等你结婚，我给你做伴郎。"

阮橙："女方只有伴娘吧。"

到了A国之后，顾易很快住了院，一番检查之后，就等着手术了。顾父年轻的时候豪气满天。顾易生病之后，他整个人都变了。可能是人老了，变得像小孩子一样无助了。幸好有阮橙在，陪他说说话。顾父每天都要说一说顾易小时候的事，好像只有这样，他才能安心。手术当天，阮橙陪着顾父守在医院走廊上。

宁昀打来了电话："顾易怎么样？"

阮橙："已经进手术室了。"

宁昀："手术大概要多久？"

阮橙："医生说可能要七八个小时。已经很晚了，你怎么还不睡？"

宁昀："睡不着。"

阮橙："回去之后，我陪你去医院看看，你这失眠怎么这么严重？"

宁昀："你不在我身边我就睡不着。"

阮橙觉得自己怎么突然被撩到了。

宁昀："别怕，他不会有事的。"阮橙心里确实很慌，以前都是在电视上看这些情节，当亲自经历后，才明白，和家人、喜欢的人在一起，健健康康就是一件很幸福的事了。宁昀陪着她聊了很久，最后阮橙强行让他去睡觉，他才挂了电话。

顾父看着她："橙橙，过来。"

阮橙："哎。"

顾父："是男朋友？"阮橙不好意思地笑笑。

顾父也笑了："他最近怎么样了？"

阮橙道："公司派他去香港了，要去一年。"

顾父："那不错啊，年轻有为。等你们结婚，我让你伯母给你准备嫁妆。"

阮橙赧然："顾伯伯你们对我已经太好了。"

顾父："我和你伯母就想要个女儿。你呀，正好满足我们的心愿。顾易这臭小子，还不知道什么时候能给定下来呢。"

阮橙："也许很快的。"

顾父摆摆手："不指望他了。"

手术的时间漫长而煎熬。A国这边是白天，国内还在夜里。阮父阮母来到顾家陪着顾母。顾母一脸倦色："真是麻烦你们了。"

　　阮父阮母："说的哪里话。橙橙说小易的状态很好，医生很厉害，会平安无事的。"顾易的舅舅舅妈也来了，屋里的人很多，只是气氛太压抑了。谁也没心思说话。顾妈妈不时叹息，紧张得搓手。这时候任何安慰的话语都是空洞无力的，只有等待最后的宣判，才会让人安心。

　　手术比预计的时间还要长，当手术灯熄灭，医生一一走出来时，阮橙迈着步子走向前："医生，他怎么样了？"

　　"手术很成功！"医生的脸上也洋溢着笑容。阮橙终于大大地喘了一口气："顾伯伯，顾易没事了。"顾爸爸眼圈都红了，拉着人家医生的手，表示着感谢。

　　终于没事了。老天爷还是眷顾他们的。顾爸爸拨通了妻子的电话："小易没事了。"顾妈妈终于忍不住哭了起来，顾爸爸也是抑制不住激动："哭什么呢？儿子没事了。"

　　"我就是高兴。"这段时间，所有人的心里都不好受，每天都压抑着，现在终于有了释放口。阮橙看了一眼悄悄抹泪的顾伯伯，她转身去了病房。顾易剃了个光头，现在睡在那儿，睡得很安稳。她的心终于踏实了。窗外的天已经黑了，暮色慢慢笼罩着这片土地。

　　阮橙拿出手机，拨通了宁昀的号码。"橙橙？"宁昀的气息也变了。听到那熟悉的声音，她的鼻子一酸，差点溃不成军："手术很顺利。"

　　"嗯。"宁昀起身，拉开了窗帘。东边，太阳渐渐爬上来了。"我等你回来。"阮橙弯着嘴角，轻轻应了一声。"嗯。"

　　雨过天晴，总有更美的景色在等着我们。

　　顾易感觉自己睡了很长很长的时间，醒来的时候，一直有个声音在他耳边念叨："顾易——顾易——"

　　"吵死了！"顾易没睁开眼，声音沙哑。他感受到那熟悉的气息，心里一片安定。

　　"醒醒！别睡了！"

顾易缓缓睁开眼，看到阮橙那张脸，随后是他爸。"嗨，好久不见！"他扯了一抹笑，带着劫后余生的那种安心。

爸爸握着顾易的手："好了，你好好休息，别瞎折腾了。"阮橙笑着站在一旁："顾易，一加一等于几？"

"你当我傻啊？"

"那你说一下两角和公式。"

顾爸爸直笑。

阮橙也笑了："好了，我给你拍几张照片，传给伯母。"

"别拍！都丑死了！"

几天后，顾易恢复得还不错，阮橙向他告别。顾易挑眉，一脸的不耐烦："快走快走，比医生还烦人。"阮橙也不和他争，抬手摸摸他的脑袋："小和尚，要好好听你爸的话。"顾易翻了个白眼。

"我走了。"

"喂！"

"干吗？"

"谢了！"

阮橙挑了挑眉："好好休息，回去再联系。"顾易从一旁的果盘里拿过一个橙子，轻轻一抛："路上吃。"阮橙接在手里："谢了。"

医生来查房时，突然问了一句："你女朋友呢？"天天见着那个中国姑娘在这里，今天却不见。顾易笑着："她不是我女朋友。"

"啊？"

"她是我妹。"

医生一脸惊讶："我还以为是你女朋友呢，你们兄妹长得不太像啊。"顾易语气不善："我像爸爸，她像妈妈。"

阮橙从A国纽约直接飞的香港，一下飞机，她直接去了宁昀住的地方。可惜，宁昀不在家。她看了看表，离下班时间也就一个多小时了，便也没给他打电话，索性一直在他家门口等着。结果这一等就是三个小时。阮橙疲惫地靠在墙壁上，手机也没电了。这会儿她是什么地方也去不了了。

晚上，宁昀有场宴会，正好遇到了陈莎。他喝了不少酒，最后陈莎开车送他回去。"谢谢。我自己上去就好。"宁昀脸色发白。酒会上，大家不停地灌他酒，他确实喝得有点多，走路都有些晃悠。

陈莎扶着他："我送你上去。"她坚持着，"多少层？"

"二十六层。"宁昀伸手去按，按了两次都失败了。陈莎笑，没想到他醉了还挺可爱的。"你女朋友还在燕市工作？"其实她之前很好奇，阮橙到底是个什么样的人，怎么这么容易就把宁昀降服了。

"她在A国。"

"A国？去工作吗？"

宁昀扯了扯领带："陪朋友看病。"

电梯打开的那一瞬间，阮橙突然站直了身体："你回来了啊——"后面的话她还没有说出口就卡在喉咙里了。陈莎脸上露出几分尴尬："你好。"阮橙一个箭步上前扶住宁昀："陈总，您好！真是麻烦您了。"陈莎没有解释，双手空落落地垂在身侧。"那我先回去了。"她转身进了电梯。宁昀全身的重量都压在阮橙身上。阮橙吃力地说："宁昀，开门密码！"宁昀眯着眼："橙橙？我在做梦吗？"阮橙没好气道："开门密码是多少？"

宁昀："8826。"阮橙咦了一声："我的生日。"开了门，她连鞋子都来不及换，把他扶到沙发上。宁昀闭着眼，大脑晕乎乎的。

"谢谢。"

阮橙气死了，又饿又累。她想给他一个惊喜，到最后他差点给她来一个惊吓。她看着他的脸庞，再想想刚才的画面。这套公寓布局简单，宁昀的东西不多，一点家的感觉都没有，冷冷清清的。阮橙去厨房拿了两瓶矿泉水，自己喝了半瓶，她靠在沙发上休息。坐了十六个小时的飞机，她现在一点力气都没有。宁昀睡了一觉，醒来的时候，发现自己睡在沙发上，他愣了一下，头痛欲裂。再看到沙发上的人时，他忽然笑了。他走到她身旁，轻轻理了理她的发丝，又捏了捏她的脸。

阮橙嘟囔道："别闹！"宁昀蹲下身子，静静地看着她："去床上睡。"阮橙不想动："身上脏。"

宁昀才不在意这些，抱着她去了房间，把她安置好，他去冲了个澡。回到房间，他一点睡意都没有。阮橙这一觉睡了两个多小时，她是被饿醒的，胃焦灼得难受。醒来的时候，一睁眼就是陌生的环境，她迟疑了几秒才反应过来自己身在何处。她轻轻翻了个身，就看到坐在书桌前的宁昀。他背着她正看着电脑，手边放着一瓶水。

"宁昀——"阮橙开口。宁昀转过身："醒了？"他走过来，伸手将她拉起来。阮橙揉了揉眼睛："你没睡？"宁昀无奈："才五点，再睡一会儿？"阮橙摇摇头，这时候她的肚子不适宜地咕咕响了。她一阵尴尬，脸埋在他的胸口。"有没有吃的？"宁昀哭笑不得："只有泡面。你去洗漱，我去煮面。"

阮橙洗了澡，人舒服了很多。用毛巾随意擦了擦头发，穿着一件长T恤就出来了。她来到厨房，闻到诱人的香味："帮我加个鸡蛋。"

"没有鸡蛋。"他穿着居家服，站在灶台前，竟有种说不出的味道。"火腿呢？"她还抱有一丝幻想。宁昀摇摇头，把煮好的泡面盛到碗里。

"你堂堂一个副总过得这么清苦？要是说出去估计都没人信。"阮橙打趣道。

"不是等你来改善生活水平吗？"他笑着，把碗端到餐桌上，"尝尝。"

方便面真是神奇的食物，有时候它就是比山珍海味还要让人有食欲。阮橙连汤汁都喝光了。宁昀拿过纸巾顺手擦擦她的唇角："下了飞机没吃饭？"阮橙瞪了他一眼："你还说！"她真是等得花儿都谢了。宁昀"嗯"了一声："怎么了？"

"你怎么喝那么多酒？"

"公司的宴会，下回带你去参加。"

阮橙沉默了一下："你不和我解释一下吗？"宁昀笑了笑："陈莎好意送我回来。"

阮橙哼了一声："酒后……"宁昀开口道："不会的！我虽然喝多了，但是不会发生那样的事。"阮橙自然是相信他的。

"顾易怎么样了？"

"医生说恢复得挺好的。"说起来，他也算是因祸得福，这次比赛出事才发现脑子里有个肿块，如果再晚一些，也许就不会像现在这般幸运了。宁昀又亲亲她的唇角："对不起。当时我嫉妒得发疯了。"阮橙应了一声："也是我没有好好考虑到你的感受。"

两人额角抵着额角，轻轻诉说着。东方渐渐露白。

宁昀："陪我再睡一会儿？"两人相拥在床上，阮橙闭上眼："宁昀，你到底喜欢我什么？"她一直想不明白这个问题，高中一学期，他怎么会喜欢她呢？宁昀"哦"了一声："可爱。"阮橙不相信，他轻柔地摸摸她的脑袋："我喜欢你做的蛋糕。"

阮橙的长睫毛眨了眨："宁昀，这周末你休假吗？"

"嗯？"

"我们去厦城吧。"年少的约定，她并没有忘。

宁昀笑了："你出钱？"

"包吃包住！行了吧？"她依偎在他怀中，两人亲昵地靠在一起。好像吵了一架，两人的关系更甚从前。

第九章　着迷

在那段黄金般的日子里，你是我唯一的秘密。

周五晚，宁昀和阮橙飞到厦城，下了飞机两人打车先去了在海边附近的民宿酒店。十月份的厦城，天气不冷不热，让人舒适不已。夜色正浓，两人手牵着手漫步在环岛路上，头顶是满天的星星，耳边是一浪一浪的海浪声。

"冷不冷？"

阮橙摇摇头："高考过后，我本来打算来厦城玩的。""怎么改了主意？"宁昀挑眉。

"我想啊，如果一个人来，还不如不来呢。"宁昀轻轻一笑："这里确实不错。以后我们有时间可以常来。"

阮橙刚想说话，鼻子发痒，打了个喷嚏。宁昀怕她被海风吹感冒："先回去吧，明天再来逛。"

阮橙："我没事啊。"

"你就听我的吧，感冒了就得不偿失了。"

民宿就在附近，走回去不过十五分钟。阮橙犯懒："宁昀，看看有没有共享单车？"宁昀扯了一抹笑："就这么点距离。"

不知道是不是她最近东奔西跑，这会儿闲下来，疲惫感才出来。

"我背你。快上来吧。"

阮橙趴在他背上："还好我不重。"宁昀笑："比高中的时候重了。"

阮橙："就比高中的时候重了四斤。"她的手环着他的脖子，不时摸摸他的脸。两人一路说说笑笑，很快到了民宿。民宿的老板二十多岁，年轻帅气，正在弹《月亮代表我的心》，看着这一幕，他冲着他们眨眨眼。阮橙赶紧下来："没想到老板这么浪漫。我读大学的时候，学校有个男生追求一个女孩，天天晚上到我们宿舍楼下弹吉他，弹了二十八天。"

"那个女生答应了？"

"答应了。"她没有继续说下去。

"后来呢？"宁昀问道。

"两人在一起三个月吧，男生就提出了分手。"阮橙耸耸肩。宁昀握着她的手："所以像我这种这么有恒心的男人，你要好好珍惜。"

在厦城两天，两人去了鼓屿，又去了中山路，走了好多家网红店，一路买了不少东西。这一次倒是宁昀充当了摄影师，为阮橙拍下了很多照片。阮橙手里捧着椰子汁，边喝边翻照片。宁昀拍的照片都还不错，没有拍出奇怪的照片来。"不错不错，有专业摄影师的潜质。"她笑着，突然胃里一阵翻涌。她连忙放下椰子汁，侧身干呕了几下。

"怎么了？"宁昀拧着眉，一边轻轻抚着她的背脊，"胃不舒服吗？先喝点水。"阮橙喝了一口矿泉水，压住了刚刚那种恶心感。

"要不要去医院看看？"宁昀拿着纸巾擦擦她的眼角。阮橙摇摇头："可能是水土不服，这两天椰子汁喝多了。"

宁昀望着她，沉思了一瞬："你——这个月来了吗？"经他提醒，阮橙也想到了，她连忙打开手机里的记录软件，看着上面的记录，她怔怔的，没说话。宁昀拿过手机，看了一会儿，就明白了："这么久没来了？"

阮橙咽了咽口水，慢慢低下头看着自己的小腹："我怀孕了？"声音中带着一丝迟疑。宁昀眼眸里的笑意越来越浓，他蹲下身子，深情地看着她的肚子。

"原来等了这么久的厦城之行变成了三人行。"说着，他将脸贴在阮橙的肚子上，眼底深处全是温柔。

阮橙一动不动："宁昀——"宁昀声音里满是喜悦："橙橙，你让我冷静一下，不然我要发疯了。"

阮橙笑了，刚刚一时的慌乱很快被喜悦替代了。孩子的到来彻底打乱了两人未来的规划。宁昀挺喜欢孩子的。可他现在在香港，一年后才能回去。

"下周我请两天假，我们先回陵城。先领证，婚礼再等等。橙橙，抱歉，一切太仓促了。"阮橙瞧着他纠结的神色，自然知道他的想法。"没关系，我不在乎那些形式。"宁昀却很在乎。这一晚，宁昀又失眠了，他担心自己辗转反侧影响阮橙睡眠，干脆在一旁的沙发上坐了一夜。

第二天早上，阮橙看着他双眼通红："你一夜没睡？"

"睡不着。"宁昀舔舔嘴角，"橙橙，回到燕市的话，让爸爸妈妈过来陪你好吗？"

"爸爸妈妈？"

"叔叔阿姨。"宁昀自然道，"我尽量每周回去看你。"阮橙摸摸他的脸："你不要想太多。很多孕妇怀孕都工作的。"

"我害怕！"

"放心好了，等后期再让我爸妈过来陪我。时间不早了，我们赶紧去机场，不然你要迟到了。"

"我改签了，先送你回燕市。我和公司说了，有什么事电脑和手机上也可以处理，先送你回去。"阮橙心想，宁昀真的太紧张了。阮橙回到燕市后，一切如常。

两天后，一个漂亮的女人来到她家。

"你好，我是宁晗，宁昀的姐姐。"

"姐姐，你好！"阮橙开门，"请进。"

宁晗拎了一大包东西："我买了些东西。"

"我给你倒杯水。"

"不用不用，阮橙，你坐着吧。"宁晗打量着她，阮橙有几分不好意思。宁晗清清嗓子："宁昀这个臭小子做事太没条理了。真是辛苦你了！以后有什么事你直接和我说。"昨天她正在开会，接到宁昀的电话。宁昀很直接地告诉她，阮橙怀孕了。"什么？"宁晗惊住了，会议室里的人都看着她，"你说清楚。"

"我要做爸爸了。"尽管他尽力克制着，可还是让人听出了语气中的喜悦，"我刚到香港，阮橙一个人在燕市，平时就麻烦你多去看看她，另外帮她请一个做饭的阿姨。最好阿姨就住附近，能多去陪陪她。"

宁晗："你这也太快了吧？宁昀，你能不能让我有个心理准备？"

宁昀："姐，麻烦你了。"这一声"姐"让宁晗心里一暖："行了！我知道了！你还有什么安排？"宁昀把计划通通告诉了宁晗，宁晗倒是没别的意见。

"婚礼我来安排。爸妈这边呢？"

宁昀沉默。

宁晗："你还在生爸的气？"

宁昀："父母和子女之间都有一个缘分，我和他们可能缘分浅了点。"

宁晗撇撇嘴："等你以后做了父母就明白父母的心情了。阮橙的事我来和他们说吧。"希望这也是一个机会，能缓解大家的关系。

"谢了！"宁昀语气诚恳。

"我是看在我未来侄子的面上。"她知道宁昀实在没人帮忙才来找她，不然以他的个性，哪里会来找宁家人帮忙啊。自那以后，宁晗倒是时不时来看看阮橙，两人的关系倒是日渐亲厚。自从上次宁昀和宁父撕开隐藏的真相之后，宁父宁母已经很久没和儿子联系过了。他们从宁晗这里知道宁昀去了香港。

这天，宁晗和李思扬回来吃饭。

宁父问道："你们准备什么时候结婚？"

宁晗："不急。"宁父正了正脸色："要是怕生了孩子没人带，我和你阿姨都可以帮忙。"宁晗的亲妈是指望不上了。

宁晗笑笑："爸，说不定宁昀赶在我前面呢。"宁父撇撇嘴："他啊，我不指望了。女朋友都带不回来。"老父亲的心里又酸又痛。宁晗和李思扬对视一眼："爸、阿姨，我今天来是有件事想告诉你们的。"

"什么？"宁父兴致缺缺。

"你们要做爷爷奶奶了，阮橙怀孕了。"

"真的？"宁父脸色瞬间变了，那激动的神色许多年没有过了，宁母亦然。

"千真万确。"她不好意思地摸摸鼻子，"宁昀托我有时间去看看阮橙。"

宁母："你要是没时间，我去照顾，我有经验。"

宁父："你有什么经验？你怀宁昀的时候，还不是我照顾你的？"

宁母："我生过孩子，我当然有经验。"

宁父无言以对："那我们什么时候一起去看看阮橙？"

宁晗："阮橙现在很好，你们放心好了。"

"那婚礼呢？两人准备什么时候结婚？"

"爸、阿姨，宁昀比你们还着急呢，他会安排好的。"

宁父这心里痒痒的："臭小子长大了，真是一点不让我们省心。"宁晗笑着："你们不觉得，他们俩情路有些坎坷吗？这么多年好不容易重逢，这才多久，又要分开一年。"宁父重重地叹了口气："怪我！当年应该尊重他的心意。"宁母摇摇头："是我的错。我从来没有关心过小昀的想法。"

"好了。我想等过段时间，一切都会过去的。"宁晗只得这么安慰他们。宁母擦擦眼角："按照我们陵城的风俗，给儿媳妇的礼物我都还没准备呢。"

"明天我们就去准备。"要不是今天时间太晚，宁父恨不得现在就去置办了。

十月底，阮橙和宁昀一起回了陵城。一下飞机，宁昀一手牵着她的手，一手拖着行李箱。看着机场涌动的人潮，他的心里竟生出了一种亲切感。两人坐在出租车上，机场高速一路畅通，四十分钟后就进了城。市中心那条路依旧拥堵，这么多年一直都没变。阮橙看向窗外，目光落在公交站台的那幅广告上——是宋兮，她现在是省台很火的一档节目的主持人，在全国都有一定的知名度了。宁昀也看到了，他握住她的手。阮橙微微一笑："宋兮以前就想做主持人，现在她做到了。"出租车司机听到她的话，打开了话匣子，一口陵城话："宋兮家就住春熙路，以前是陵城附中的，可聪明了，据说在学校成绩就很好，还是文艺骨干呢。"阮橙笑笑："她是挺厉害的。"

宁昀似乎不太想听到有关宋兮的事，开口打断了司机和阮橙的对话："我约了路明。"阮橙一愣："他愿意见你了？"当年路明可是信誓旦旦地说了从此他和宁昀一刀两断，再也不是朋友了。宁昀不自然地说道："我给他发了三条信息，还打了一个电话。"阮橙没忍住，咯咯笑起来："说起来，当年你转学，路明的反应是最大的。哎呀，真是让人误解。"

宁昀瞪着她："宁太太，请你注意胎教。"阮橙摸着肚子："小鱼小朋友，妈妈在和爸爸开玩笑，你什么都没有听见啊。"小鱼，也就是宁昀口中的漏网之鱼，阮橙觉得这孩子应该是美人鱼。

阮家的住处没变，前两年，家里重新装修了一番。宁昀作为女婿正式上门，一进门，Yami就冲过来朝他汪汪直叫。"叔叔阿姨——"宁昀这回没有厚脸皮地改口。阮母嘴角翘着："Yami的记性真好，还记得你呢。"

阮父道："我看它是记得当初中毒的事呢。"阮母尴尬不已，连忙岔开话题。她望着女儿，眼底都是疼惜："累不累？"

阮橙摇摇头："我好着呢。"前两天，阮橙告知父母自己怀孕了，当时她羞涩又紧张，好在阮母思想前卫："哎呀，我和你爸终于要做外公外婆了。"

阮父坚持："是爷爷奶奶！"

两人第二天去民政局领了证，一切都很快。阮橙看着两个红本："感觉也没什么变化啊。"宁昀望着她："未婚到已婚，还要做妈妈了，怎么没变？"阮橙笑笑："我要不要也晒一下？不然感觉自己还是单身。"宁昀自然支持她，他双手拿着结婚证："拍吧？"

阮橙："不用你出镜，结婚证有照片，别人自然会知道我老公是谁。"宁昀翻开两本结婚证，阮橙拍好，又把一些隐私信息打上马赛克，发到了朋友圈："研究生毕业结婚，不早不晚，一切刚刚好。"不多时，她的朋友圈便热闹起来，昔日的同学、朋友一个个都出现了，工作圈也炸了。

简知言："恭喜。"

程斐："我的天！这速度！我错过了什么？求剧透！"

路明："当年我就看出了猫腻！恭喜啊！同桌！"

……

谭飞："今天不是愚人节吧？"

谭飞在办公室放大了图片，仔细研究。阮橙去A国陪顾易看病，转头回来就和宁昀把证给领了。他不懂！回头他见到小尹："阮橙和宁昀不是分手了吗？怎么突然又结婚了？"小尹回道："分手是宁先生吃醋，结婚应该是宁先生等不及了吧。毕竟他们从高中就彼此一见钟情了。"谭飞恍然大悟。两人领完证的当天，原本宁昀和阮橙打算单独去外面吃饭，顺便去陵城附中走一走，结果阮母给阮橙打来了电话："你们怎么也不和我们说一声啊，宁昀爸妈来了。"

阮橙一愣："我们马上回来。"宁父宁母实在忍不住了，想想还是厚着脸皮亲自登门和亲家见面。阮橙看着宁昀："你爸妈来了。"宁昀眉毛一拧。阮橙捏捏他的手："宁昀，每个家庭的环境都不一样，我爸妈从小对我的教育很宽松，他们从来不会责备我。我一直记得高一那次家长会，你说你爸妈工作忙不来了，结果你妈还是来了。"宁昀自然记得这事，他也沉思着。这么多年，他就习惯排斥他们的关爱了。

"你妈妈其实心里还是很在乎你的。"她笑着，"只是父母有时候并不太会表达。我想她也后悔了。宁晗姐姐这段时间来看我，带了很多东西，我知道其实都是你爸妈去买的。你爸妈对我好，也是因为你啊。"宁昀嘴角动了动："我知道。只是这么多年，我都习惯了。"

"那现在顺其自然，不要去排斥他们。我想，当年若是顾伯伯没有出现，你爸爸一定会帮我们家的。"宁昀挑眉："你就这么肯定？"

"因为那是你爸爸啊。你这么乐于助人，你爸爸肯定也会的。"

两人到家时，四位长辈聊得正欢，一点陌生感都没有。"你们回来了啊。"阮母说道。

阮橙和宁昀走过去，大家都看着两人。

宁母起身走来："橙橙，好多年不见了。"

"伯母，您还是和以前一样。"

"哈哈哈，我老了。倒是你，比高中时还要漂亮。"宁母一脸的温柔。宁父看着阮橙，平日严肃惯了的他现在的脸色也出奇地和蔼。

"伯父、伯母，你们坐。"阮橙轻轻推了一下宁昀。宁昀开口："爸妈——"宁父开口道："我和你妈妈过来，是想和你们商量一下婚礼的事。陵城办婚礼有很多规矩的，我们怕你们不懂。"宁昀点点头。阮父阮母都是心软的人，宁父宁母今天一过来，各种歉意，他们自然不会再有什么意见了。那边，四位长辈开始商量婚礼的事了。阮母和宁母热情高涨，宁父和阮父对孩子的名字兴趣高昂。

阮父："我这些日子一直翻字典，可为，这个名字怎么样？"

宁父："可为——宁可为，还不错。"

阮父："是阮可为。"

宁父一脸蒙："姓阮？"

阮父："对呀。当初宁昀答应的，这孩子以后要继承我们阮家的公司呢。"他可对这孩子寄予厚望呢。到底是在阮家，宁父这心里就是堵得再难受也忍住了，宁昀第一次知道原来自己的父亲这么能忍。当然，这事不会轻易过去。阮橙和宁昀对孩子姓什么无所谓，不过这两位老人倒是非常在意。

宁父回去之后，一路上都闷闷不乐。宁母安慰他："还有二胎呢，二宝姓宁就是了。"

宁父："那不一样。"宁母才不会在意这些呢："时间太紧迫，我和橙橙妈妈觉得十一月中旬举行婚礼应该可以。我们两家的亲戚都在陵城，这样也方便。虽然是娶媳妇，但是感觉比我自己当初结婚还要开心。"她兴奋地说了很多。

宁父愣了一下："当年你不开心？"宁母勾了勾嘴角："开心有，不过更多的感觉是忐忑，很怕做不好你的妻子，怕小晗不接受我。"这么多年了，她还是第一次对丈夫说出自己的心里话，大概是马上就要升级做奶奶了，以前的事，她也慢慢放下了。

宁父轻轻叹了口气："你做得很好。这些年，辛苦你了。"宁母笑笑。她是嫁给喜欢的人，所以她从来没有后悔过。只是如果可以重来，她一定要多关心宁昀，一定毫不保留自己对他的爱。

周末晚上，几个高中同学约阮橙和宁昀在陵城附中附近的一家茶餐厅聚聚。前两天，路明在班级群里发了信息，几个在陵城的同学听说宁昀和阮橙结婚了便都来了。当晚，阮橙和宁昀一出现，包厢内瞬间热闹起来。路明张开双臂，给了宁昀一个热烈的拥抱："恭喜！我还以为阮橙最后会嫁给顾易呢。"众人也笑了。

"宁昀，虽然你高一就转学了，但是江湖一直都有你的传说。"

"这么说，你当年帮阮橙写作业，是早就对阮橙有意思了啊。"

宁昀索性坦然地承认。大家不由得竖起了大拇指："你这招真是高明，难怪阮橙对你念念不忘，一毕业就去燕市找你。"阮橙喝了口水，放下杯子："我去燕市可是正儿八经地工作。"宁昀轻笑着。这时候门外似有人在说话，是个女生。

"还有谁来啊？"

路明："哦，是宋兮。我问她的，她说她会来的。"

"哟！宋大主持人啊。"

阮橙的脸色微变，没想到宋兮还会来。她转过来看着宁昀，宁昀眸光微冷。他心里还是介怀宋兮当年做的事吧。说话间，包厢的门打开了。一个短发美人走进来。她穿着西装套裙，精致又干练。"抱歉，我来晚了。"宋兮浅笑嫣然，声音悦耳动听。大家齐齐地看着她，眼底透着惊艳之色。现在的宋兮早已不是当初穿校服的清秀女生了。

"没想到你真来了！"

"难得聚会，我为什么不来？"

"真是惊喜！宋兮，最近我们都在追你主持的节目。"

"是吗？那我以后可得好好表现了。有什么好的建议，欢迎大家提啊。"

"宋兮，下回省台的新年晚会有票的可得想着我们啊！"

"没问题。有票的话我给你们留着。"宋兮热络地和大家聊着，过了一会儿，目光慢慢落在了阮橙和宁昀的身上，"二位，好久不见。我先奉上一句恭喜。"宁昀面无表情地望着她，当年他把礼物交给宋兮时，从来没想过她不会交给阮橙。阮橙微微点点头："好久不见。"这一刻，她心中的怨气突然都淡了。

"好了，既然人都到齐了，我们开始吧。"路明举杯，"一起走一个。"大家边吃边聊着工作上的事，不过话题绕来绕去最后都绕到宁昀和阮橙的身上了。

路明："你们准备什么时候结婚？"

宁昀："定在十一月底。"不会大办，到时候只邀请双方重要亲友。

路明轻轻一笑："恭喜了！咱班就成了你们这一对。"宁昀端起杯子，站起身来："路明，这杯我敬你。"路明与他碰杯，作为当年被抛弃的同桌，那时候他还是有些受伤的，觉得宁昀没把他当朋友。不过他早就放下这个芥蒂了。大学毕业之后，他进了本地一家很好的外资企业工作，这两年经历了职场，倒是非常怀念高中生活。宁昀一口气喝光了杯中酒，"路明，要不要做我的伴郎？"他诚意满满地问道。路明抬手拍拍他肩膀，觉得宁昀真把他当高中死党了："没问题！"

"听阮橙说，你的酒量很好。"

路明："你找我做伴郎就是为了挡酒的？"大家哄笑。

高中时光早已逝去，可有些感情却一直没变，纯粹得让人怀念。

阮橙起身："我去下洗手间。"宁昀条件反射地起身。阮橙按住他："不用，就几步。"大家看着这两人，不禁笑了。宁昀倒是一脸淡然。等阮橙出来时，就看到宋兮站在洗手台前。两人目光交会，阮橙平静如水。宋兮扯了扯嘴角："一直没机会和你聊一聊。"阮橙打开水龙头，洗了把手："你想说什么？"宋兮那张漂亮的脸蛋上露出一闪而逝的悲伤："真没想到隔了这么多年，你和宁昀还能走到一起。"阮橙转身，看着她，轻轻弯了弯嘴角："我也没想过，感谢老天爷吧。"宋兮跟着弯了下嘴角，笑容发涩。阮橙似是被刺了一下："我不明白你后来到底怎么还能和我做朋友。"

这么多年，她藏着秘密，难道就不内疚不惶恐吗？这种人真的太可怕了。宋兮抿抿唇角："我也不明白。当年明明那么嫉妒你，为什么还能和你做朋友？你是全校倒数第一名，为什么不努力就能取得好成绩？你是橙心的小公主，你大方地请全班人吃蛋糕，高老师喜欢你，班上的同学也被你讨好了。你问我为什么？因为那时候我也喜欢宁昀啊。知道他要转学，我特意去看他，他却让我给你带礼物，那时候我有多难受，你知道吗？"

阮橙握紧双手，心里到底不能平静了。不过现在再纠结过往，也没有意义了。她朝着门口走去，拉开门的瞬间，听到后面一声道歉："阮橙，对不起。"阮橙的动作一顿。迟来的道歉又有什么意义呢？她不由得想到了高中时期，那个陪伴她的宋兮，脸上总是带着笑意，甜甜的，很可爱。门开了，宁昀就站在一旁，他的脸色似乎不太好，声音紧绷绷的："好了？"阮橙点了下头，宁昀便扶着她回了座位。在场的人不免又打趣宁昀："宁昀，你这也太黏阮橙了。"宁昀一笑而过。

九点多，饭局结束，几个男生提议去打牌。宁昀歉意道："下次吧。阮橙怀孕了，得送她回家早点休息了。"他似是无意地说道，众人却一脸蒙。再看宁昀那表情，明显眼里都是幸福。这典型的在秀恩爱呢。

宁昀："那我们先走了，过些日子，给大家发请柬。"大家目送着两人离开，不知谁感叹了一句："高一时觉得宁昀挺高冷的，也不敢和他说话，没想到他现在是这样的二十四孝好男友。"

"是啊，真是没想到。不过这两人真是般配。"

忽然之间，宋兮开口道："是天生的一对。"夜色中，她的表情并不太清晰，谁也不知道此刻她到底是以什么样的心情说出这样的话。

"走了。"

曲终人散，有些人再也回不到最初的时光了。

回到家之后，阮橙见宁昀不怎么说话，便问"怎么了？都过去这么久了，你还生气？我们已经在一起了。"宁昀摇摇头："没有生气。只是觉得，人心有时候挺可怕的。"阮橙捏捏他的脸："你到底送了什么？"如果是普通礼物，宋兮应该不会藏着了。宁昀扬起嘴角："一本书，书里夹了一封信。"

"信？情书？"阮橙露出了深深的笑意。宁昀的神色有些微的不自然："一封告别信。"

"是吗？那你写的什么？"

宁昀迟疑了一下："这么多年了，记不清了。"阮橙盯着他的眼睛："宁先生，你在撒谎。你刚刚说话时，眼球向右上方转了，从微表情的分析看，你在撒谎哦。到底写了什么啊？"宁昀沉吟道："好了，时间不早了，早点睡。"他的手小心翼翼地扶着她的腰，"感觉你的肚子今天大了一些。"

"那是我今晚吃多了。"阮橙没好气地说道。宁昀摸摸鼻子，表情萌萌的："我觉得你一点也不胖。"阮橙失笑："谢谢老公美赞。"从同学到夫妻，他们相处的时间不长，可是余生还很长。

十一月，宁昀向公司请好了婚假，两人如期举行婚礼。在双方父母的帮忙下，两人倒是轻松了不少。宁晗付出最多，两人的婚礼礼服都是她一手操办的，阮橙心里过意不去。

宁昀："等她和姐夫举行婚礼，我们再去帮忙。"阮橙看看自己的肚子："姐姐准备什么时候结婚啊？"

"她以前说过三十岁前不结婚。"宁昀摸摸她的肚子，"说不定可以等到小鱼儿做花童呢。"

阮橙睨了他一眼："怎么可能！那得两三年呢。"宁昀揽着她的腰："好了，别想他们了。我先走了。明天我来接你。"

陵城的风俗，结婚前一晚，新人是不允许在一起的。刚刚阮父已经在门口徘徊了几次，想让女婿赶紧回家。阮橙朝他微微一笑："明天见。"

第二天，阮橙被妈妈从被窝里拉起来："橙橙，快醒醒。今天可不能睡懒觉了，化妆师、摄影师都到了。"她困倦地揉揉眼睛，看了一眼闹钟，才六点啊。等她从房间里出来，才发现客厅已经满满的人了。舅妈帮忙招呼客人，一屋子的人脸上都是笑容。阮橙有种不真实的感觉，自己真的要结婚了。

程斐走过来："姐——"她是伴娘，今天要全程陪着新娘。

"简知言呢？"

"他刚起床，估摸着一会儿就到。放心，他是我们的人。"

阮橙笑："我看舅妈这两天心情很好，看来很满意这个女婿。"

程斐连忙岔开话题："姐，你饿不饿？我去给你拿点吃的。"抬脚就溜了。没想到，程斐也害羞了。

九点整，迎亲的车队到了楼下，一阵礼炮声响彻小区。

"新郎来了！大家做好准备！"阮橙看着房间里的人，都是她的妹妹，还有亲戚家的孩子。表姨家的小孙女正是上幼儿园的年纪，可爱得不行。

"小姨夫给红包了，我要帮小姨夫开门。"

"哎呀，宁昀什么时候收买的小间谍？"

小姑娘指着墙上的婚纱照："小姨夫好看！"大家哭笑不得。

宁昀迎亲的过程异常顺利，在红包攻势下，门开得轻轻松松。他一身定制的西装，帅气、高傲中还带着几分可爱。他手捧玫瑰，单膝跪在床前："公主，我来了。"一句话，惹得屋内的女孩子兴奋地尖叫。阮橙眼底含笑，接过捧花。他站起来，指尖轻挑着她的下巴，吻上了她的唇角。按照陵城的风俗，新郎和新娘一起给女方父母敬完茶，新郎才能接走新娘。在一阵热闹中，一个快递员出现了。简知言看到了："你找谁？"难道阮橙今天还有快递？快递员看着手上的盒子："阮橙的快递。"

"给我吧，她今天结婚，一会儿我把快递交给她。"

"好的，谢谢。"简知言拿着盒子，跟着下了楼。

　　婚车一路经过他们曾经上学的路，道路两旁都是金灿灿的梧桐树，树叶随风而落，翩翩起舞。阮橙和宁昀十指交握，两人看着窗外，脑海里不断闪过那段时光。阮橙好奇道："要绕一圈吗？"宁昀笑道："我们两家太近了，婚庆公司建议绕一圈。"阮橙忽而一笑："你说，同一所学校结婚的人会不会都像我们这样，回到相识的地方？"

　　"我们相识的地方又不是在这里？"

　　"嗯？"

　　"我第一次见你，是在'橙心'店里。"

　　"什么时候？"阮橙一脸惊讶。

　　"六岁那年，宁晗生日，我妈带我去买蛋糕。当时你做了一个蛋糕，你看到我，特意告诉我，那是你做的，问我是不是很漂亮。"

　　"我小时候这么——开朗？"

　　"是啊！不过真的很可爱。你以为是我过生日，送了我一块蛋糕，还祝我生日快乐。"阮橙一脸不敢相信："你会不会记错人了？我怎么一点印象都没有了？你怎么确定是我？"

　　"你自己说的！"

　　"我？"

　　"我叫阮橙，在星空双语幼儿园读大班。你喜欢我做的蛋糕，以后可以来这里找我定做，我给你打折。"宁昀一直记得。

　　"你怎么不早点告诉我？"

　　宁昀笑笑："现在知道也不晚。"

　　那天的婚礼，在伴郎和伴娘的帮忙下，两人倒是轻松了不少。婚宴结束，程斐和简知言一起过来，把快递盒交给阮橙。

　　阮橙："我没买东西啊？"

　　程斐："是不是你的朋友知道你结婚了，给你寄来的结婚礼物？"

　　阮橙狐疑："好像没有人。"

程斐开玩笑道："那也可能是你的暗恋者，知道你结婚了，人不来，送份礼物告别一段无望的爱。"宁昀拿过快递盒："我们回去再看。今天辛苦大家了，早点回去休息吧。"

"好啦，好啦，我们知趣，不闹洞房了。"路明挥挥手。

程斐和简知言也走了。

宁昀和阮橙上了车，到了家，阮橙先去洗澡："我好了，你赶紧去洗洗。"宁昀拿过衣服去了洗手间。阮橙擦着头发，目光扫到快递盒。她放下毛巾，拿来剪刀，拆开了盒子。里面只有一本书。她拿起来一看，越看越奇怪，一本烘焙书。她随意地翻了翻，一个信封掉了出来。她愣了一下，弯腰捡了起来。信封显然被拆开过，阮橙取出里面的纸。是信，大概是时间太久了，颜色已经淡去了一些，而上面的笔迹她再熟悉不过了。

"怎么还没睡？拆了快递？是什么？"宁昀边走边擦着身上的水珠。阮橙转身，扬了扬手中的信纸。宁昀目光触到书和信纸时，也愣了一下："没想到东西还在。"阮橙还没看完，想继续看，宁昀拉着她："我人都在你身边了，这封信别看了。"

"不行，不看完，我今晚睡不着的。"宁昀拧了拧眉："我记得，我说给你听。"阮橙挑眉："你不是说你忘记了吗？"

"刚刚都想起来了。走吧，你都站了一晚上了，上床躺着，我念给你听。"

阮橙躺倒在床上，又喝了一杯牛奶，也没见宁昀有动作。

"喂——"

宁昀调了下灯光，室内一片温和，他温暖的声音响起："闭上眼睛。"

"要求真多。"她乖乖地闭上眼。宁昀侧身，看着她的脸："阮橙，我要转学了，跟着我爸妈去燕市了。和你在一起的这半年我很高兴……有一件事我一直没有告诉你，其实我很早就认识你了，第一次见你……大学我会在燕市读，希望你也能来燕市读大学。宁昀。2015年1月26日。"他的声音有些沙哑，却字字悦耳动听。他读完了，深深地喟叹一声。阮橙睁开了眼，双眸闪过一丝无奈："如果你直接和我说的话，我应该会去燕市读大学的。"宁昀应了一声。

"你信吗？"

"当时不肯定。"

阮橙摸了摸他的眉骨："宁昀，我爱你。"宁昀眼里满是幸福之色，他的手覆在她小腹上："早点睡吧。"

她打了个哈欠，很快进入了梦乡。宁昀轻轻吻了一下她的额角："晚安。"

阮橙，我更高兴的是，我年少时的梦终于成真。

（全文完）

番外一　宝宝

这是最甜的时光，因为我们拥有了你。

因为体质好的关系，阮橙怀孕期间几乎没有太辛苦。孕期的她还在工作，每每让在香港的宁昀急得不行。幸好，阮父阮母都搬到燕市陪着阮橙，不然宁昀可能真的要寝食难安了。五个月时，她的肚子已经显出来了，圆鼓鼓的。她去拍了一组孕照。依着宁母和阮母的经验都觉得是女孩。阮父听后撇撇嘴："我看是男孩。"他觉得两位女士的判断太不靠谱，阮母尴尬不已。阮父非常期待这个孩子，名字都取了好几个。他对阮母买的那些粉粉的衣服、毛巾非常嫌弃，自己悄悄地又去买了一堆男宝宝用品，还有男宝宝的玩具汽车、飞机，摆在家里的角落。一次，阮父又从商场买了一包玩具。阮橙开着玩笑："爸、妈，要不你们打个赌，看看到底是谁赢。"

"行！"阮父立马答应。阮橙笑眯眯的："谁输了要答应赢的人一件事。"阮母笑言："我肯定不会输，我生过孩子。你爸他懂什么？""那我们就拭目以待！"阮父一脸自信。

每周五，宁昀都会从香港回来，陪阮橙两天。周末，两人去家具店买婴儿床，挑了很久，宁昀看中了一款很贵的婴儿床。阮橙深深感慨："宁昀，就一张床而已，宝宝也不会睡多久，不用这么奢侈。"宁昀却不同意："我希望她从一出生就用好的。"

"你不能太惯孩子！"家里的长辈，还有宁晗、顾易，现在看到什么好东西就买，他们家里的一间房都放满了。

"放心！我们的女儿肯定很乖。"

阮橙也不与他争了，买这些用品都在他们的经济条件内，算了，随他高兴。宁昀去刷卡，阮橙在一旁休息。他时不时地回头看看她，恨不得她时刻不离开他的身边。阮橙可以想象，未来宁昀会怎么疼女儿。

足月后，阮橙生下一个儿子。宁昀看到皱巴巴的小家伙，一时间蒙住了。

"是男孩？"

护士肯定道："男孩。六斤二两。"

他笑了一下，轻轻握着阮橙的手："老婆，辛苦你了。"阮橙疲倦极了，嘀咕了一句："我爸要开心了。"如她所料，阮父在产室外的走廊上听到消息后就差尾巴翘上天了，"我说的吧。我是火眼金睛。我做爷爷了！"转身，他和宁父握了握手："恭喜恭喜！"宁父向来稳重，这会儿也是喜形于色，也说了一句："我做爷爷了！"

孩子一出生，名字问题可让大家为难了。阮父心里还有些想法，在阮母面前提了好几次。

"小鱼儿大名还没定吗？"阮母还能不知道他的小心思，"定了！叫宁易北。"

"姓宁？"阮父一脸委屈，阮母哼了一声。阮父气愤地拍了一下大腿："宁昀这是娶到橙橙就忘了当年的话了。"阮母挑眉："名字是橙橙定的。你真是越老越糊涂，只要他们幸福，孩子跟谁姓有什么关系！小鱼儿不是你孙子了？"阮父弱弱地说道："我没这个意思。"

"你就是有这个意思，也趁早打消了。回头小鱼儿不亲近你，我看你这个爷爷怎么做！"

"你把我当什么人了！我有那么封建吗！我这是考验宁昀呢。"

小鱼儿小朋友出生后，一天一个样，大家是越看越爱不释手。他满月的时候，宁昀从香港调回燕市，升至副总，是公司有史以来最年轻的副总，这一家人终于团聚了。不过，当初宁昀买的那张床确实利用率太低。宁小鱼从出生到两岁，大多时间都是跟着父母睡在一张床上。阮橙原以为宁昀会很惯孩子，结果他正常得很。小鱼儿三岁时，基本上都不用他们操心。用宁晗的话说，小鱼儿和宁昀小时候简直一模一样。阮橙泡好牛奶，小鱼儿抱着奶瓶乖巧地喝着。宁昀走进卧室，把她抱坐在他大腿上："这次出差要多久？"

"最快五天吧。"

宁昀叹了口气："早点回来。"小鱼儿迈着小短腿走到他的身旁，眨巴着眼睛，说话奶声奶气的："我也要坐爸爸腿上。"阮橙连忙要下来。

宁昀一本正经道："妈妈是爸爸的老婆，所以只有妈妈才能坐在爸爸大腿上。"小鱼儿一脸不解："那小鱼儿坐哪儿？"宁昀指了指一旁的小沙发："那儿——乖乖喝完牛奶，一会儿早点睡。爸爸过几天带你去游泳。"

"好。"小鱼儿乖乖地坐在小沙发上。

阮橙瞪了他一眼："你就会欺负儿子！"

番外二　靠近

原来，水到渠成只是时间问题。

　　阮橙的婚礼，顾易没参加。手术结束后，他一直在A国休养身体。收到请柬当天，他看了许久，他希望阮橙幸福，只是他还是无法看着她嫁给别人。最终他还是没有去参加阮橙和宁昀的婚礼。阮橙结婚当天，他给她发了一条信息："新婚快乐！要永远幸福！"喜欢一个人，怎么可能轻易放下呢？等阮橙生下孩子，顾易包了一个大红包外加寄去了一份厚重的礼物。

　　顾易再见阮橙时，是在孩子的周岁宴上。距离上一次，他们已经有两年时间没见了。阮橙的变化挺大的，大概是做了妈妈的原因。顾易摸摸鼻子，大概从来没想过，阮橙抱着孩子站在面前。他有些词穷，阮橙二话没说，把小鱼儿递给他："你抱抱！"顾易伸手抱过孩子，动作笨拙。阮橙的儿子长得像她多一些，仿佛是缩小版的阮橙。小鱼儿平日里可不会给陌生人抱，这会儿乖乖地待在顾易怀里，阮橙和宁昀都觉得神奇。

　　"顾易，我儿子很喜欢你啊。"

　　顾易哼了一声："你儿子有眼光！来，叫声干爸！"

　　一周岁的小鱼儿已经会喊"爸爸妈妈"了。他望着顾易，张了张嘴巴："爸——"一旁的宁昀笑着摇摇头，周围的亲戚也大笑起来。顾易笑得更开心了，把小鱼儿举得高高的。

　　小鱼儿咯咯直笑，激动得口水流下来，直接滴在了顾易身上。顾大少傻住了："喂，怎么还流口水了？"

阮橙笑："这是对干爸的回馈啊！"宁昀从顾易手里接走儿子，拿过纸巾轻轻擦了擦小鱼儿的嘴角。他托着儿子的屁股："尿了。我带他去换尿不湿。"

顾易看着宁昀这熟练的动作，不禁感慨："没想到啊！""什么？"阮橙问。

顾易笑笑："没想到宁昀竟然会照顾小孩。"给孩子换尿不湿，他想想那画面都有些难以接受。阮橙望着他："等你做了爸爸就习惯了！其实一开始我和宁昀也有点接受不了。"

"我看宁昀现在挺适应的。"

"他做的事情比我多。"顾易看着她嘴角的笑容，知道她现在很幸福，心里一暖。

周岁宴结束后，阮橙一家三口回到家中，将亲友们送的礼物一一收好。阮橙看着一块葫芦吊坠出神。宁昀抱着正在喝牛奶的小鱼儿走过来："怎么了？"阮橙抬首："顾易送的。"宁昀知道她牵挂着顾易："等他结婚，我们给他补上礼物。"

"还不知道什么时候呢！"阮橙无奈地一笑，"他之前身子不好，伯母都顺着他，不敢给他介绍女孩子，怕他生气。他哪有那么娇弱啊！"

"总会走出来的。"不过是时间的问题。

小鱼儿伸手要拿葫芦吊坠，阮橙问道："你喜欢呀？"小鱼儿点点头。"改天妈妈去买条红绳帮你穿好，再给你戴。"小鱼儿喝完牛奶，打了个饱嗝。宁昀抱着他，忽而一笑："等你干爸结婚，你去做花童。"

顾易回国后，宁昀一直关注着顾易，更多的是关心。他和阮橙都希望顾易能够早点遇到另一半。阮橙笑道："希望这一天不太远。"两个人也是为顾少爷操碎了心。

小鱼儿上幼儿园小班时，顾易还单身。顾父顾母着急不已，尤其是每次见到小鱼儿，更是羡慕。这一年春节，顾易陪着父母。晚上，小鱼儿和顾易视频。顾易陪着他聊了一个多小时。这边，阮橙都觉得神奇，私下和宁昀说道："看不出来，他对小鱼儿这么有耐心，挺会糊弄孩子的。"三岁大的孩子问题一个接着一个，每天都能冒出新词，有时候连阮橙这个亲妈都觉得小孩子难以应付。宁昀笑道："他可没有糊弄你儿子。他给小鱼儿讲的汽车发动机原理，小鱼儿还真听懂了。"

"难怪小鱼儿最近喜欢拆汽车！"

那边，顾父见顾易和小鱼儿说得有模有样，更着急了。要等到什么时候他才能抱上小孙子啊。等顾易挂了电话，顾父开口了："顾易，挺喜欢小朋友啊？"顾易扯了扯嘴角："爸，您想说什么？"顾父关了电视声音："你打算什么时候生个孩子？"

"孩子他妈还不知道在哪呢。"顾易怅然。

"那找啊。只要你有这个心，我和你妈明天就发动亲朋好友帮你介绍。你现在喜欢什么类型的姑娘？"

顾易笑了几声："爸，都什么年代了，还相亲？"

"那你倒是找个女朋友啊！"顾父板起脸来，"我和你妈年纪也不小了，身体一年不如一年……"顾易一时沉默。

"橙橙结婚这么多年，小鱼儿都三岁多了，你不会还想着她吧？"顾父真是心痛，这会儿恨不得儿子花心一点。顾易皱起了眉："爸，您想多了，我对橙橙早就没了那心思。您可别多心。"

"真的？"顾父一眨不眨地瞅着他。"我发誓！"顾易举起手指，"感情的事顺其自然，我这是没遇到喜欢的姑娘。您放心吧！等我遇到了，我还闪婚呢。"顾爸爸一脸的不信，幽幽地喝了一口热水："做梦呢！还闪婚？谁和你闪？"

正月初八那天，顾易便去了商市。他这两年和朋友在商市开了一家新的赛车俱乐部，如今俱乐部一切进入正轨了。这天傍晚，他驱车去和朋友聚会。结果路上被人给追尾了。顾易年前刚提的车，这车他等了大半年了，这是他第三次开。他下车一看，撞得还不轻。肇事者下车了，一个年轻的小姑娘，脸上满是愧疚："对不起——"

顾易心里烦躁："你会不会开车？懂不懂交通规则？"小姑娘咬着唇，弱弱地说道："会开的。"

"会开？能撞上我的车？你多大了？"顾易看着小姑娘，有没有十八岁啊？小姑娘脸色苍白："修理费多少？我可以赔你。"

这哪是钱的事？顾易的手机响了，他朋友打来的。

"喂，顾大少，你到哪了？就缺你了。"

"在路上，车被撞。你们先玩吧。"顾易兴致缺缺地挂了电话。

交警已经过来处理了。小姑娘拿出了驾照，新手，第二天上路。顾易心疼他的车，脸黑得如锅底。小姑娘鼓足了勇气："我加你微信吧。"顾易瞪了她一眼，拿出手机，让她扫。

"我叫宋柠柠，真的很抱歉。"她歉意地弯下腰，声音轻柔。顾易通过了她的好友申请，见小姑娘这么真诚的道歉，他气过了，也不想和她计较了。

他没想到自己会再次遇到宋柠柠，更没想到她是自己老爸好友的女儿。宋柠柠看到他，一脸惊喜："顾先生——"

顾父惊讶："顾先生？你们认识啊？"宋柠柠有些无奈："上次我把顾先生的新车给撞了。"顾父笑道："人没事就好，车再买就是。柠柠，这是你顾大哥，你们小时候还一起玩过。别叫顾先生了，叫他顾易也行。"宋柠柠亲昵地喊了一声"顾大哥"。顾易应了一声，他们小时候就认识了？他怎么一点印象都没有？

等长辈们各自离开后，宋柠柠找到顾易："顾大哥，上次的事我真的很抱歉。"宋柠柠今晚穿着白色礼服裙，发型、妆容都是精心打理的，和那晚的完全不一样。

顾易看着她："你多大了？""二十五岁了。"宋柠柠摸摸脸，她长了一张娃娃脸，出去经常被误认为高中生。

顾易点点头："你现在还开车吗？"

"不敢开了。"宋柠柠有些苦恼，"我害怕再撞到别人的车。"

顾易轻轻一笑，安慰道："新手最好找人陪练一段时间，商市车多，你多开开就好了。""那下次我可不可以找你？我听顾伯伯说，你十八岁就敢开车了。"她眉眼弯弯地望着他。顾易犹豫了片刻，还是答应了她。从那以后，每周末宋柠柠都会约顾易，他陪她练车，宋柠柠请他吃饭，两人穿梭在城市各个角落。好几次朋友约顾易，顾易都给推了。渐渐地，顾易的圈子都传开了，顾大少恋爱了。

有一天，顾易的朋友闹着："顾易，你什么时候请客？把女朋友带过来，大家一起聚聚。"顾易蒙了："什么女朋友？瞎说什么呢？"

"不是女朋友，你每周末去陪个啥？你是爱心大使啊？"

"就是！我们认识这么久了，你什么时候对女人这么有耐心了？"

顾易愣了愣。说起来，他还没有真正地谈过一场恋爱呢。

这周末，宋柠柠没再约他了，他一个人在家，时不时地刷手机。结果看到宋柠柠在朋友圈发的照片，和朋友一起自驾游去了。他放大照片一看，得，还有宋柠柠和一男的合照，两人对着镜头笑得那个灿烂。又过了一个星期，宋柠柠也没再联系他。顾易觉得这宋柠柠实在是过分。他主动给宋柠柠打了电话："好久没联系了，你最近忙什么呢？"宋柠柠的声音轻松又欢快："上班啊，周末我开车带着朋友出去玩了。你呢？"顾易差点磨牙，是谁不辞辛苦陪她练车的？她现在车开溜了，就把他给抛弃了。"哦，那你好好开车，开车不要说话，不要玩手机。"他像个老父亲似的一一嘱咐。宋柠柠挂了电话，深深地呼了口气。

顾易想来想去，给阮橙打了个电话。阮橙听完他的话，忍住笑意："顾易，你都不如小鱼儿了！"顾易冷哼一声。阮橙直言道："顾易你喜欢宋柠柠吧？喜欢就说啊！主动一点，或许有你意想不到的结果呢？"挂了电话，顾易在家里走来走去，终于拿起手机，给宋柠柠打了电话。铃声响了好一会儿，电话才被接通。

宋柠柠："喂——"

"晚上有空吗？"

"怎么了？有什么事吗？"

"南京路那边开了一家日料，我朋友说食材很新鲜，你上次不是说想吃日料的吗？"宋柠柠沉默了一下，犹犹豫豫道："可是晚上我和朋友约好去看电影了。"

顾易深吸一口气："晚上我有话和你说。"

"你要说什么？电话里也可以说啊。"顾易深吸一口气，语气坚定："宋柠柠，你在哪里？我现在过去找你。"宋柠柠报了一个地址。半小时后，顾易来到一家咖啡厅。宋柠柠坐在那儿，面前摆了两杯咖啡。她把一杯递给他。顾易坐下来，四下看看。两人沉默了一会儿。

顾易嘴角动了动："你怎么跑这儿来了？"宋柠柠笑笑："你要和我说什么啊？"顾易的心跳都加快了。他一个快三十岁的男人了，还和高中生一样，连他自己都看不起自己了。

"我发现我喜欢上你了。"他的声音紧绷绷的，听起来有些严肃。宋柠柠突然笑起来："顾易，刚刚你说的话，能再说一遍吗？"

顾易望着她："你！"四目相视，顾易轻呼一口气，缓缓说道："宋柠柠，我喜欢你，做我女朋友吧！"宋柠柠弯着嘴角，她看着他："顾易，那天我在这家咖啡厅看到你了。"

"什么？"顾易恍然。

其实，那天她是故意撞他的车子。

其实，她早就认出他了。

顾易瞬间明白了一切，他不禁失笑，眼底似有星光在闪烁。

原来，幸福已经悄然在路上了。

后记

　　终于将《心动》这本书出版稿修改完了，算算时间，从最初连载至今已过去了三年。当初完结时，因为我个人的一些原因，并不打算出版的。没想到时隔三年，编辑问了这本书。我想，这也是冥冥之中的缘分。我很高兴这本书能以纸质版的形式再次与大家相见。也让我有机会，给了男二号顾易一个完美的结局。

　　今年是我写文的第十二个年头，陆陆续续出版了十多部作品。近两年，因为工作忙碌，加上精力不够，我的作品并不多。时常怀念当初写文场景，还有那时候的快乐时光。我也希望我能一直写下去，能给你们带来更多的故事。

　　还是想对你们说，谢谢大家一直以来对我的支持与陪伴，漫漫时光，与你们同在。

　　最后，祝大家万事顺遂、平安喜乐。

夜蔓

于南京

2021.12.29